U0622797

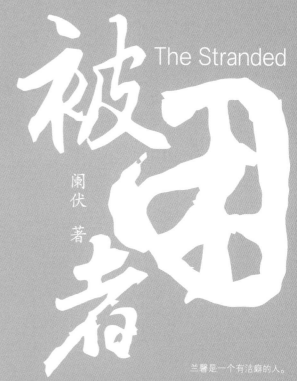

被困者

The Stranded

阑伏 著

兰馨是一个有洁癖的人。

她无倦地擦洗生命这块肮脏混沌的玻璃窗，

孜孜以求看到生命的未来，

看到生命的谜底。

有一天，玻璃窗终于擦干净了，

她望出去，

窗那边一无所有。

作家出版社

作者简介

　　阚伏，自定义为辽西人，自幼喜爱文学、哲学及写作。早年毕业于北京大学，后就读于美国沃顿商学院。一生阅历丰富，曾长期旅居澳大利亚、美国等地，现定居香港。职业生涯跨越投资银行、管理咨询公司及跨国消费品公司。

　　近年来专心于哲理小说与散文的写作。作为公众号"醒狮书院"的主笔，创作有长篇哲理散文《恩典的绿洲》，家庭关系喜剧系列故事《精英主妇》及家庭教育系列散文《精英教育》。参与创作图书《陪着孩子走向世界》，作品曾发表于《团结报》等主流媒体。

序

　　兰馨是一个有洁癖的人。她无倦地擦洗生命这块肮脏混沌的玻璃窗，孜孜以求看到生命的未来，看到生命的谜底。有一天，玻璃窗终于擦干净了，她望出去，窗那边一无所有。

目 录

【第一部】

"梦幻时光"

一

"气势磅礴里怎么可以只有这样的洁净与柔软，而没有骇人的黑暗与不安？"兰馨低语道，感觉自己似乎正悬在墨尔本的天空里。

此时正是午休的时候，她倚在高阁时装公司三十九层办公室的透明幕墙前，鼻子贴在玻璃上，着迷地看着窗外南大洋上风起云涌、阴晴变幻的戏剧。她已经从北京来到墨尔本几个月了，却依旧会被眼前这常见的变幻所震撼。"这座水晶宫，也不会在梦中幻化成一座烧焦的废墟，将我困在里面吧？"空旷的雪地，焦糊的黑色钢铁，玻璃上肮脏的黑色油污，被困住的窒息，记忆的碎片在她的脑海里闪过……她不由得用鼻尖轻轻摩擦眼前那晶莹透亮的玻璃，仿佛需要确认自己身在何方。

六月初冬，墨尔本时而阴雨绵绵，雾气蒙蒙，时而雨过天晴，阳光灿烂。从高阁的玻璃窗望出去，越过眼前滩涂平原上蜿蜒平静的雅拉河，可以看见不远处旷阔的菲利普港湾及湾外的南大洋。阴雨时，海湾灰雾笼罩，雨雾经常将摩天高楼的上半部隐去，身处在这么高的水晶玻璃楼里，这时就仿佛飘在云雾中。云开日出时，大团的灰白相间的云体翻滚，在海湾里投下巨大的流动的暗影。大自然自己的戏剧，毫不费力地随意换场，几分钟的工夫，兰馨便经历了灰白色神秘的混沌和蓝色明了的开朗。

"这里一天可以经历四季，你如果不喜欢这里的气候，只要等五分钟就好了。"背后传来杰西的声音，他是她的同事，亦是她的情人。

杰西准是注意到她顶在玻璃墙上发呆，才试图用墨尔本老掉牙的笑话与她打招呼。兰馨转过身，对着杰西微笑道："冬季是我的地狱，可不可以一日只有春、夏、秋三季？"

"你担心又要跌进冬季阴暗的病坑里？这里对你来说是新大陆，今年也许会不同。"

"嗯，希望是。"兰馨点头回应，顿了一下，像个健忘的人重复车轱辘话，"冬天是一个阴郁的坑，我会越陷越深，还有二十天就是冬至了，到时我会落入坑底——情绪黑暗之至，流感也会乘虚而入。"

像是被自己的咒语击中，在墨尔本海风阴湿、晴雨不定的早冬里，兰馨未能逃脱自幼便困扰自己的寒冷，因重流感而病倒了。但不同的是，她在家休息了几日，竟然很快好了起来，并没有像在中国时一病就是一两个月。周末时，杰西从城里来看望她，她便决定出去走走，好好看一看新家周围的环境。

兰馨住在近郊的亨利海滩。这里人口不多，沿着海边的高地上有几十栋房子。因为风大浪急，是墨尔本附近冲浪的好去处。除了周末不多的冲浪者们，大多数居民是殷实的退休者。兰馨来自中国干旱的塞外，很少见到大海，被这里狂野的海景所吸引，宁愿每天坐上一个小时的电车进城上班，也要选择住在这里。过去的几个月，她忙着在这个陌生的国家安顿下来，适应高阁的工作环境与要求，大多早出晚归，周末加班，还没有时间真正看看这里的海。

海边天色阴霾，灰云低垂。亨利海滩很宽阔，沿海岸线伸展出去，望不到尽头，像澳洲的许多景观，壮观宏伟得奢侈，却野性不经意地存在着。脚下的白沙，看得出来略粗，散落着一摊摊黑色的枯海藻。沙滩边缘的沙丘上，长着白色的芦苇丛，干黄的芦苇花，一人多高，一排排的，在风中摇曳着。兰馨不由得想起安德鲁·怀斯画笔下的美国乡村——凄凉悲冷的风景中，倔强的生命，带着残缺，在灰白的孤独中平静地生存着，那份平静如此若无其事，足以令观者心中惶恐不安，不断思虑自己是否误解了什么。

风很大，海浪一排排地冲上来，空气中有细沙在飞。兰馨大病初愈，还有些虚弱，被风顶得有些喘不过气来。她赶紧用围巾蒙住脸，又拉紧风衣的领子，紧挽着杰西的手臂，慢慢地向栈桥走去。

墨尔本郊区沿海的小镇一般都不大，没有太多公共设施，但每镇都必有一个或几个栈桥，供居民泊船上岸、垂钓或欣赏海景，相当于镇子的中心。由于亨利海滩的居民与游客都不多，唯一的栈桥渐渐地荒废了，黑色的原木桥延伸到海中百十来米，伫立在惊涛中，饱经风浪拍击、海水侵蚀，浑身看似长了一层灰色的皱纹，桥墩上盖了一层白花花的贝壳残骸，远远望去，像是满腿疮疤。越往深处走，海风越有力，兰馨被吹得刺激，起了兴，顾不上虚弱的身体，拉着杰西走到了栈桥的尽头。冬天的野桥，空无一人，两人趴在栈桥尽头的栏杆上，望进远处海面上灰蒙蒙的空虚，就感觉被孤身裹进这灰色的空虚里，没有前方，也没有自己了。

"记得詹姆斯·乔伊斯在《尤利西斯》中说过，栈桥，失望的桥，因为它哪里也到达不了。"兰馨说，"现在站在这里，也真是这样的感觉。"

杰西一向清澈明了的眼眸转暗了些，略有无奈地牵了牵嘴角。

兰馨是一个无法预计的迷盒，总是能带来惊讶与迷惑，杰西暗忖。最初他在北京雇下她，一路引领她的发展，最后邀请她到墨尔本总部工作，最大的原因，是被她身上那股挡不住的探寻的欲望和永不放弃的坚定所吸引。那时的兰馨，离开大学校园不久，对学术以外的现实世界基本上是无知的，对自知也没有多少意识，因此，她的探寻与坚定大多是力量十足的盲目冲撞。杰西不由自主地想帮助兰馨，想带她走出来，到更广阔的世界看看；也帮助她将自己的能量疏导至舒服的强度，而不是盲目地燃烧自己，对于后面这一点，那时杰西还不知道他是不自量力了。

在二十世纪九十年代初的中国，服装进出口贸易由中央及各省的政府贸易公司执行。他们独家握有稀缺的出口配额，控制着外国服装采购商的贸易机会。这些官僚机构更愿意接受设计简单、易做、量大的货单，舒舒服服地完成出口任务。而高阁作为较早进入中国采购的专业时装公司，设计时髦复杂，质量要求比普通的百货公司高，因此，在与这些服装进出口公司谈判时，常常碰钉子。

四年前，杰西就曾被这样的钉子折磨得不胜其烦。那时，他在试图开发新的棉麻印染布供货商，位于天津的北方进出口公司优惠的价格吸引了他的注意力，但是对方嫌高阁的设计太复杂，死活不愿接杰西的货单，他周旋了多个来回都没有进展，就准备接受折戟而归了。初来乍到的兰馨如初生牛犊尚不懂得困难，她认为拿到配额与低价就是拿到利润，所以坚决反对放弃。她四处求人找关系，辗转绕了好几圈，在一连串的朋友介绍朋友再介绍朋友的人际关系后，找到了北方进出口公司的高层。从饭桌一直聊到了卡拉 OK 室，一边陪着唱邓丽君的《小城故事》，一边向领导们鼓吹高阁时装对中国经济的贡献多。具体多在哪里，兰馨其实并不甚了解，但是却很敢大展宏图，比如高阁计划将自己的时装品牌引入中国市场，将北京、上海这些大城市废弃的国营粮店、煤店改造为时装连锁店，既能解决老化不动产维护使用的问题，也能解决纺织业下岗工人的再就业问题，在当时的中国，这些都是尖锐的社会问题。领导们听完后被逗笑了，虽然他们并不相信兰馨画出的大饼，却被她天真的激情感染与说服了，接下了高阁的货单。

杰西知道兰馨有着惊人的内在力量。但是为什么她的眼神里，坚定背后，时时隐着落寞忧伤？兰馨的眼睛，一对内双的杏眼，明亮清澈，乌溜溜的灵动似狐狸，望着你的时候，有一种少有的光亮与专注，好像要望进你的灵魂，探究出你还有什么她不了解的深藏。兰馨只想探究你心底里最深藏的灵魂的谜底，对一般的琐事没有什么兴趣。可是，那一对异常明亮的眸子，即便是还在探究的时候，就已经隐着一种怀疑与失望，她的眼神好像在说："尽管我很努力地不放弃，你最后还是注定要让我失望，你注定要弃我而去，因为你没有我要找的那个谜底，你解决不了我的问题。"

杰西为兰馨神秘的执着与忧伤所吸引。他享受她对他的兴趣，专注地潜进他的灵魂，在他乱七八糟的人生储藏中，东扒西掏。相识之初，他们因此而有了无尽的话题可以谈，像两个知心朋友，分享对彼此内心的新鲜观察。在兰馨专注的眼眸里，他被她对自己的探索放大，他喜欢那个放大了的形象，被一个二十五岁的浪漫女孩神秘化了的男人，被一个成长于封闭的中国的女孩依赖着的成熟的犹太男人。这个投射而成的男人，是更加理想的他自己，因而成为他的逃避，当他以这个男人的身份存在时，他可以忘了自己，忘了心底的不自信，也忘了对未来的恐惧。

而兰馨呢，她并不自觉自己在做什么。她像一位上了发条的自动人，不停地忙着四处寻找能填满自己内心的东西，却也不知道怎样找、找什么，似乎这样追逐在别人的灵魂里，自己的心也就不那么空落落的了。

杰西感觉到兰馨的心里有一个追逐的魔鬼，如无底洞般不断吸收着周围的环境，如饥似渴，似僵尸遇见人血，吸干最后一滴也很难满足，他三十几岁的人生储藏，快被她掏空了。这对一个简单明了而且在女人面前多少有些虚荣的男人而言，是令人恐慌的，他可能永远无力解开她探寻的谜语，或者说，解开她本身这个谜语，找到谜底，渐渐地，他感到压力大了起来。

站在栈桥的灰雾里，兰馨感觉到杰西的沉默，便侧头看他，杰西的眼神里是空白与倦怠，仿佛他的心思被逼上绝路了。

兰馨解释道："人生就像一座栈桥，远望是一道风景。踏进去，自己变成了风景的一部分，可是脚下却没有路可走了，人就囚禁在风景里。"

"你是被囚禁得太久了，在一个陌生的国家，整天就是埋头工作，少了生活的乐趣，墨尔本阴晴不定湿冷的气候，也真让人忧郁。"杰西显然故意避重就轻，绕过兰馨的谜语，像一个飞虫绕过蜘蛛网的捕获，然后半开玩笑地闪烁着眼睛说，"海上本无路，因为路是在地上，别看错方向啊！"

兰馨哈哈地笑了起来。总是这样，一不留神，她就会溜进心里那个黑暗，杰西总能及时地一把拉住她。这份关爱虽然说不上深厚，但是知道有人在那个黑暗的边缘留意着自己，她还是心安很多，甚至感受到一丝被允许任性的奢侈。

"我要带你看看真正的澳洲大陆，也许可以解放你这个黑暗的灵魂。"杰西说，语气里有些善意的讽刺，也有些承诺。

兰馨挑起眉毛，眼神怀疑地望着杰西。

杰西补充道："我是说，你这么喜欢自然界的神秘，我知道一个地方，叫弗林德斯山（Flinders Ranges），一定可以迷住你，会给你新鲜的能量，让你这沉重的情绪明亮起来。"

二

杰西给兰馨讲"梦幻时光"的故事，那是澳洲大陆起源的秘密。

澳洲是一块孤独的陆地，它远离地球上其他的大陆，遗世孤立在南大洋。曾经，这里只是几百个原住民部落的家乡，他们在这块干净完美的土地上生活了几万年，创世时所形成的世界——譬如地貌、植被与动物，以及宇宙的理念——譬如人与宇宙、环境、社团的关系，大多完好地承袭到了十八世纪，直到英国殖民者到来。

原住民的历史统称为"梦幻时光"。"梦幻时光"既存在于人所知的时间、空间里，也存在于物质之外的宇宙维度中。在那个我们不可见的宇宙维度，没有开始也没有结束，过去、现在和未来以一体共同存在。原住民可以通过梦、不同程度的潜意识状态或死亡进入这个维度。"梦幻时光"是人死后、再生前的归宿，一个人可以永恒地存在于"梦幻时光"。人与世上可见和不可见的一切事物，物质和非物质的，都存在于一个相互关联的体系里。因此，这片土地上的原住民对大自然充满尊敬，动物、植物、大山、岩石，甚至每一粒小石子，都是"梦幻时光"不可或缺的一部分，和神灵的世界紧密相关。"梦幻时光"永不结束，过去的故事通过口耳相传、舞蹈、诗歌及画在岩洞上的壁画，得以代代相传。

"'梦幻时光'，听上去像不像你那些稀奇古怪的梦境？还有你白日失神时进入的状态？"想起兰馨常常讲给他的那些黑日、白日梦，杰西感慨道。

兰馨是个多梦的人。她的许多梦很真切，有的梦一年一年地连续发展，像是连续剧，所以入睡不是浑然不觉，而是仿佛进入了生命的另一个过程。有时，有的梦又与白日的现实巧合，那些瞬间，她竟会分不清梦境与现实的边界。

"你是说原住民这个创世的逻辑，与人的潜意识世界，比如梦境，有共通之处？都一样混沌神秘，人灵共存，既没有来由，也没有结束，超越时空，与古往今来的一切相联系？"兰馨反问。

"根据你的经历，这个对比有些道理。"杰西答。

"你觉不觉得，梦是宇宙形成的逻辑在人心里刻下的烙印，是人类意识里自带的记忆？"她追问。

杰西觉得自己无法回答了，于是想要岔开话题："说到梦里的神灵，我只希望你可以找到中国那个管理财富的神——'财神爷'，并且美梦成真。"他笑着说。

然而，兰馨却固执地将话题拉了回来："你想想，陷入梦的状态时，许多现实中做不了的事情都变成了可能，比如飞翔，比如回到过去，见到不认识的人。既然'梦幻时光'里的梦是经历创世过程中不可见的那一部分世界的渠道，那么我们在现世中的梦，很可能就是人类对创世的一部分记忆。"

"你好像对澳洲土人宗教的真髓无师自通？"杰西笑着调侃道。

"小时候，东北的家乡开阔荒凉，我总感觉那里魂灵遍地。望着天空的云与星，或是黑夜里在空寂中睡去了，幻想与梦都是那么遥远，没有形状，无边无际，就像是在混沌中飞，我想，'梦幻时光'的意境应该也是如此吧。"兰馨回忆着，"长大后去了北京，人潮拥挤喧闹，环境新鲜刺激，我的白日梦儿几乎消失了，只有在黑夜里，还可以有闪着微光的幻觉。"她做梦似的说。

"而来了墨尔本以后，这里的环境太适合我做白日梦了，心里的混沌与外界的混沌，怎么好像是互通的？"兰馨转头问杰西。

杰西不得不思考了一会儿，然后说道："可能是澳洲的环境与你的家乡很接近吧，都那么空旷原始。"

兰馨却摇了摇头："不，虽然都是人少，但是有着天壤之别，相当于西伯利亚冰原与昆士兰的热带黄金海岸之间的差别。"

杰西轻声笑了笑："如果我们去中央沙漠转转，你会明白我的意思的。"

兰馨点头应允。

兰馨想到了自己读过的两本书，《山海经》与《天问》。里面讲述了远古时中国的地理、动物、风土与物产，以及当时的社会状况与人们的生活，囊括了足有一百多个邦国、五百多座山、三百多条水道、四百多种神兽。在中国，这些书被视为神话故事，人们对其中的夸父追日、女娲补天、后羿射日等典故耳熟能详。其中，人头蛇身的女娲用土造了人，盘古用斧子将像鸡蛋一样的浑浊劈开，形成了天地和光，似乎是中国版的《创世记》；此外还有小矮人、巨人、女人受灵孕和伟人治理洪水的故事，更别提那些似天外来客的动物。兰馨读的时候，感觉书中的故事活灵活现，似乎有种灵性，她怀疑那些山水奇兽和远古的人确实存在过。她试图查找地理、考古资料，搜罗证据，发现神话中有些奇兽与现在非洲、大洋洲、美洲的一些罕见野生动物相似，比如《山海经》中的鹿蜀与非洲的霍加狓很像，而猫头鹰鹦鹉则是现在新西兰的鸮鹦鹉；书中的山脉河流也与世界一些地方的山川特性相同；而书中的黑皮肤的人与小矮人，更是早就在非洲发现了。

兰馨若有所思地问杰西："我读的这些《山海经》与《天问》里的故事，你还记得吗？我以前告诉过你的。不知道它们和你们犹太人的"摩西五经"及《圣经》中上帝用土造人、大洪水、巨人、女人受灵孕之类的故事，是不是有什么关系。"

杰西思索了一下，答："我回答不了，确实有些故事的细节有相通之处，但是整体的创世体系上，我对犹太人以外的其他民族的看法缺乏了解，做不了比较。"他沉吟片刻，又说："有意思的是，我们澳洲土著文化里也有类似的造天造地的故事，与中国的、犹太人的都有所不同，又多了一个版本。"

"我的好奇心被你勾引出来了，你一定要讲给我听。"兰馨央求。

"也好，你了解一些，对享受我们的弗林德斯之行会有帮助的。"

从前，世界刚一开始的时候，不知怎么来着，先有了天空与地球。大地是一块没有形状的软地，没有兽奔，没有鸟鸣，没有树与森林，没有流水，也没有男人与女人。永恒的祖先们沉睡在地下与海里，直到有一天，造物神巴亚米（Baiame）从天而降，将他们唤醒，地上才有了生命。一位来自海洋的祖先，按神的旨意，生出了最早的人类，并给予他们语言。永恒的祖先们醒来后，便在地上四处旅行，有时以动物的形体，如袋鼠、鸵鸟或蜥蜴，这些动物就是他们的后代；有时以人的形体；有时半人半动物或半人半植物。但大多数时候，这些祖先们可以随意改变形态，比如旗鱼的祖先有时是旗鱼，有时又是一个男人或女人。

祖先们在探险旅行中相遇，有时会起争执，有时也会与一些怪兽搏击，每一次战斗后，地貌都会随之发生变化，山脉隆起，植物成长。肺鱼祖先游过的地方，有了潺潺的河流，老鳄鱼 Ginga 创造了岩石地区，大袋鼠 Gandajitj 挖了凹地，彩虹蛇造就了许多的水道、水坑与山脉，她把许多地方布置在大陆上。大地上的每一种地貌，每一个地方，都与一位祖先相关。

天空中的存在也来自"梦幻时光"。有一天，鸵鸟的祖先与山鹰的祖先争斗，山鹰拿起一只鸵鸟蛋扔向天空。蛋飞得太高了，爆炸成了一团火，从此便有了太阳。月亮本是个男人，叫 Tjapara。有一天 Tjapara 与祖先 Purukupali 的妻子通奸，最后被 Purukupali 追打赶上了天。Tjapara 的脸上受了伤，至今那些伤疤依然存在。Purukupali 诅咒所有活着的都要死去，而且不能复活，但 Tjapara 逃避了这个魔咒，他每月只会死亡三天，继而复活，这就是为什么每月有三天月亮不会露面。

而星星呢？是一个祖先打碎了银河形成的。其中南十字星的地位最特别，造物神创造了两个男人和一个女人，教会他们如何表达与理解，还教会他们什么植物可以吃，以及怎样挖掘植物的根来吃。但一场干旱来袭，植物都枯萎了，女人催促男人们去狩猎觅食，其中一个同意了，并打来一只袋鼠，另一个男人却拒绝吃神造的物种，就此流浪进了沙漠。当流浪的男人精疲力尽时，他在一棵白桉树下睡着了，死神 Yowi 从树里探出手，将男人拉到了树上，过程中惊动了两只住在树上的白鹦鹉，这时，整棵树便升入天堂。此后，南十字星上四颗明亮的星星，就是男人与死神Yowi的眼睛，而两个指针，则是那两只试图返回桉树上的白鹦鹉。南十字星，是澳洲大陆最明亮的星座，是指示方向的明灯，它永远提醒着人们不应去吃神的禁果。

"梦幻时光"造就的一切，永远不变。而部落里秘密的纪念仪式，就是为了与祖先们维持联系。祖先们消失于洞穴或水洞中，他们永存地下，但同时也永存于现实。

兰馨听得入了迷："这些造天造地造人的故事，在中国的神话、澳洲土著的'梦幻时光'、你们犹太人的传统里，怎么有这么多相似的成分？"

杰西马上反驳："我们犹太人的传统和你们才不一样，你们信的是祖先，而祖先都是一条蛇。我们信的是一位神，是蛇的对立面，我们其实站在了敌对的位置上。"

兰馨不甘示弱："可是你们行割礼，听上去很野蛮，这一点和澳洲土著没有区别。"

"行割礼一点也不野蛮，我的小弟弟是这世界上最文明的器具，你会知道它的好处的。"杰西挑逗道，"我是说，你是直接受益者。"

三

弗林德斯山脉位于南澳州北部的内陆荒漠。山脉的中部有一片巨大的天然环形山谷，名为维佩纳凹地（Wilpena Pound）。维佩纳凹地是澳洲最奇特的地貌之一，是一处原始、冒险、宁静与灵性和谐共存的古老内陆。

兰馨与杰西驾车从南澳洲首府阿德莱德向北，出城不远，就上了一号高速公路。这是一条穿越荒漠的双道公路，沿途少见人烟，也很少见到车辆，两侧是一望无际的草原。南澳的冬季是湿季，雨水充沛，绿油油的草原上开满了黄色的野花，视线所及，都是娇艳的明黄，不时能见到大群的牛在俯首吃草。南澳的天气要比墨尔本稳定很多，这一天兰馨他们正赶上一个晴天，碧蓝的天空，大朵的白云翻滚起伏着，这让她心情大好。驶近一排山丘时，一团团白云从天而降，安闲地游荡在草原上、公路上。驾车穿行在白云里，是活在世外的感觉。

"原来没有人的地方，云是在地上走的。"兰馨对杰西感叹。

"你们北京人真是文明得太久了，忘了地球原来的样子。"杰西讥笑道。

"我不是北京人，我是塞外的东北人，属于边疆文明独特的山地民族。"兰馨扭过头，特别强调着。

"北京人、东北人，不都是一样的中国人？"杰西打趣道。

"塞外的东北人，是荒野上的流浪儿。山海关的门打开了，我们就成了中国的一部分；山海关的门关了，我们就腹背受敌——俄国人、朝鲜族人、蒙古人，还有这些人的古代祖先们，谁打赢了，我们就被谁统治。历史上，我们管不了山海关的门什么时候开，什么时候关，所以我们有时会很久都没有祖国。"兰馨讲起她家乡流传的野史。

"山海关是什么？"杰西问道。

"长城上最重要的关隘之一，是东北与中原之间的交通要道，直接的意思就是山、海之间的关口。"

"在我们外国人看来，你们中国人就是铁板一块，尤其你们汉人，长得一样，语言一样，历史文化都一样。难道还有个没有身份的民族叫'东北人'？"

兰馨哈哈大笑："你知道'东北人'是一个内涵独特、辨识度很高的标贴吗？这个标贴立即让人想到位于'鸡头'上的那个大寒、大雪的边塞荒原，黝黑强壮的大汉戴着狗皮帽子，穿着宽大厚重的棉袄与棉裤，腰间扎根绳防风，深一脚浅一脚，大大咧咧地游荡着；虽然心中如旷野般空荡困顿，开口却能讲出中国最幽默喜感、情感极度夸张的方言；行为也是一样地夸张，连挥个手都有世界在我脚下、别拿鸡毛蒜皮来烦我的气概。不过我倒挺喜欢这个名字的，有点儿荒野大侠的意思。把我们与精致细腻的关内人区分开，好歹算有个集体身份，比如那些被称为北京人、上海人、江南人之类的'民族'。"

"你又在思考自己的身份！只是寻找自己的身份，哪里那么容易，不是起个名字就能解决了。"杰西转念又说，"不过，如果有一天能拨开生命的表象，找到自己真正的归属，确实是幸运的。"

"澳洲土著是怎样找到自己真实的身份呢？"

"像'岩人'一样，跋山涉水去指定的圣地，参加割礼成人仪式，还要有神灵相助。"

弗林德斯山脉的原住民是阿登亚玛森哈人（Adnyamathanha），意思是"岩人"。他们已经在这里住了几千年，对这片土地有着深刻的理解。他们的传统文化叫如拉穆达（Yura Muda），讲述着这里开天辟地的历史。最后一个纯粹的阿登亚玛森哈人已经在二十世纪六十年代过世了，但部落中的一些成员还居住在这片土地上。

远在"梦幻时光"，地是平的。翠鸟人耶鲁（Yurlu）离开他在"终结山（Kakarlpunka）"的家，向南方旅行。耶鲁是一位长者，他被邀请去执行维佩纳凹地史上第一个成人割礼仪式。他一路前行，带着火种，每走一段路，就点燃一处篝火，当篝火冒出浓烟，等待着他的人就知道他已经上路了。他点的篝火造就了煤矿，这就是为什么他走过的路线——如勒赫溪（Leigh Creek）这样的地方，到处都是煤矿。

　　浓烟惊动了两条创世始祖阿卡鲁（Akurra）巨蛇，他们想去维佩纳凹地看个究竟，于是从现在被称为阿鲁那大坝（Aroona Dam）的地方出发，那时它还叫作"整齐的阿库拉阿维（Arrunha Akurra Awi）"。

　　耶鲁穿过西边的帕拉齐尔纳山（Parachilna），造就了那里的峡谷。在现在被称为阿鲁那（Aroona）废墟附近，耶鲁发现了那两条巨蛇，他们伪装在两条蜥蜴下面。而今那里有一座圆形的山，山上有一眼泉水，就是蜥蜴们掩护巨蛇时形成的，因此这山就叫"掩护蛇"。耶鲁匍匐前进，躲避了蛇，又造就了阿鲁那山谷（Aroona Valley）。

　　巨蛇们经过爱多威（Edeowie）峡谷进入到维佩纳凹地，住在了一个大水潭旁。女蛇建议在山坡上造些阶梯，男蛇就在半夜造了出来，这就是现在位于西北部的那些岩岭，呈现出一层层的水平岩层。巨蛇拾级而上，想看看凹地里的人们在做什么。而人们正好在仰望星空，看看是否到了仪式开始的时间，他们似乎看见了两颗明亮的星星升起，以为这是仪式开始的迹象。他们是被迷惑了，没有意识到他们是在看向西方，而并非东方，他们看见的其实是两条巨蛇的眼睛。男蛇于是向东北方向行去，女蛇向西南方向行去，他们要将人们包围在中间。

耶鲁走下凹地，看见成人仪式的第一步——割礼已经开始了，他赶紧抢下野火鸡人祖先瓦哈（Walha）手中的火棍，阻止他执行割礼。火棍飞上天，变成了红色的火星。耶鲁则用原始的火石刀完成了割礼——这才是正确的割礼方式。

正在这时，两条巨蛇从仪式现场的两侧包抄而至，风卷残云地将所有的人都吃了，除了两位受割礼的人——玛拉（Marra）和牦牛（Yakamburu），他们两人跑向东方。两条巨蛇的身体围成一圈，形成了维佩纳凹地四周直立的山壁，女蛇的头就是最高峰圣玛丽峰（St. Mary's Peak），男蛇的头就是比阿特丽斯山（Beatrice Hill），他们看着向东逃走的两个人。

玛拉只完成了成人礼的一半，牦牛则完成了整个过程而成为一个真正的成年人。两人为是否应该点火争执起来，牦牛担心火会让蛇追来，不同意点火，两人达不成一致，就地分了手。牦牛向东北走，在钱伯斯（Chambers）山变成了一块黑色的岩石。玛拉在磨石（Grindstone）山脉的末端变成了一块红色的岩石。

野火鸡人瓦哈与翠鸟人耶鲁也跑掉了，向南方奔去，还一路厮打着。当他们跑到南边的一个叫 Yurlurlu 的地方，瓦哈捉住了耶鲁，把他遣送回北方。瓦哈承诺自己会待在南方，不去打搅耶鲁的成人割礼仪式。这就是为什么后来南方没有成人割礼仪式。

"故事里的这些圣地，深藏着人类存在的玄机。这个传说，是讲述第一个父亲如何将男人的成人礼仪传递给受礼者，受礼者可以理解这些礼仪的意义，却不能把意义暴露给傲慢无知的外人，因为语言不能传递灵性，灵性只能在亲自经历割礼时才能获得。"杰西总结说，"真正受过礼的人会明确知道自己的身份，知道身处何方，因此不会再迷失在造物的理性逻辑的荒野上。"

"一定要用火石刀行割礼，这个怎么与你们犹太人的传统如此一样？"

"确实，不同民族传说中，有一些细节会很相似，或许这说明我们可能有着共同的历史。"

驶近维佩纳凹地时，已经是将近下午四点。弗林德斯山路穿行在半干旱的荒漠区，了无人烟。草原退去，两侧的山峰渐渐多了起来。山体都是黄红色裸露的岩石，被岁月挤压侵蚀出一层层水平方向的宽大皱褶。山脚下，丛生着低矮的白柏松。

"第一站，我们先去看一棵树，一棵红桉树。"杰西说。

"这个大陆，到处都是红桉树，这一棵有什么特别的？"

"这一棵是桉树精，会施魔法，小心魂给勾去了。"知道兰馨有些迷信，杰西笑着回答。

兰馨没笑，回了杰西一个白眼。

杰西转而严肃起来，认真地解释说："这棵树叫'坚韧之精神'，南澳的摄影家哈罗德·卡兹诺（Harold Cazneaux）在一九三七年拍下这棵树，使之扬名天下，因此也叫'卡兹诺之树'。这棵树表现了早期移民拓荒者的坚忍、毅力与不屈服的精神，这些品质最能代表澳大利亚的性格。"

抵达维佩纳小溪后，泊好车，二人踏上了一条上行的小径。一路上，参天古桉茂密繁盛，断裂的粗壮树枝横亘在小径上，难以行走。兰馨磕磕绊绊地走了一刻钟，正纳闷儿还要这样走多久，却突然眼前洞开，走出了林子，走上了一片辽阔的高地。

高地一马平川，没有树木，没有岩石。即便是雨季的草原，青草也是稀稀落落的，难掩红土地的色彩。高地的尽头，是维佩纳盆地外坡红色的陡峭山壁，沿地平线一线排开。碧蓝的天空，冬日下午的阳光，是迟缓的红色，将整个高地照耀得通红。

高原的中央，那棵巨大的红桉树就孤独地站在那儿。

白色斑驳的树干，裸露的粗根，稀疏的灰绿色树冠掩不住挣扎向上长出的扭曲干枯的粗枝。顶上，是浓蓝的天；地上，是映得通红的山与地。

兰馨走近些，才意识到这棵树有多大、多老。整棵树起码三十米高，二十米宽。树干也足有十米粗。在没有参照物的高原上，远处的山仍能衬出它的高大。树干内有一个巨大的空洞，是岁月侵蚀的结果。红桉可以活到上千年，这一棵已过中年，它应该有五六百岁的生命了。澳洲中央沙漠的气候异常严酷，干旱缺水，夏季烈日高温。五六百年的磨砺，它孤独地存活下来，长成了雄伟的荒漠之王。

兰馨牵着杰西的手，慢慢向后退去。这时，逆着落山的红日，在这个干旱的红色荒漠上，"坚韧之精神"变成了一个黑色遒劲的剪影。兰馨被深深地震撼了，这地老天荒的景色，让她想起了家乡辽西的冬日黄昏。

一九四一年五月，哈罗德·卡兹诺写道：

这棵巨大的桉树独自雄伟地站在南澳荒凉的弗林德斯山脉中孤寂的高原上，在那里，它从一棵树苗开始，一年一年地成长，要很多年才能长出巨大的枝杈与林荫，为白人遮日避暑。岁月流逝，在它的身上留下累累伤痕，自

18

坚韧之精神

然——风暴、山火、水也留下了印迹，但它无法被征服，仍向我们传达着坚韧的精神。虽已经年，它宽阔的四肢所彰显的顽强生命力仍将持续多年。有一天，烈日照耀，我站立树前，沉默地惊奇与仰慕它。热风搅动茂密枝叶，这树的灵，以理解与友好，向我传达了"澳大利亚精神"。

兰馨与杰西在维佩纳盆地北部入口处的露营地过了一夜。第二天，太阳还没升上东面的山，俩人就动身去登旺加拉（Wangarra）峰，据说，在那里盆地全景可以一览无余。

维佩纳盆地唯一的入口，由维佩纳小溪切割山脉而成。兰馨与杰西沿着溪水，拾流而上。溪水的两岸，古老高大的红桉树林遮天蔽日，银白色粗壮的树干上，顶着蓝绿色细叶的树冠，宽阔婆娑，层层叠叠。水中鹅黄的芦苇衬着水边碧绿的白松。这深浅不同的色彩一并倒映在清晨曚昽的溪水中，天上水中，不同色调的绿，构成了一个虚实相连的世界。

"这里既是荒凉的，又深藏这些风景如画、温润柔和的宝地，太奇妙了！"兰馨感叹。

"短暂的生机而已，再向前，你就会看到死亡。"杰西凝视着远方，答道。

沿溪的路很快走到了尽头。过了一块名叫"下滑之石"的巨石路标，就进入了盆地。眼前的景色顿时荒凉起来，红色的凹地平原上，是一大片黑色细枝的枯树林。

"这里应该曾经是一大片树林，后来很有可能是一场大水将树淹死了。这么干旱的地方，要多少年才能长成这一片林，一场异常的水，就都死了。"杰西惋惜地说。

兰馨被吸引住了。眼前的死亡，如此壮丽动魄。树死了，枯树依然整齐森然地屹立着，不知已经站了多少年。黑色的干与枝，扭曲着，纠结着，还保持着活生生的姿态，仿佛在挣扎地对兰馨发出呐喊。

"树的魂还在，这些黑色的灵魂，仍被集体囚禁在这儿。我好像听得见它们的喊声。"兰馨低语。

"这里的树都是精灵，小心点，会不吉利。"杰西低声提醒。

看见杰西认真的样子，兰馨知道这是原住民的习俗。弗林德斯山中遍布精灵，不能惊动，讲话也要轻轻地，否则会被报以坏运气。

"我倒觉得它们很亲切，不用怕。"兰馨由衷地说。

从盆地内壁登峰是一段惬意的攀爬，两人很快就爬上了目的地——旺加拉山顶，整个维佩纳盆地尽收眼底。兰馨这才看明白，周围环形的山脉，是在广袤的平原上拔地凸起的峭壁，一圈足有千里。中间看上去很像一个巨大的火山口，但它并不是，而是千百万年侵蚀而成的凹地。内坡缓缓降至盆内高地，外坡急剧下降几百米，整个盆地像一个盘子悬浮在四周的平原上。在原住民方言中，"维佩纳"一词的意思是"手指弯曲的地方"或"捧起的手"，看来名副其实。中央荒漠严酷的自然，像一把强悍的雕刻刀，在这些岩壁上刻出层层皱褶，横向的是宽带山梯，纵向的是沟壑峡谷。

朝阳下，红色的环形山脉，瑰丽壮观，令兰馨屏住了呼吸。这里虽然也是干旱的荒漠，却美得动人心魄。她闭上眼睛，张开双臂，仰面深呼吸一口气，只感觉肺腑清冽，痛快淋漓。上面广阔的蓝天，眼前无垠的荒漠，红色的环形山，还有自己，就此合成了一体，整整齐齐，干干净净。

"为什么澳洲如此得天独厚，连荒漠都这么整齐干净得完美？"

兰馨向几步外的杰西大声地问。

"因为没有人，尤其没有会愚公移山的中国人来改变地貌。"杰西半开玩笑地说。

"这也是荒漠，为什么一点儿也不觉得荒凉？"

"有精灵陪着你啊！"

"这里也够封闭严酷了，为什么不觉得无路可走，反而好像条条大路都通天？"

"因为有我引路开车！"

"你能不能正经点儿？"

二人开怀大笑。杰西走过来，低头认真地看着兰馨，"我说这地方可以解放你，信了吧？"他的眼神很温暖，带着一份天真的自豪。那份天真里的柔软再次触动了兰馨，她伸出双臂，紧紧地拥抱杰西。

四

旅行的最后一站是盆地南端的"阿卡鲁巨蛇之岩"，是原住民主要的圣地之一。杰西建议先开到盆地南部的中心罗恩斯利（Rawnsley）露营地休整一下，营地附近有个咖啡馆，正好可以喝咖啡吃点心。

下午三点多，二人到达咖啡馆。馆内没有顾客，店主是一位高个子的中年白人，亲自出来招待，帮助兰馨与杰西点好了咖啡和蛋糕后，就悠闲地靠在了柜台上。有录音机在播放歌曲："dingo，dingo……"好像在唱着澳洲荒漠一种濒临灭绝的野犬，这种野犬其实是一种狼。

"嘿，兄弟，这不是给狗狗听的歌吗？"杰西笑着与店主开玩笑。

"哈哈，其实很多年不见狼了，但是对这里的自然环境而言，这首歌算是很应景。顺便介绍一下，我是彼得。"店主微笑着热情地挥挥手，随即又问道，"你们看上去有些匆忙，来了这里，还不轻松些？"

兰馨有些意外地看看杰西："咱们有那么格格不入吗？"

杰西调侃道："你永远是雷霆万钧，走路都是一阵风，什么时候入过格？加上你的口音，完全一个外国游客。"他顿了一下，接着说，"这里的人都是慢吞吞地享受日子，外面来的人一眼就能被看出。"

彼得在一旁接过杰西的话："用土人的俗话说，白人的信仰是工作，所以你们总是在赶路。土人的信仰是土地，是没有时间局限的造物梦幻。"

兰馨觉得这个店主很有意思，就追问他："你似乎以土著自居了？"

"在这里住了一辈子，习惯了荒漠里的安静，连家门都不用锁。偶尔去一趟阿德莱德，太拥挤忙碌，真不习惯。"彼得无奈地摇摇头。

南澳首府阿德莱德，是中央沙漠地区唯一的城市，以人少安静著称，又因教堂多而被称为"教堂之城"。

"罗恩斯利附近有许多土人的圣地，是倾听造物梦幻的好地方，千万别错过了。"彼得自豪地提醒，"哦，别忘了看看斯图尔特沙漠豆。"

"什么沙漠豆？"兰馨困惑地问。

"你还没见过？那真是白来一趟澳大利亚了！"彼得夸张地叫起来。

"我们从维省来，那里很难找到沙漠豆。"杰西解释说，"你这附近要是有，可不可以带兰馨看看？"

"当然，我们后面的草地上就种了一片。"

杰西转向兰馨："去看看吧，很奇特，我去把车收拾一下，就不陪你了。"

24

兰馨随彼得走出咖啡店的后门，门外就是荒野。彼得指向右侧的一片草地，草地不算平坦，小土包间散落着一些石块，有一丛丛不高的红花，匍匐地开在地上。她走近了，蹲下来仔细看，这植物像是一种藤蔓，铺满地皮，藤蔓上是一串串灰绿色毛茸茸的叶子，像温带蕨类。藤蔓上生出一枝枝的花梃，每个花梃上顶着一大朵鲜红的花。花的样子奇特，质地如火红的丝绒，每朵分成几瓣儿，花瓣是船型，两头尖中间宽，肩并肩列队围成一圈。每片花瓣的中心都有一个凸出的黑色眼球，与人眼一样，还光亮照人，兰馨蹲着与之对望，就好像被一大群活灵灵的黑眼睛凝视着。

　　"这里的一切都充满灵性。"兰馨低声自语，伸出手想要抚摸花瓣。

　　彼得连忙阻止："沙漠豆是血液的生命，在我们这里，法律禁止采摘。"

　　"血液的生命，什么意思？"

　　"这是个悲伤的土人故事，是沙漠豆的由来。"彼得慢慢地讲了起来。

　　很久以前，一个美丽的女孩爱上了邻族一位英俊的年青斗士。不幸的是，女孩已经被许配给了一个善妒凶狠的老男人。年轻的情侣决定私奔，藏到了男子祖先的一个部落，从此住在一处甜水湖畔，生下一个英武的男孩，男孩被称为"小酋长"。有一天夜里，那个善妒的老男人召集同伙偷袭了这个部落，杀死了所有人，女孩一家的血流成了河。一季之后，老男人与同伙回到湖畔寻找白骨，却发现湖水已被精灵悲伤的泪水化作了盐湖，女孩一家死去的地方没有白骨，而是遍地开着血红的沙漠豆之花，每一片花瓣中间都长有一只乌黑的眼睛。精灵宣称，这是"小酋长"一家的血灌注出的生命，相比肉体的生命，血的生命是永久的，没有死亡。老男人吓得仓皇

25

逃跑，愤怒的精灵从云端抛出长矛刺死了他，老男人就变成了一块石头。

"所以沙漠豆也叫鲜血之花。"彼得最后这样说道。

"阿卡鲁巨蛇之岩"位于维佩纳盆地外侧的岩壁脚下，离岩洞几公里处就无路可以行车了。兰馨与杰西泊好车子，沿着路标，走进林中的小路。其实这算不上是什么正式的路，看得出前人只是尽量挑些平坦的地方走，日子久了，走出一条似有若无的小径。一路上，他们经过几片干涸的小河床，河床上堆积着卵石，两岸长满白色的桉树丛，成年的古桉树则在稍远处，高大遒劲，有些树皮严重剥落，露出深红的树干。沿途不时有巨树倒卧在路上，树干已经变得光秃秃的，树枝干枯，以出其不意的角度尴尬地斜栽在地上，似乎尽管已经倒下很久，还保持着刚倒下时的姿态。此时已是黄昏，微阴的天盖着一层薄翳；不远处，维佩纳几百米高的赤色岩壁在谷底投下巨大的阴影，树林中的光线变得明暗不均；山崖罩在落日的余晖里，锈红色的皱褶间遮掩出黯黑的阴影；林中偶尔有灰袋鼠"哒哒、哒哒"跳过的声音。

"阿卡鲁巨蛇之岩"是一个岩洞，位于一块巨大岩石的底部。六千多年前，"岩人"族落就开始在这里绘制岩画，一代一代地重复记载着部族与弗林德斯山脉地区创世的历史。兰馨他们到达时，洞口已经有些幽暗，探头进去，岩壁上密密麻麻的绘画仍清晰可见。白色与红色的鸟儿的足迹，代表鸵鸟人的旅程；黑色的蛇形线条，代表那两条造出维佩纳盆地的阿卡鲁巨蛇；两条黑色直线，代表向东逃掉的那两个受割礼的人：玛拉和牦牛；还有许多代表植物和水塘的象形图案。这些画是用红色、白色与黄色的黏土及黑炭加水、油脂或血液混合后，用手指涂抹在岩石上的。几千年的重复绘画，一遍遍地描摹，在岩石上留下了层层重叠的图像。

想到眼前的某个图形可能绘于几千年前，兰馨不由得打了个冷战。"这么空旷荒凉的沙漠，却深藏着人类最早的秘密。艺术是人与神灵之间特殊的纽带，这些符号式绘画，简单得像是儿语，却能超越时空，用最简洁的方式讲述出人与宇宙的关系，因此讲述了一个永恒。然而，这些简单的图像隐喻的层层机密，需要神圣的精神才能破译。"兰馨默想。

"一画道破天机！"

兰馨盯着岩画细看，暮色中，只觉得这些图案活灵活现地对她讲故事，而她也似乎能听懂什么，这实在不可思议。

杰西在岩坡上走来跑去，忙着拍照。

"杰西，我可以自己待一会儿吗？"

"你这是怎么了？"杰西有些诧异。

"我想安静地倾听一会儿，你不如去给旁边的岩画拍照，求你了！"

杰西有些疑惑，但还是依言走开了。

兰馨坐下来，一个人安静地坐在山崖的阴影里，面向桉树丛，呆呆地愣了好一阵，然后轻轻闭上眼睛，将这有形有色的世界关在了心的外面。

山风的低吟渐渐消失了，一份绝对的安静在周围凝聚起来。她用心听着。似乎过了很久，她张开手臂，感觉自己的身体仿佛变成了透明的，与山谷中的一切相融，合成了一个整体。

在这深层的安静中，兰馨终于能够倾听了，心底最深处对归属的渴望清晰起来，一份平和的领悟慢慢浮现，空间里飘浮的精灵们，似乎触手可及。生平第一次，她感受到自己跨越无形的边界，进入了一个超越物质生命的空间里。

辽西的冬天，七十年代末那个冬日的黄昏，那晚困惑的呐喊：
"这一生的困顿是为了什么？我来到这个世界是为了什么？"

她的心一直深囚牢狱，家乡那充满压迫的自然，少时刻板的教
育，贫瘠的生活，人之间贫瘠的感情，形成了一个狭隘、冷酷、匮
乏与困顿的牢狱。这一刻，在这个干净完美的荒野中，这个平静的
灵的世界里，牢狱的墙开始裂开，一片新的空间隐隐出现，这一片
空间似乎是最初，是归属，是最初与归属合一的整体。

"也许，生命可以不只是寒冷与匮乏，不只是孤立无助与困顿，
不只是在牢狱的高墙内茫然的无意识似的苟且偷生？"

"也许，生命可以是温暖与丰盛，可以是被爱与安全，可以是在
温柔洁净中清晰地为了某种目的而主动地生活下去？"

"也许，我眼前总是出现的那一块块污垢肮脏的窗子，结满冰霜
的窗子，纸糊的混沌的窗子，总有一天可以被擦干净，会融化，被
戳破，我便可以看见窗外的风景与期待已久的承诺，那个承诺也可
能是如此丰盛而令人充分满足？"

记忆中的渴望依旧历历在目——姥姥的血桃，一整树的血桃，
一头肥猪，红烧肉，一年只有一次的春节的盛宴，以及它带来的宗
教仪式般的满足！

影像慢慢消失，兰馨睁开眼，抬头望去，已是繁星满天，傍晚
的阴翳消失了，银河倾泻了半个天空，南十字星异常地明亮，就如
十一岁那一年夏日辽西家乡河畔的星空一样，神秘得震颤灵魂。一
份令人安慰的希望从天而降，进入她的心。

空间里飘浮的精灵们

五

沉沉夜色中，兰馨与杰西回到罗恩斯利露营地。

杰西在露营车前点起一堆篝火，端出两杯玛格丽特鸡尾酒，招呼兰馨一起坐在篝火旁的折叠椅上。她却觉得自己依然踩在云上似的，身体根本无法坐下来，于是她左手举杯，划动右手，绕着篝火舞动起来。

他微笑，目光追随着她的舞姿。篝火的火焰渐渐高起来，将黑夜烘托撩动，空气里有流窜闪烁的光，像一群萤火虫，在他与她之间飞舞。明暗变换中，他看见她欢愉的微笑。她白皙的鹅蛋脸，是干干净净的清纯，这微笑也是心无隐藏的单纯甜美。但是，他分明觉得有种改变在她身上发生了——她的眼神里，多了一份笃定，她的笑容里，多了一份自信，往常那份时隐时现的阴郁不见了。

他心里起了好奇，一对清澈的眼眸愈发追随着她。她察觉到了他的凝视，扭动腰肢舞了过来，干脆放下了酒杯，拉起他一同跳舞。

星光下的夜色里，有明亮轻盈的空气在回旋，二人在心里攥住这舒缓的节奏，在彼此的怀抱里，慢慢地共舞。

他的身体，传来一股古龙香水味，像熟透的柿子在橘黄色的秋天里散发的味道。这香水的味道是她熟悉的，而此刻俩人挨得这么近，闻上去要比平时更浓烈了一些。她对味道十分敏感，就像她对声音、光线、色彩的敏感一样超出常人，她感到一种甜蜜正侵入自己，开始魂不守舍起来。

夜深了，他居然记得用香水，这分明像是一个阴谋。她抬头找寻他的眼睛，发现他正凝视着自己，那一双大大的眼眸依旧干净清澈，但比平日多了一层浓烈的黑暗，又有柔软的星光在黑暗中闪烁。

她坚定地望回他的眼神，似乎说："快带我进入你的阴谋吧。"

他察觉到她的主动，之前的她就像一片洁白的羽毛，轻浮在空中，犹犹豫豫地不知如何落下来；现在的她下了决心，就朝着他小心翼翼铺下的网中毅然落下来了。

那一夜，兰馨与杰西做爱，心甘情愿地，第一次像一对旗鼓相当的情人。

空气里，令人神魂颠倒的香水味，混着体液里荷尔蒙的味道，像一层无形的包裹，将他们合为一体。在他健硕的身体下，她白皙丰腴的身体起伏着，一对饱满的乳房洁白圆润。她闭上眼，送上自己的欲望。他吻着她的脸、颈项、胸，然后双手轻轻捧起那一对乳房，将自己的脸埋在了温香软玉之中。

他辗转着又吻了回来，面孔抵在她的脸上，眼睛里是深深的欲望，用鼻尖摩擦着她的鼻尖，轻轻地咬着她的耳朵，温柔地说："我要带你进天堂。"然后，沿着她的胴体，又一路吻下去。

杰西的吻，温柔细腻，却坚定通透，如电流穿透身心。兰馨身体里有火热的浪，一阵阵地涌上来，烧得越来越痛快淋漓，当火焰烧透全身，在无声的呐喊中，她坠入了一片红彤彤的空间。

兰馨第一次清晰地经历了自己的欲望。

杰西保护的臂膀，捧出一个柔软洁净的梦。

【第二部】

辽 西

一

在澳大利亚中央荒漠的弗林德斯山，古锈的山崖渲染出一个红色的黄昏，红桉树林雄伟苍劲，山风低吟。在这永恒面前沉思，兰馨却莫名地想到七十年代末家乡那个冬日的黄昏，那晚困惑的呐喊，在这亘古的安静中，心底的一角如从冬眠中苏醒过来："这一生的困顿是为了什么？我来到这个世界是为了什么？"逃避多年，这远在世界另一端的荒漠唤醒了她对过去的记忆。

声音融没于声音。十一月的土地泛着青光
鱼群逆水而去。菊花的苦与凉
清香要等到春天才能品尝。破败的秋天
已开始一点点凝聚。

我能确信什么。除了怀疑，否定；
这条自毁的道路难道，难道仅仅为了新生？

白雪末年，雕花的木匠扔掉斧头

空手进入山林

——辽西诗人雷子

在兰馨对家乡的记忆中，最刻骨的是辽西被隔绝的荒凉寂寥与漫长寒冷的冬天。

大约从公元前一千年开始，中国在北方修筑东西向的长城，用以阻挡北方胡人的入侵，这一修就是两千年。结果并没有挡住胡人，却把东北三省挡在了外面。东北的各族胡人与高丽人学以致用，也在东北造了层层的南北向的小长城，彼此抵御。后来，这些外族人经过世代的演化，成为之后的蒙古人、俄国人及朝鲜人。这些民族，以及朝鲜东边的日本人，历史上都曾有过比汉人强悍的阶段。人们总以为东北有大山大河大平原，一定天高地阔，其实它被大大小小的长城隔绝、切割着，无路可走。野蛮民族交替战争，轮番统治，彼此杂居，无不破坏着东北文明的连贯性及对中原文化的认同感，人们精神上无家可依。西伯利亚吹来的寒流，与蒙古高原裹挟来的黄沙，制造出了噩梦般恶劣的气候，留给东北大荒、大雪与凶猛的大兽。东北也有其优势，那就是丰富的金属矿物与能源资源，从二十世纪上半叶开始，东北的原材料工业曾有过耀眼的高光时代，并由此发展出了一批重工业产业，如钢铁、机械制造与交通运输。然而到了二十世纪末，随着传统重工业的衰落，科技与服务业的兴起，东北再次迷失了。长达半个世纪的传统重工业已然成了裹脚布，让东北在寻找新方向时寸步难行。在中国日益现代化的商业时代和高科技时代，东北似乎又被孤零零地遗忘在了塞外。

东北是寂寞的。东北的寂寞，只有东北人知道。

位于东北西南角的辽西，紧贴着长城外，近得就像山海关大门外石阶上的一块青石板，但一个"外"字，却永远决定了辽西的命运——如同一个已经靠在了家门上却永远进不了门的人。一道山海关，挡住了南来的风与水，也挡住了中原的文明，辽西只剩下了原始的大寒和大旱——它们凝聚成了这片大荒。

辽西多山，山却不青，光秃秃的，远看只见裸露的灰青色的岩石。一排排尖尖的山峰，鹰嘴一样，一排开列出去，像铮铮铁骨。山上年年种树，就是不见树长。山也不高，尖峰下是一层层滚动的小山丘，红色的土壤，贫瘠的土坷垃，犁成层层垄沟，在浓蓝的天空下，张着干涸的嘴。山坡下有河，但河难丰盈。夏雨稀薄，河两岸草坡之外，能成林的只有耐寒又耐旱的白杨、白桦。冬雪不厚，盖在两岸的荒草上，越发显得破败荒凉。连泥土都留不住，随着春秋季的风沙和夏季的干风，飘走了，给大地留下满脸沟壑纵横的皱纹。

这就是辽西大地，天苍苍，野荒凉，长风肆意，日月寂寥，荡气回肠。

辽西的冬天有五六个月之久。进入十一月，一个哆嗦的工夫，天一下子就冷了。小雪飘起来，土地冻硬了，而且要一直硬到第二年的四月。白天越来越短，十二月时，下午四点天就黑了，大家都躲回家里不再出门。所以，冬天既要"猫冬"，也要"猫黑"，如同动物冬眠。零下二十多摄氏度的气温，滴水成冰。蓝天艳阳的时候，坚硬的北风里是脆生生的寒。阴霾时，黑色的树枝，灰白的天空，枯老中的肃杀气息，在城里，在山野里，都无处不及。

天气好可以出去玩的时候，或者出门上学时，兰馨必须穿着妈妈缝制的厚厚的棉衣、棉裤和棉鞋，外面再加一件长棉大衣。绒布围巾包着头，棉口罩遮住脸，否则会冻掉耳朵，冻出满脸冻疮。手上戴着一种只分两指的棉手套，叫手闷子，普通的那种五指分开的手套在东北是行不通的，会冻掉手指头。棉衣、棉裤分别要用三四斤棉花做成，做得再贴身，外面看起来也难免臃肿，再加上外面套的同样厚重的棉大衣，人简直像穿了盔甲一样，跑起来摇摇晃晃，行动极其不便。棉鞋的鞋帮也是用厚厚的棉花缝制，鞋底需要四五层的袼褙用麻线纳成，新时又厚又硬，不随脚，迈出的步伐僵硬缓慢。穿久了，才慢慢服帖轻松起来。但棉鞋不管多厚多硬，都抵挡不了辽西的冬寒，走在坚硬的冻土上，兰馨总是冻得脚疼。好在孩子们在户外时，多半奔跑互相追赶，跑热了，就忘了冷。

春天来时，是死过又重生的感觉，且这重生的过程曲折漫长，充满挫败。辽西的春天来得很慢，显现得很晚，还转瞬即逝。三月时，南方已是烟雨春花，氤氲碧绿，辽西坚硬的土地才刚刚开始化冻，凛冽的寒风中有了那么一点儿柔软，阳光中多了那么一点儿热度，就给了生命莫大的希望，春天有一点儿苗头了。人们会说："不知今年的春天是否顺利。"有时希望刚刚燃起，随着一场突如其来的小雪，便又冷了。人们于是说："噢，还早着呐。"就这样，希望、失望、再希望、再失望地折腾几个来回，就到了四月，人们已经等得快绝望了，冬天却不肯松手。终于，耐寒的杏花开了，粉白的花，那么一点儿脆弱的、零星的娇嫩，却是绝望中的希望，让人落泪。趴在地上找，也能看见草根的一点儿绿色了。这点如此金贵的色彩，还会被不肯离去的寒流和冰雪反复摧残着，杏花没有几年能痛痛快快地开丰满、开彻底，大多数是花开一半，就被寒风冰雪或早春的风沙摧残没了。四月底，人们终于可以脱去穿了一冬的厚棉衣，换上毛衣了，封闭了一冬的身体可以舒展了，冬眠了几个月的大脑苏醒了，人们又活回来了！

再过两三个星期，到了五月中旬，人们就要穿单衣了，初夏追着冬天的尾巴，忽然就到了。

辽西寒冷与贫瘠的原野造就了鲁莽健硕的汉子和热情奔放的女人。辽西不可撼动的荒凉与寒冷，使得辽西人从不妄想愚公移山，也不相信人定胜天，那些都是江南秀才的雄心壮志。健硕的辽西人，土里刨食，就傍着山边水边活着，傍着冻土与干涸活着，傍着隔绝与竭蹶活着，因而听天由命，惰性十足。空旷的周遭，辽西人因而擅长想象，耽于期盼。漫长的冬日里，人们寂寞了，就扭秧歌，踩高跷，惊天动地地闹一回。他们不忸怩作态，粗犷暴躁的性格因隔绝而自尊自足。一代代困顿久了，蛮气十足，不顾及后果，不会长篇大论地讲道理，有了争端，就动武解决问题吧。

辽西蛮荒的风土人情造就了中国历史上最著名的土匪之一——安禄山。安禄山带着自己从辽西起家的军队，搞垮了中国历史上最强盛的朝代——唐朝。兰馨的妈妈雅芝，祖辈来自风光美丽的山东海边，性格温柔细腻，看不惯内陆荒漠野人粗糙的野气匪气，每次抱怨起辽西人，她都会毫不犹豫地拉出安禄山做例子："难怪安禄山来自你们这里，天高皇帝远的不毛之地，是土匪的天堂。"兰馨的爸爸九海听后则哈哈大笑："只有我们这种山水，才能造就这样不拘一格的乱世枭雄。"

听母亲说多了，兰馨这半个辽西人也有些心虚，总怀疑自己是否不自觉地继承了家乡的基因，思想不着边际，什么事情都敢做，却不想负担责任与后果，就像后来被辽西的乡村喜剧明星们戏剧化了的东北人，走起路来鲁莽地高一脚低一脚，没有控制，吹起牛来狂妄得风一阵雨一阵，没边没界，语言行为都是没有规矩、不成方圆的样子。

二

兰馨生长的凤城，是辽西的中心，中国最早的新石器时代文明之一——红山文化的发祥地，距今已有五六千年的历史。公元前四世纪，这里曾是古燕国的首都，由在蒙古高原崛起的鲜卑族建立，而他们的后辈则成了现在的北方汉人。

古城东边，是最具辽西地貌特点的风景——大连河与凤山。大连河绕城而过，将古城与屏障般的凤山隔开。山与城之间，是广阔的天地，长着成片的白杨林和白桦林。每年七八月间，这里会有个短暂的夏天，雨季的河水滚滚而过，两岸宽阔的草坡随之丰润起来。碧蓝的天，绿草坡，白树林，黑色的古城，温和凉爽，安静祥和。

城中有三座青砖古塔，故也称三塔镇。据说其中一塔下藏有如来的真舍利，用以镇塔。老城还保留着许多青砖青瓦的平房，一进又一进的院子，黝黑的房，黝黑的墙，院子里黝黑遒劲的老槐树，罩在天井的上空，走在里面，与世隔绝。

兰馨四岁时，"文化大革命"进入了如火如荼的阶段，父母白天上班生产，晚上开会学习、讨论中央的重要指示，实在没有时间照顾兰馨，就把她送去山东海边乡下的姥姥家。姥姥有五个儿子和五个女儿，大多住在附近。兰馨的妈妈是第八个孩子，年纪较小的一个。兰馨来到时，几个表哥表姐们都成人了，最年轻的小姨和小舅也都二十多岁了，全家就她这么一个小人儿。

家庭虽大，日子却过得很简单，兰馨努力地参与着。姥姥去院子里捡鸡蛋，她会跟着，每天捡回二十几个，整齐地码在柜面上。村里分鱼，她也跟着跑到藏鱼的水塘边，看着大汉们从塘底把鱼拖上来，一堆堆地分给各户人家，她便跑前跑后地照看着自家的鱼堆。

兰馨从来没有什么玩具。那时，即使是城市里的人家，也没有多余的钱花在玩具上。乡下更甚，不仅没有玩具，连书都没有，哪怕是最简单的儿童连环画也找不到几本。没有人负担得起收音机——那时叫匣子，因此人们连革命样板戏也难以听到，更不要说看电视娱乐了。大家吃的、用的，都被统一定了型、定了量，由上面统一提供。每个人能拥有的物品基本一样：一样的土炕，一样的箱式柜子，一样简陋的炕桌，一样的土灶，一样的一口大铁锅蒸煮出类似的一日三餐。人们的状态也都一个样：一样地穿着简陋，一样地淹没在单调的黑、灰、蓝色中，一样地吃不饱和营养不良。在兰馨的记忆中，人们的心里却是明朗乐观的，相信在一系列的社会变革以后，一个纯洁、富裕、公平的新社会很快就会到来。人们对这一愿景坚信不疑，他们只需走下去，跟着毛主席满怀信心地走下去。二十世纪六七十年代成长的孩子，大多数人的童年都是如此，眼前看得见的与未来可以期望的是如此地简单明了，因而已经无需期望。

有几次，姥姥要去大队开会，家里刚好没人能照顾兰馨，姥姥就把她放在院中桃树下的板凳上，嘱咐道："乖，你如果听话，在这里好好地等姥姥，我回来时摘个桃子给你吃。"兰馨很懂事地点点头，然后安静地坐在树下等待。姥姥家的桃子是一种血桃，外表是毛糙的暗红色，不好看，个头也不大，但里面的桃肉是血丝般的红，如一根根鲜红的毛细血管，咬下一口，桃子里会渗出殷红的果浆，浓烈的甜，沁人心脾。北方的七月只有为数不多的几种水果能成熟，血桃便是其中之一。兰馨已不记得当时望着头上的桃子时，对这份简单的承诺有过怎样殷切的期待，也记不清在吃到桃子时，又有多少的满足。但是她清楚地记得，自己可以为这份承诺等上几个小时。

多年后，那午后等待的光景仍历历在目——温暖、空洞、失落掺杂在一起。在贫乏的年代，一个寂寞的、无所渴望的小女孩，就这样无聊地打发着一个夏日午后的时光。一个血桃，是否是一个值得期待的承诺，值得让一个孩子安静地等待那么久？

相比起来，夏日的等待毕竟是在院子里，温暖透亮，四处望望，草木天空尚算赏心悦目。到冬日时，户外滴水成冰，姥姥去开会时，便坚持让兰馨留在室内。姥姥把兰馨放在土炕的窗前坐好，给她腿上再盖个小被子，叮嘱说："乖，你在这里暖和，等我回来，你能听见我回来的，我会给你拿冻梨吃。"冬日里的等待总是显得极其漫长，没有什么可以玩的，兰馨就将小被子当玩具，顶在头上做帐篷，披在背上做斗篷。土炕烧得很热，屁股底下热得人发燥，兰馨愈发地坐不住，也愈发地想吃冰凉的冻梨，于是她趴到窗户上，试图向外看。姥姥的窗子是白纸糊的，那个时代，乡下人家买不起玻璃窗，就把白纸糊在木格子做的窗框上，可以抵挡寒风并引入一些天光。那些天光似乎是乐趣，引逗兰馨趴上去，趴上去了，却什么都看不见。她和外面的世界只隔着一层纸，天光似乎触手可及，她却被困在孤寂的混沌中。她将耳朵贴在纸窗上，可以隐隐地听见小花子的喘息声，那是姥姥的狗。再仔细听，还有寒风的呼啸声，时而呼呼地低吟，时而尖锐地鸣响，偶尔掺和着乌鸦"呱呱"的嘶叫。纸的那边，上演着兰馨看不见的戏剧。她听着听着，就听见了脚步声，踩在冰土上，咯吱咯吱地响，由远及近。她雀跃，姥姥回来了，可以吃冻梨了。

每次回首童年，兰馨觉得自己半辈子的人生，都像隔着姥姥的那层窗户纸在看世界，那一点点天光引逗着她，给她希望，窗那边热闹的戏剧能闻声却不见影。更糟糕的是，她根本看不见那一层纸在哪里，她知道她被困在混沌中，但用手推，用指戳，却找不到突破的边界。

北方的大家庭里，九月份的中秋节是最丰盛的节日之一。苹果、白梨开始成熟，葡萄已经是最后一茬收获。需要冬储的水果封在牛皮纸袋子里，存入地窖，留待冬日享用。姥爷地里的秋白菜刚长成，与猪肉一起做成饺子，肥而不腻，汁鲜味美。姥爷也开始用糯米做黄酒，做好的黄酒封在坛子里，埋在地下。等到春节饮用时，米酒会变成紫红色，打开坛子，香气扑鼻。

大人们忙着摘水果，分秋鱼，包饺子。兰馨也想有所贡献，姥姥就打发她去摘黄瓜。黄瓜地在菜园的最深处，她走过一畦又一畦的青菜，才看见几排黄瓜藤，爬在三角形支架上。叶子已经枯黄了，露出的藤蔓很粗壮，零星地挂着几条黄瓜，都不大，也不是很精神。她很失望，想不到饭桌上常吃的水灵灵的黄瓜，在菜地里原来长得这么凄惨。她决心要找一根大大的黄瓜，让姥姥高兴一下，于是在藤蔓间仔细地翻找，果然看到了一根二尺长的黄瓜，白萝卜那么粗，躺在地上。她很兴奋，费了很大的力气才拧断藤蔓，抱起黄瓜。

回到屋里，兰馨已经气喘吁吁，小脸通红。"姥姥，看！我捡回了最大的黄瓜。"她的小嘴因自豪而紧抿着，睁大双眼，充满期待地看着正围在炕桌包饺子的大人们，等着他们的夸奖。

"哈哈……哈哈……"大人们突然哄堂大笑起来，"兰馨，那是姥姥留下的黄瓜种，结籽为了明年用，没看见皮都黄了吗？不好吃了。"姥姥边笑边摇头，领着兰馨去洗手。

兰馨迟疑地跟着姥姥，因失望而沉默了。她不知道黄瓜早已过季了，秋天能吃到的只是残留的一点儿果实而已。她用眼角瞄着躺在地上的那根黄瓜种，几分钟前它还是黄灿灿的荣耀，现在只灰突突地躺在那儿，诡谲地嘲笑着她。大人们的笑声，将她抛进失败的深井，她第一次发现成就感是如此容易被挫败。

那一段时间，兰馨的世界也就姥姥的院子那么大，一群鸡，几头猪，和一只叫小花子的土狗。

有一天，村里突然来了一帮年轻人，手里拎着木棍子，挨门挨户地搜查狗，说是要展开全民打狗运动，以后不能养狗了。那天以后，兰馨再也没有见到小花子。没人告诉她究竟发生了什么，小花子去了哪里，她也未曾想象过它是否跑掉了，也许还会回来，或者死了，是怎么死的，只知道自己少了个玩伴儿，非常失望。

兰馨开始试着跑到院子的外面找人玩，她不断拓展地盘，很快与邻居的一群孩子打成了一片，整天满街跑啊，跑得像个泥猴似的。

村边上是一片一望无际的玉米田，孩子们不敢钻进去。有一年秋收时，小姨要去收割大队分配的一块玉米地，就带上兰馨以便照顾。那天午后，艳阳高照，暑热难耐。小姨用旧塑料袋装了饮用水，俩人戴上草帽就出门了。兰馨感觉走了好远，才走到自家分的那块地。深深的玉米地里空无一人，只有大太阳明晃晃地照着。小姨怕兰馨晒着，先割了两垛玉米搭成一个三角尖顶的临时遮阳篷，又在地上铺了一层秸秆，让兰馨坐下休息等着。兰馨喝着塑料袋里的水，在篷里坐一会儿，又起来到地里钻一钻，感觉无比新鲜。

打那以后，兰馨突然觉得姥姥的院子好小，甚至有些窒息。再见到那群玩伴时，满街疯跑也不那么有意思了。她多么渴望那一大片田地，田野里的长风，广阔的蓝天，她想知道天的外面还有什么。

群里有个叫小五子的男孩，整天穿着一身绿色的旧军衣，皱巴巴的，灰土满身，却掩不住健壮英气。兰馨不知道他有多大，反正是这群孩子里最大的，是个当之无愧的"头领"，每次他振臂一挥，一帮孩子就随他跑起来，对他的指示无比信赖。

一个秋日，孩子们又聚到了一起，跑了一会儿，就感觉百无聊赖，于是一起蹲在地上，围成个圈儿，掏起蚂蚁窝来。那蚂蚁窝不小，一大群蚂蚁在洞外来回有条不紊地忙碌着，有的三两成伙扛着食物，向着洞口爬，有的则刚从洞里爬出来，正要奔向远处，很是热闹。孩子们被这些勤奋的小东西吸引住了，开始用细树枝儿拦截匆匆爬行的蚂蚁们。见到障碍，蚂蚁马上改变了方向，然后再找机会重回原来的路径，而孩子们就再次拦截。这么七搞八搞，原来井然有序的蚂蚁大军就被搞乱了，不管这些脆弱的小东西怎么努力，它们要么原地打转，要么远远地偏离了取食的路径。孩子们大笑起来，笑蚂蚁们荒诞的努力，笑它们不知道自己被什么控制着——这么小的东西，怎能抵抗孩子们的力量呢？

兰馨突然觉得残忍。她感觉自己就如同那些小蚂蚁，仰头望着大人的世界，却看不到顶头；被看不见的力量裹挟着，茫然无知地前行，不知道能去到哪里；最终四面是墙，上下是网，只有悲哀地原地打转。

她住了手，说："不好玩，别玩了。"

大家安静下来。过了一会儿，更觉得无聊，小五子说："咱们出门吧，走得远远的，谁敢跟着我来？"一帮孩子都有点儿反应不过来，半晌，另一个稍微大点的男孩志斌举起了手，兰馨也跟着举起手。

三个孩子走到一边儿合计了一下，出门是件大事，总要准备一下，于是各回各家取些吃的。姥姥家的干粮只有玉米饼子，形状大小像个巴掌，一面还有着烙饸的嘎巴。兰馨拿了两个，又带上一塑料袋水，跟着小五子和志斌就出发了。

出发时就已经快到午饭时间了，初秋的阳光，在中午依然热毒而明亮。万里晴空下，更显得前面的庄稼地无边无际。兰馨这个兴奋啊，终于可以远远地走了，要去哪里呢？能走到哪儿去呢？这个未知，鼓噪着，神秘危险，却似乎充满承诺。可以做这件事本身，给了她一种从未有过的控制感，她觉得自己不再是蚂蚁了。她的心怦怦地跳着，充满希望地跟在两个男孩后面。

三人到了村外，随便选了一条窄窄的马车道就出发了。面前的玉米地，已经被一方地收割了，秸秆一片一片地码在地上，铺排得整齐绵长，好像要延伸到天边去，兰馨觉得视线豁然开朗，真切地感觉到玉米地有多么辽阔。田野里也穿插着一排排笔直的白杨树，偶尔会看见一些丰满成熟的向日葵，金灿灿的。秋阳中，田里的蝈蝈和蛐蛐高歌不已，抑扬顿挫，此起彼伏，合唱着一曲田园交响乐。回头看看村子，那些斜屋顶的土房已经很远了。

孩子们走着走着，就偏了方向。他们从一条垄跳到另一条垄，跑跑停停，起初觉得很好玩儿，但很快就累了。小五子出了个主意："我知道右边有条河，咱们去凉快凉快吧。"那条小河确实很凉快，河水清澈得连底下的青石都看得清清楚楚，只是一下子寻不到什么鱼虾，有些美中不足。孩子们光脚蹚起水来，身上的暑气一下子就消了，人也精神起来。

兰馨只记得，后来他们三人一直走啊走，带的饼子才吃完一个，水就喝光了。吃到第二个饼子时，她觉得发酵过的玉米面酸酸的，干噎得难以下咽。太阳已落下半边天了，赶路的腿脚越来越沉重，耳边蝈蝈蛐蛐的合唱变得慵懒沉缓，像催眠曲一样，脚下的垄沟无止境地向前延伸着，眼前的田野依然广阔，好像要延伸到落日中去。兰馨的眼皮越来越沉重，意识渐渐模糊起来，感觉自己似乎变成玩

44

伴们戏耍的那些蚂蚁，在看不见边儿的空虚中爬行着，被白色的光和白色的声音包围着，她走不动了，也已经不记得要去哪里，和自己为什么落在了这里。

后来，兰馨听姥姥说，大人们终于发现这三个孩子不见了，就兵分几路去寻找。天全黑了以后，他们才在五六公里外的小河岸附近找到了他们，三个孩子都已倒在地上睡着了，大人们将他们扛回了村里。

兰馨的家乡有个迷信，一个人用筷子吃饭时，若总是握住筷子的后端，而不像大多数人握住中间，这个人将来必定要远离家乡，兰馨就是这样的人。每次家庭聚会，总少不了吃饭，雅芝都会忍不住提起这事："看这孩子，将来一定要出远门。"亲戚朋友们就会用同情的目光打量兰馨。按家乡习俗，远离家乡是件不幸的事，这孩子需要怜悯！兰馨却暗自有些自豪，因为只有她能从妈妈的语气里听出那么点儿期许，母女间对命运的默契，从未对外人说破过。

远走他乡是兰馨的愿望，似乎也是她的宿命，后来在北京大学读书时期，这个宿命再次被明晃晃地摆到了她的面前。

在大学三年级暑假时，兰馨与一组同学到中国东南部的温州做社会调研，一行人借机跑去雁荡山玩。雁荡山自古被称为"东南第一山"，背依峰峦绵绵的括苍山，面朝波涛滚滚的乐清湾。山中深谷峰林，千姿百态，溪湖瀑布，万树成林，是佛教和道教名山。最美的是合掌峰，由两个山峰合拢而成，在有月的夜晚，从某个角度看去，更恰似一对丰满的乳房，因而又称"双乳峰"，而要是再换个角度，出现在眼前的则变成了一对紧紧相拥的情侣，故也称"夫妻峰"。藏于百米高的狭长的合掌峰缝内的，便是危楼九叠的佛教名寺

"观音洞"。

正要上大四，同学们对未来都有些焦虑。他们决定到寺庙中抽签算一命。这一班高材生出生于六十年代中期，成长于改革开放的七八十年代，正值国家的前景展示出一种新的乐观的时期：对内，似乎多种新的职业方向变得可能；对外，可以去不同的国家留学进一步深造；他们的心态是充满憧憬、阳光灿烂的。然而就个人的具体前途而言，他们却只有父母一辈五六十年代相对简单的经历可以借鉴，那在他们年轻躁动的心里被鄙视为落后了，他们要不一样的未来。单纯的心虽然是十足的理想主义，现实中却并不知道如何思考人生各种复杂的可能性、选择与妥协，家庭没教过，学校也没教过，连北京大学这样"以天下为己任"的高等学府，也只是教了"以天下为己任"的理论，印在书本上的那种，却没有教会同学们如何生存这一人生难题，比如明天的饭碗在哪里？国家不再分配工作了，我们自己能找到工作吗？找什么样的工作才是"最正确"的工作？做学问比赚钱更高贵吗？我究竟是谁？无论如何不情愿，在生存问题上，高材生们还是继承了父辈们的简单明了。此外，他们还继承了父辈们解决问题的一个方法——迷茫时，方便时，拜神问命可以是一个不错的手段，至于要拜哪路神仙，人们其实不关心，只知道头顶上有个模糊的"老天"，在任何种类的庙里，都可以接受我们的求拜。

从山脚向上爬行四百多级石阶，才抵达观音洞的顶层大殿。进入大殿，正殿供奉观音菩萨坐像，旁立十八罗汉像，一派佛门气象。洞顶竟然有泉水三处，分别叫洗心、漱玉、石釜。仰望洞顶，中开一小罅，长三四丈，有一线天光泻下，名叫"一线天"。正殿正中设有香桌，许多人在上香膜拜，香火甚旺，烟雾缭绕，也有人在僧人

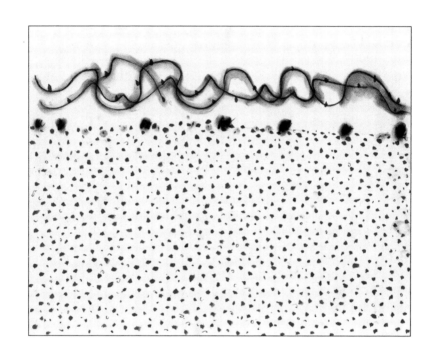

虚空中茫然的蚂蚁

的帮助下抽签解签。

这观音灵签据说已经流传千年，向来以灵验著称。每签配合古人故事一则，用以揭示签言的意义。分上中下签，虽然本意实为劝诫，但通常被世人视为好、中、坏三等命运。签都放在一个木质的圣杯里，抽签的人要跪下，双手合十，念几遍"南无，大慈大悲的观音菩萨，请指点迷津"。报上姓名、年龄、出生日期、出生时辰及要求的问题。然后双手抱住圣杯，摇一摇，争取摇出一根签子。兰馨和几位同学就这样摇出了签子，然后排队让僧人解签。

一位叫青文的女同学摇了一支上签"李旦龙凤配合"，李旦是唐朝的一个皇帝，传说他的婚姻是天作之合。这支签的大意是人、事、地、物的双方，即相对的两方，今后进入调和状态。青文正好倾慕着一个男孩，对方若即若离的，让她很是忐忑不安。抽的签正中下怀，青文满面得意，伸出签子让大家看，不停地说："这太巧了！这太巧了！"说来这一签也确实准，毕业后，青文果然嫁给了那个男孩，两人出国留学，后又生子，堪称大团圆的结局。

兰馨摇了一支下中签"苏娘走难"，苏娘是周朝的东宫皇后。她是唯一能让鹦鹉说话的人，因此得到了皇帝的青睐。出于嫉妒，西宫皇后陷害了苏娘，把她赶出了宫殿。然而，苏娘还是在逃跑的路上生下一个王子。签上面写着："奔波阻隔重重险，带水拖泥去度山；更望他乡求用事，千乡万里未回还。"解签的僧人说："你本是金山银山命，但不能出去瞎折腾，退身可得，进步为难，只宜守旧，莫望高扳。你这命太不好，快去买些纸钱烧烧，求菩萨保佑吧。"一帮同学里，兰馨的签最不好，大家都同情地看着她，让她觉得自己一下子变回了当年那个握着筷子的后端、被家人评价一定会远行的小女孩，被怜悯的目光围绕着："大不幸啊！"

兰馨沉思了片刻，决定不烧纸钱，也不拜菩萨求改命。第一，她不知这命是否改得了，而且觉得若是随便就能改了，那还能叫命吗？第二，她不知自己是否想改这命。盯着手中的签，跳进她眼里的字眼是"重重险""度山""他乡""千乡万里""未回还"。这就够了！这样的一生就够了，至于是否"奔波阻隔""带水拖泥"，都只是主旋律后的背景而已，反而让她对这样的一生更可期待。她深吸一口气，抬头看着大家，俏皮地扬起眉，嘴角抿出一丝微笑。

　　命运这东西，还真不能不信。大学毕业后，签文果然应验了。兰馨在中国走南闯北，然后又绕着地球转了一圈，每三年搬一个城市，在澳洲、美洲的沙漠跋涉露营，在阿拉斯加攀登冰川，洛基山由北驶到南，南太平洋、印度洋岛屿上晒太阳。在北京做过时装，在纽约香港做过金融。兰馨梦想的闯荡天下，似乎都发生了。

　　但是为什么，即便走南闯北，她感觉自己的一颗心仍然是空空的？如五岁那年莽撞出走田野、感觉自己像被捉弄的蚂蚁时一样，在看不见边界的空虚中，满是白色的光和白色的声音，她虽奋力向前，最后却发现，不过在原地转圈而已。

　　这一切究竟是为什么？

三

　　出走失败后不久，爸爸突然来了，把兰馨接回了凤城自己的家，并很快进入了当地最好的幼儿园——市政府幼儿园。

　　市政府幼儿园建在一组老旧的日式别墅里。第二次世界大战结束前，从一九三一至一九四五年，日本曾长期侵占中国的东北三省，因此留下了一些日式建筑，市政府幼儿园所在的房子便是如此。这别墅的东、南、西三面都是房，朝北的中间夹着一个大院子。房子的墙由红砖砌成，嵌着青灰的瓦。宽大的门窗是深胡桃木的，室内也是清一色的深胡桃木色地板，光亮整洁，天花上也镶嵌着同色的木格。院子方方正正，点缀着几棵古雅的老松柏，地上铺着一种灰渣，灰渣像用水洗过一样，干干净净，很有日本枯山水园林的氛围。孩子们做操、玩耍都在这里。教室共有八间，总共也就能装下百十来个孩子。

一到这儿，兰馨觉得生活一下子好起来了。幼儿园里孩子们的家长大多是市政府各单位的领导，属于小城的权贵阶层。兰馨并不知道爸爸是怎么把自己安排进来的，只知道在土么霍霍的七十年代初，这里干净得像天堂——老师们穿得干干净净，行为举止优雅礼貌；同学们长得白白胖胖，乖巧听话，穿着粉红的、翠绿的娃娃装，举止可爱；与外面那个灰、蓝、黑主宰的现实世界毫不相干。

兰馨每天最开心的时候，是下午的玩具时光。每个小朋友能得到一个玩具，玩一个小时后老师再收回去。但是也有美中不足，那就是下一次发到的玩具不会和上一次一样，因为老师希望能"轮着玩"。这让兰馨多少有被捉弄的感觉，刚刚玩得有点热乎劲儿，和手中的玩偶有些感情了，自编的故事也开始成型了，玩具就被收走了，下一次又不知分到一个什么，又要重复一个冷冰冰的开始。虽有不满，兰馨觉得这也总好过自己家里，家里仅有的两个胶皮娃娃，一个是倚着南瓜而坐的红小兵手捧一本毛主席语录，另一个是一条红色的金鱼，它们都被妈妈用来做装饰品，摆在桌子上，不让兰馨碰一下。

幼儿园里最诱人的还是吃的。这里吃白米，不吃乡下的高粱米；吃白面做的馒头、花卷、肉包子和面条，不吃玉米饼子；早餐能喝上牛奶，下午能吃到糖果。虽然肉食还是缺乏，每餐限量，但毕竟是有肉的，肉与青菜、咸菜炒好了，依然让兰馨很满足，她天真地告诉爸爸："幼儿园里天天过年。"

那是一个饥饿的年代。城市里，每个人每月只配给五两油、半斤猪肉、三四十斤粮食，其中包括一斤白面、一斤大米、一斤高粱米，剩下的就都是粗粮玉米面，吃到嘴里又苦又涩。白糖半斤，要当奢侈品吃。在东北，情况就更糟了。每人每月只配给三两油，也就够做一顿饭的。东北生产全国近一半的大豆，却落得没有豆油吃；东北本盛产优质寒地大米，油汪汪的米，那里的百姓却没有米吃。因为严重缺乏肉蛋奶，人们只能吃粮食，所以饭量特别大，配给的粮食很多人家是不够吃的，挨饿成了家常便饭。

五六十年代交界时期，蹒跚学步的新中国试图快速推进全方位的工业、农业基础设施建设，试图在一二十年间追赶上欧美一个世纪的经济发展。年轻的共和国，还有一个乐观的目标，要消灭贫富不均，在生存平等方面做到集体协作、共同富裕。这一时期的经济建设尝试没能在短期内实现想象中的高速发展，激进的经济政策造成资源的透支，使贫困的新国家举步维艰。祸不单行，紧接着，三年天气自然灾害来了，粮食更少了，人们的苦难雪上加霜。

这些事情发生在兰馨出生前。听老人们讲，那时在一些灾害严重的地方，有人饿得刨树皮，挖野菜，掏老鼠洞，穷得连条裤子都穿不上。从此，饥饿便深深地嵌在了几代人的灵魂里。饿魂，决定了这些人永远无法获得真正的安全感，尽管后来随着中国的经济发展，人们获得了越来越多的财富，饥饿的记忆却继续将那几代人的心深困于物质欲望与恐惧失去的深渊。

尽管未曾亲身体会那几年的荒凉，但兰馨心中也深感悲哀。她的父辈们将那一份饥饿的记忆遗传给了她，即便后来她的胃是满的，对生存的不安全感却似一个吞噬的空洞，随时可以将她掏空。她不知道如何才能摆脱这令人惶然的恐惧，为父辈们，为她自己，找回理想中的生存的尊严与价值。

　　没完没了的贫瘠还在继续着。而在幼儿园里的兰馨，并不知道外面发生的事，她满足于眼前的好时光。幼儿园每年有两大盛事，都与吃有关。一个是春节大餐，还有一个便是秋天隆重的杀猪仪式及第二天的红烧肉。

　　幼儿园有两个厨师，身材一大一小，他们养着两头猪，也是一大一小，猪就在厨房后门外，每天吃孩子们的剩饭剩菜。东北人喜欢腊月杀年猪，一头猪的肉，差不多可以吃一整个农历正月。到了农历二月二，吃得只剩猪头了，于是"二月二龙抬头，家家户户开猪头"，春节也就结束了。但幼儿园杀猪不仅是为了过年，老师说杀猪是一次重要的社会实践教育，除了可以让孩子们吃上几天红烧肉外，杀猪又承担了更有意义的任务。在那个革命时代，除了大合唱与样板戏，孩子们没有太多的娱乐活动，所以看杀猪也成了一项娱乐与学习，一年一度，就成了重要的仪式。仪式通常会提前几天宣布，然后整个幼儿园便陷入了欢喜的期待中。

　　兰馨第一次看杀猪，是在一个下午，全园的孩子们都在院子里列队排好。厨房门前摆着一张巨大的木台子，外面请来的杀猪师傅正等在桌旁。一会儿，几个男人将一头中等大小的白猪抬到桌上，白猪的前后腿已经被分别捆绑起来，但是它依旧拼命挣扎着。一个男人压着前胛，另一个男人控制着后腿，杀猪师傅一手按住猪头，一手拿尖刀刺进猪脖子。可就在刀进入猪身体的那一瞬间，白猪猛地嘶叫一声，突然跳跃起来，竟然挣脱了捆绑，在院子里发疯地逃窜起来，洒得到处是血。孩子们很吃惊，但并不懂得害怕，好像这一幕逃窜本就该是整出剧里的一个喜剧环节，他们只惊讶地看着，等着下面的情节。

老师把孩子们匆匆赶回教室，惊魂未定地将他们锁在里面。过了好一阵子，老师回来了，说白猪已经被降服，杀猪仪式重新开始。孩子们回到院子里，继续排队观看。兰馨个子高，按要求站在最后一排，远远地，她只能看得见白猪躺在桌子上，被几个男人按着，杀猪师傅拿刀的手在那里搅动，食堂里那位矮小的厨师则端着一个洗脸盆，在旁边接着。那头猪没怎么挣扎就死了，矮个儿厨师急忙将一脸盆的新鲜猪血端回了厨房。

仪式还没有完，白猪被摊在桌子上，杀猪师傅在后臀割一小口，用一棍子捅进去，搅几下，然后用嘴吹了起来，一会儿工夫，白猪就被吹得圆滚滚。兰馨正好奇为什么要把猪吹得这么鼓鼓的，师傅就拿着刀剔起猪毛来，直到白猪变成了粉红色，仪式才算是结束了。

第二天，是吃红烧肉的日子，在兰馨的记忆中，那是异常美妙的一天。

红烧肉是中国最普遍的美食，用五花肉过油加酱油、糖和几样香料，经几小时炖成。烧好后，浓油赤酱，肥肉透明，瘦肉酥软，肉皮焦香筋道，一口下去，软糯，肥瘦相宜，满口留香。兰馨认为中国人有一种"红烧肉情结"，无论一个人吃过多少美味，无论天南地北的人饮食文化多么不同，无论富贵还是贫穷之人，吃起来最过瘾、最解馋的还是红烧肉。

在那个缺油少肉的年代，红烧肉不仅饱腹解馋，它更是一种幸福，它温暖胃腹，安抚心灵，补足缺憾。虽然就那么一顿饭的工夫，但已是最彻底的满足。

班上有个女孩叫雅妮，长得白皙清秀，梳着两个小辫子，常穿着粉红的娃娃装，印花的裤子，一看就知家境富足。又因父亲是军官，备受老师宠爱，凡事雅妮总是能得到最好的、最精细的。雅妮有亲属在北京，她有时去北京，会带回来巧克力、蛋糕等零食，她就在同学面前炫耀，并讲述在北京用小木勺子吃冰激淋的方法。在兰馨的眼里，北京是天堂，巧克力冰激淋是天堂的食品，都是可望而不可即的，既然是天堂里的事，那便跟自己没什么关系。

但是，吃红烧肉却是与兰馨和雅妮都有关的一件事。午饭时候，教室里的课桌变成了餐桌，小朋友们围着桌子，每人一碗白米饭，一碗红彤彤的、肥瘦兼有的红烧肉，再加一碗猪血豆腐香菜汤。大家埋头吃着，破天荒地安静，满屋飘着肉香。兰馨从小就不能吃肥肉，吃了会想吐，所以先把瘦肉挑出来，然后把筋道焦香的肉皮挑出来，连同肉汁倒进米饭，混合在一起慢慢地享受。雅妮坐的位置正对着兰馨，她埋头苦干，很快就吃完了一碗，然后看向老师，满脸的渴望。老师说："小朋友们，如果还没吃饱，这里还有一些剩余的肉，但都是肥肉。需要的请举手。"雅妮毫不犹豫地举起了手。此时兰馨已经差不多吃饱了，就好奇地观察雅妮怎么吃肥肉。只见雅妮用勺子把一块块肥肉与肉皮挤得碎碎的，与肉汁混合好，然后倒在米饭上，米饭顿时变得油渍渍、红彤彤的，还泛着白花花的肥油。雅妮先是得意地盯着饭碗看了几眼，然后大口吃起来，吃着吃着，小脸儿也油渍渍、红彤彤起来。一顿饭过后，满屋孩子的脸都亮晶晶、红彤彤了起来，满足的光辉映亮了整间教室。

兰馨永远也忘不了雅妮脸上那满足的光辉，虽然她自己还是不吃肥肉，但是从此在她的意识里，肥肉象征了一种特殊的愉悦。"红烧肉情结"，牵动的是她和雅妮们一个关乎童年的特殊满足。

兰馨的父亲九海、母亲雅芝，是两个极富创造性的人，再贫瘠的日子，他们也能过得有声有色。九海思想自由，性格乐观，又格外地爱家爱孩子，兰馨经历过的富足感——无论是肚子里的、眼里的，还是感情上的，大多与父亲九海相关。

计划经济的年代，食物匮乏又单调。夏天还好，尚且有些应季的蔬菜水果和鸡鸭蛋，冬天可就犯难了。东北的冬季长达半年，冰天雪地的，就只有大白菜、萝卜和土豆等少得可怜的品种可以吃。也正因此，储存冬菜是一年一度的重大事件。每年秋天，十月末到十一月中旬，北方的大白菜收割好了，绿叶黄心那种，俗称"黄芽白"，味道很甜。每棵大白菜都有五到十斤，一户人家需要百十来棵才能勉强度过一个冬天。九海工作的单位，会根据每家的订量派卡车将白菜送到家里。白菜到家的时候，兰馨会帮着大人们把菜卸下，整整齐齐地码在院子的地上。白菜要被风吹日晒几天，以便去除水分。等表皮一层都有些发干了，也差不多到了霜冻的时候，白菜就要收入地窖。东北每家的院子里都有地窖，入地一人多深，地面的入口刚好可以钻进一个人，下面搭个梯子以供出入，窖里冬暖夏凉，是自然的保鲜冷库。与大白菜同储一窖的还有白萝卜、绿萝卜、土豆、红薯与苹果，这便是兰馨一家整冬的蔬菜与水果。

另一种储存冬菜的方式是积酸菜。雅芝会准备好两口八九十公分高的大缸，一只大锅烧开水，将白菜去掉外面的老帮，洗净后，一棵一棵地在开水中烫个一分钟，放凉后再攥干水，每次要预备四五十棵白菜。积酸菜很有讲究，雅芝在缸底撒一大把粗粒海盐，

56

铺一层处理好的白菜，再撒一层盐，再铺一层白菜，就这么一层盐、一层白菜地依次往上铺，最后用菜帮铺个顶，再用洗干净的花岗岩将菜压实，就算正式完成了。每年秋天，雅芝都要腾出两天的时间专门积酸菜，一个月后，酸菜就可以吃了。东北的酸菜是著名的美味，但每家的做法都不尽相同，而雅芝的手艺，每年都能让家里老少三代啧啧称赞。

酸菜通常是在年底积好，外面已然是冰天雪地，九海告诉兰馨，大家自此开始"猫冬"了。"猫冬"是东北人过冬的重要方式，过程漫长，且涉及多项活动。首先，九海要囤些牛羊肉。这并不容易，因为政府每月供应的肉类只够全家吃一顿红烧肉，九海不愿意这样忍着，他不想让自己的宝贝女儿与妻子受这份罪。于是，每年上冬时，他就会在某个周日骑上自行车，去城市下面的旗里买牛羊肉。兰馨模糊地知道旗里是蒙古人居住的地方，以畜牧业为主，但她想象不出爸爸要骑多远的路，如何一家一家地敲门，与牧民讨价还价并查看冻肉。九海总是在傍晚时回来，自行车后座上驮着半扇羊、一大包牛肉和一大包猪肉，这些全放在零下二十多摄氏度的阳台上储存起来。过两个月，等到吃得差不多了，他会再去旗里一趟，依样再买一次。整个冬天，兰馨都能吃上羊肉馅和牛肉馅的饺子，而且在大多数的周日里，还有父亲九海做的红烧肉等着她。因为伙食好，兰馨总是班上最健壮的孩子之一，而九海看着女儿红扑扑的小脸，也会露出满意的笑容。兰馨长大后，有时翻看幼时的照片，发现许多张上的自己都是鼓鼓的小脸，怀疑这准是吃了太多肉馅饺子的结果。

腊月前的几个星期，是九海更换家里装饰的时候。那时候，商店里出售的艺术品和工艺品寥寥无几，再加上大家本来就穷，买不起什么非生活必需品。老百姓家中多是家徒四壁，只有硬邦邦的白灰墙，没有任何趣味和色彩可言。屋顶用电线吊下一只白炽灯泡或者荧光灯管，发出惨白的光线，生冷晃眼，坠下的灯绳往往在此刻更显得诡异。唯一买得到的是一些海报，比如印着毛主席站在天安门城楼上挥手致意，或是印着革命样板戏中的人物，最多还能有些花鸟山水，也仅如此了。尽管选项极少，但每一年，九海都会尽量挑些新样式的工笔或水墨的花鸟海报，并且大小幅搭配好，装上框，再挂上墙，家中顿时四壁生辉。

在兰馨的记忆中，那个年代真正的花草似乎都绝迹了。雅芝很想让家里有点儿绿色，便找来了一个圆圆的红皮萝卜，萝卜缨向下，根朝上，切掉上面的三分之一，将内心挖空、注水。之后，她又剥出几瓣大蒜，用铁丝串成一圈，蒜根向下，放入萝卜心内的水中。最后，她将整个萝卜吊在窗前。两个星期后，成果开始显现，萝卜上面长出了葱心绿的蒜苗，萝卜下面长出了碧绿的萝卜缨，让这一间客厅兼卧室的小屋子顿时生机盎然。蒜苗长高了，就剪下做菜，换一串蒜瓣继续养。兰馨觉得妈妈有只神奇的绿手指，无论什么植物，只要被她碰过，就会旺盛地成长。

因为工作的缘故，九海每年要出几回公差，去像北京或上海这样的大城市。他会省吃俭用，省下单位配给的差旅费，为女儿和妻子买回糖果和只有大城市才会有的漂亮衣服和鞋子。他还一定不会忘记买回纸灯笼，折叠的那种，两头一拉，就变成了一个灯罩，粉红的、天蓝的、明黄的、圆球形的、桶形的，他将灯罩小心地罩在家里的灯泡外，整个家便笼罩在了温柔的幻彩中，外面的风雪与长夜，就都与兰馨无关了。

很多年后，兰馨在美国装饰自己的第一个家时，在宜家（IKEA）

看见了一些类似的折纸灯罩——当然，样式早被更新成了现代版——她马上就想起了父亲当年的创意。此时放在货架上的北欧时尚，是彼时幼年时期一片贫乏中的珍贵救赎。

"猫冬"的高潮，自然是春节，这也是一次长达一个月的食物盛事。春节前两周，九海便开始筹备一系列的食物。第一件事，是蒸黏豆包及炸黄米油糕。蒸黏豆包要先将黄米磨成粉，用热水和成面团发酵一天，黄米是东北的特产，很有糯性；然后，红豆煮熟、捣烂，用纱布过滤掉豆皮，加糖加油做出红豆沙；再用黄米面团将红豆沙包成包子状，蒸熟后，蘸着白糖吃。九海一次会蒸几十个黏豆包，照例冻在阳台上，吃的时候取几个，重新上锅蒸蒸，或者用油煎。豆包的皮儿不能太薄，吃起来才能糯糍弹牙，馅里的红豆沙要细腻油甜，与糯糍的黄米面口感交相效力，黏而细滑，细嚼慢咽，意犹未尽。九海最爱黏豆包，兰馨最爱油炸糕。油炸糕的做法与黏豆包相似，只是面皮要更软，拍成圆饼状，沾一层面包糠，用花生油炸至金黄，直到表皮松脆起刺儿，此时送到口中一嚼，"哗"的一声，香气弥漫，正如北国粗犷的热烈，这最质朴的食物，释放出了精细而华丽的芬芳。

春节前一周，九海开始做冻梨，腌醉枣。选上等的鸭梨和大红枣，将鸭梨放在户外的阳台上冻几天，冻得皮黑了，就可以吃了。吃的时候，将冻硬的梨浸在冷水中化冻，等到梨变软了，在皮上咬个小口，嘬里面的梨浆，滋味清冽甘甜，胜过工业化生产的果汁。而做醉枣则要将半风干的大红枣浸在六十度的白酒里，白酒是中国一种传统的用大米、高粱等通过酿造和蒸馏所得的一种烈酒。枣的高度略高于酒，放入坛子封好，等待一周，让酒液与酒香充分浸入大枣。一周后，坛子打开，满屋酒香。在吃这个问题上，九海一向很放任兰馨。兰馨第一次够大了可以吃醉枣，是在七八岁的时候。那天，父母刚好不在家，她被酒香诱惑着，一颗又一颗地吃起来，根本停不住嘴。一口气吃了小一斤后，她就晕睡过去了。后来九海告诉兰馨："傻丫头，那是六十度白酒，你'喝'多了。"那以后，兰馨再也不敢一下子吃太多的醉枣。

大年三十也有自己的高潮，那便是全家围在一起吃酸菜白肉铜火锅，喝烧酒，如同在寒冬里燃起一把火。东北的酸菜火锅，是中国火锅系中用料最复杂精细、烹饪方法最有创意的。兰馨长大后走南闯北试过很多种火锅，不仅觉得粗糙，也体验不到太多烹饪文化，唯独家乡的酸菜火锅是煮进了一方人文水土的文化精品。在东北，家家都有个铜火锅，一挨着冬天，大家就点上了。根据烹饪味道鲜美程度不同，铜锅又分出了三六九等，以紫铜为上乘，红铜、黄铜次之。在贫困的六十年代，能有只黄铜锅已算万幸，这也是底线，用任何其他材质的锅代替，都会让这道东北名菜失去精髓。铜火锅要用木炭生火，木炭放在一个盆里，用纸点燃，烧到火红得没有黑色的时候，就把炭放入铜锅中央的内膛，再套上一个长颈烟囱拔火，铜锅的火就生好了。

九海的火锅遵守严格的程序，以此保证色香味的完整。首先是准备汤，他用猪大骨加土鸡熬至少三四个小时，做出老汤，填入火锅，再加入干蛏子、大海米同煮调味，干的海鲜远比鲜海鲜味道浓厚，汤就配好了。肉菜以白肉为主，加上九海的绝活儿——干炸小丸子，这些都要在春节前的一周准备好。一般人家只是将白肉切成薄片去煮，九海却有不同的经验。五花三层的白肉要在油中烧过，以此去油，如此才能肥而不腻。肉皮上糖色，过油后红焦诱人，切成薄片，肉白皮红，视觉、口感都无比鲜嫩。素菜以干菜为主，比如黄花菜、干榛蘑、木耳等，干菜的味道也比鲜菜浓厚很多。另外，还一定要加入一种特别食材——冻豆腐。豆腐冷水化冻后，攥去水分，里面就会形成许多蜂窝，切片入煮，吸饱汤汁，格外入味。天寒地冻的东北，在冬季少有新鲜食材，干菜与冻菜造就了别具风格的浓滋浓味，也因此造就了东北不一样的饮食文化。

汤、肉虽美味，但终究都是配角，火锅真正的灵魂，是酸菜丝。母亲雅芝的刀功非凡又细心，每年切酸菜丝的任务就落在她手上。她将肉厚的菜帮和鲜嫩的菜心分开，首先处理难切的菜帮。每只菜帮要横刀片成几层，然后竖刀切成细细的丝，用冷水浸泡去除多余的盐分与酸味，攥干。入煮后，酸菜与铜火锅发生化学反应，使得原本快黄的酸菜叶变得碧绿，为深冬的年饭桌增添一缕少见的绿色生机。兰馨总是盼望着这绿色奇迹出现的一刻，这也是吃火锅的一大乐事。

等所有食材开煮，铜火锅中木炭火红，碧绿的酸菜和皮红肉白在锅中翻腾，老汤先是浅淡的酸、咸、香，随着炭火越烧越旺，偶尔火星飞溅，汤越来越热地翻滚起来，逐渐地，老汤越来越醇厚，白肉的油化在汤中，被酸菜所吸收，白肉肥而不腻，酸菜脆嫩爽口，此刻的汤酸中带甘，醇中带鲜，吃时再配上九海自制的蒜酱，就更加爽口。

九海还会额外准备几样小菜，肉皮冻、辣子鸡、炸大肠，和后来成为家庭传统的凉拌菜"大团圆"。此外还有点心"玻璃肉"，这堪称是在那个缺油少肉时代的特殊创造。制作时，将猪板油切成糖块大小，裹粉后下油锅炸脆，然后炒糖色挂糖浆，再滚上芝麻，外面又甜又脆，里面肥油又软又香，集肥美甜腻于一身，淋漓尽致地满足了人们对油糖和脂肪的欲望。在极其有限的食材中，九海不断创造着绝世美食，兰馨知道，这样绝望中诞生的饮食奇葩，是爸爸、妈妈和她对匮乏与饥饿的反抗。

因为是过年，九海允许兰馨喝一杯果酒。年夜饭吃到一半时，兰馨感觉全年的好东西都进了自己的肚子，一面觉得撑得难受，一面酒精也开始发功，她便昏头昏脑起来。收音机还在播着春节联欢晚会，家中彩色的灯光朦胧温柔，铜火锅中的炭火噼啪作响，烤得她小脸通红，九海啧啧地赞叹着一桌的美食，对这一个月的"猫冬"颇为满意。而兰馨则在不知不觉中睡着了，没能等到夜半转年时的饺子，为明年讨些财气，也没能等到夜半的鞭炮齐鸣，驱赶年鬼，一个只有除夕才会出现来吃人的兽。

每年春节的那一夜，都很温暖与富足。无论多么艰辛的日子，中国人都要做出一顿丰盛的年夜饭。在兰馨的童年时代，吃，是最重要的渴望，是唯一留存的创造力，是唯一的情感倾泻的出口，是苦难中的救赎。吃，一直都是兰馨祖辈们的宗教。

四

吃，既然是祖辈们的宗教，是满足的源泉，也就注定是苦难的来处。每年春节前的第三天，腊月二十七，便是兰馨一家与吃相关的"苦难日"，这要从九海的家族说起。

九海有三个弟弟、两个妹妹，他们因为没有读过什么书，无法进城找工作，便都与年迈的父母留在了家乡"百亩地"村做农民。百亩地村位于凤城西面三十多公里处的山区，有二百多个村民，这里因多山地又干旱，只有百亩左右的可耕地，村子由此而得名。村里不仅地少人多，而且土地贫瘠，只能种些玉米、高粱、小米、红薯这些粗粮，和一些春、夏、秋季的蔬菜瓜果。农民们大多会圈养一两头猪，再养十几只鸡和鸭，这些肉和蛋就是整年的荤菜了。吃肉的高潮在腊月，一过了腊月二十三的小年，有猪的人家便会杀一头腊月猪，没有猪的也会花钱买一些猪肉，让每日餐饭都沾上一点肉腥，春节那几日更是要吃隆重的红烧肉。这样吃上一整个正月，到了二月二"龙抬头"，就只剩下猪头了。按照传统，猪头必须留到二月二吃，因为这一天在节气上是冬天的结束，春耕的开始，人们以猪头做祭物，向负责雨水的龙王爷献祭，祈求来年风调雨顺，五谷丰收。当然，吃掉猪头肉的是人们，不是龙王爷。

兰馨从姥姥家回到父母家的第一个冬天，腊月二十七那天，九海的大弟弟九河从乡下来了。九河一进门，就皱着眉、苦着脸，愤操操地嚷嚷："完了，咱家猪都长痘了，这个年可咋过呀？这个冬天可咋过啊？"九河与哥哥长得十分相像，国字脸，高颧骨，高鼻子，嘴不大，一对小眼睛陷在深深的眼窝里，不像其他汉人那么面容平板，这让兰馨一直怀疑父亲家族有"老毛子"的血统。九河比九海年轻两岁，脸上的皱纹却更多，皱纹里塞满了愁苦。看见兰馨一脸不解地张大眼睛望着他，九河有些尴尬，就有点不高兴地对着她抱怨说："你爸爸读了书，就进城参加政府的工作了，不管我们留在乡下的一家人。家里穷，他是老大，却不回去主持家务。我是老二，被迫替他当了长子，现在是全家派我来讨钱过年。"说完，又转向九海，强调地说："你知道咱们村的土地不多，又没有钱买化肥，一年也收不了多少粮食，猪再不能吃，不能卖钱，真是愁死人了。"

原来，百亩地村的传统是腊月二十六杀猪。杀了猪，九河哥儿几个发现猪长痘了——就是猪肉里长了猪绦虫，因此不能吃，也不

63

能卖钱了。在那个年代的北方，猪瘟是一种常见的猪病，但杀猪前看不出来，很难预防。养了一年的猪，临到春节前却发现不能吃，对任何农村人家，都是个不小的灾难。九海心里难过又愧疚，他的工作并不清闲，又要养活老婆孩子，实在没有余力照顾父母和兄弟姐妹。每月他那十五元的工资，与雅芝的十五元工资加在一起，只能勉强维持自己小家庭的日常生活，遇到突发情况，比如孩子生病，他还需要借钱对付，因此经济上也很少能接济老家的亲人。再有三天就是春节，九海想着，说什么也要帮家人度过这个一年一次的大坎儿！九海与雅芝商量后，将家里仅剩的十元钱给了九河，那是他月收入的三分之二，他嘱咐九河去买十几斤肉，熬过正月。

雅芝心里忧郁，离下个月发工资还有十来天的时间，虽然年货都已采买得差不多了，但这十块钱一给出去，自家手里连应急的钱都没有了。雅芝也想向别人借点，可是去哪里借呢？邻里同事都一样穷，年前更是额外地手紧。想到这里，雅芝心中有了不快，脸色也不知不觉地黯下来。接下来的两天，九海与兰馨小心翼翼地活着，竭力不说错话、不做错事，避免再为雅芝增添烦恼，激起她的怒气。好在除夕不远了，除夕夜是一年的分水岭，无论过去的一年有多糟，都将被那一夜隔在过去，人们向新的一年望去，有了重新盼望的机会。

随后的一年，雅芝格外地省吃俭用，她试着每月存下一两元钱，以对付紧急的需求。她与九海尽量不添加衣物和家居物品，餐饮上格外精打细算，将花销降到最低。但奈何兰馨长得太快，衣服鞋子撑不过半年就小了。衣服还好说，短了的上衣和裤子可以接上一块布，凑合着多穿上几个月，毛衣小了，雅芝也可以加些毛线再织一件大的。但是鞋小了，却是万万无法放大的。雅芝一向自己做千层布鞋给兰馨，现在做得更频繁了，由原来的一年三双变成了五双。做布鞋最费力气的工序是纳鞋底，雅芝要将四五层白布用糨糊一层一层粘起来，粘到一分硬币那么厚，晾干做成袼褙；然后，将袼褙按照兰馨的脚型尺寸裁出鞋底的模样，春秋鞋需要五六层袼褙厚，冬鞋则要八层袼褙厚。多层的袼褙要用粗麻绳纳起来，一双鞋需要纳两千多针才能成型。买来的麻绳一般很细，雅芝将三股细麻绳在小腿上搓，搓成粗绳用来纳鞋底。一年下来，雅芝小腿上的汗毛都被搓光了，皮肤红肿。雅芝只能一次次嘱咐兰馨："一年最多只能做出五双鞋了，你要省着点儿穿，不要蹚水、乱踢。"

雅芝在一家化肥厂做会计，每月底要到仓库去盘点库存。原本，她没觉得这事有什么门道，直到那个春节后，春天里的一日，她有了新发现。那天中午，她沿着一行行的袋装化肥点着数，不知不觉走到了仓库深处的一个角落，突然，她注意到有只孤零零的口袋靠墙立着。仔细一看，口袋的缝线破了，张着大口，里面白色颗粒状的化肥已经受潮板结。雅芝踌躇如何点算这一袋化肥，心里忽然闪过一个念头：九河需要化肥，九河买不起化肥。但是，怎样把这袋化肥带回家呢？工厂纪律严格，如果被发现偷窃公家财产，即便是废品，也要受到严厉的惩罚，轻则接受道德教育，重则可能丢了工作，闹不好还会因为偷窃罪进监狱。雅芝想来想去，终于想出一个安全的办法，她用自己的午餐饭盒作为运输工具，用餐勺作为刮刀，把板结的化肥一点一点地抠下来，每天可以带出去一饭盒化肥。

等化肥攒得足够多了，装满了一个小塑料袋，九海就托人将化肥带去了百亩地村。雅芝的勤俭与勤奋，令九海十分感动，他时常忍不住对兰馨感慨："爸爸娶了一个好老婆。"兰馨明白爸爸在夸奖妈妈，也跟着自豪开心，却无法忽视九海语气里的酸楚、无奈与内疚。

第二年的腊月二十七,九河又来了。一进门,他就皱着眉,唉声叹气地说:"完了,咱家猪都长痘了,这个年可咋过呀?这个冬天可咋过啊?"九海与雅芝被这个消息惊得全愣住了,过了一会儿,九海慌忙问:"怎么会这么倒霉,连续两年猪生痘?"九河哭丧着脸:"你问我,我问谁?你从来不回家管事,现在年根底下了,大猪生痘不能吃,小猪又太小,你给我们点儿钱买些猪肉吧!"九海觉得不对劲,追问道:"去年生了痘,今年没有给猪圈去潮吗?"九河一下子就失去了耐性,大声嚷起来:"你们还不信我?我这十二指肠溃疡,忍着疼坐汽车跑了三十多里地,你两个妹妹二十岁了也嫁不出去,家里穷得吃棒子面、腌咸菜,你为啥不回家种地?"九河的大嗓门儿带着强劲的怒气,讲话时为了强调,还时不时挥舞着手臂,他那双平日里因深陷而看不清楚神情的眼珠,也在这时恰到好处地凸出来,泛着浑浊的光,那是种绝望的浑浊。这情景令兰馨十分紧张,她感觉九河就要用掀翻桌椅来强调自己的无辜与失望了,雅芝也被九河突如其来的粗暴吓住了,身体微微有些发抖。九海听见了九河的话,十二指肠溃疡及嫁不出去的妹妹们,就明白了弟弟的伎俩——八竿子打不着的苦难,是他一向愚蠢要挟的借口,九海既愤怒又悲伤,一时不知道该说什么,只能紧握拳头,怒目看着九河。一家人就这样陷入了悲苦而惶然的僵持。

最后,九河还是要到了十二元钱,虽然他并不满意,但终究是走了。那些钱差不多是九海一整个月的工资,雅芝与九海也因此陷入了争吵。

"我辛苦了一年省吃俭用,搓麻绳腿都搓肿了,存下来的钱又被你们家人劫走了?"

"雅芝,九河是太粗暴,无法沟通。但是你也知道,农村也真是

66

穷，咱们每年也就救济他们这一次。"

"你觉得猪连着两年生痘，可能吗？"雅芝挑战着九海。

九海沉吟片刻，说："虽然少见，但也不是没有可能。"

接下来的两天，兰馨与九海不得不又小心翼翼地活着，不敢大声说话、大步走路，生怕做错什么更加激怒雅芝。比起去年，今年更糟了，除夕夜也没能将这一页翻过去，家中紧张的气氛一直持续到年后。

九海心里也有疑窦，于是向还在百亩地村的一位老友打听家里的情况。过节都忙，对方过了正月十五才捎过话来，说九河那里一切安好，今年还杀了一头猪，猪也没有像去年那样生痘，加上九海的资助，九家这个冬天过得不错。

听到消息，雅芝既失望又悲愤，她被一种背叛感深深地伤害了。她愤怒地质问九海："我一个夏天，中午都要冒着被抓的危险去库房偷化肥，用小饭勺一点一点地刮下板结的化肥颗粒，装进饭盒……最后，我的心还不如喂狗，为了钱，你们九家人竟然这样骗自己的亲人！"

九海则陷入了两难。弟弟的欺骗令他失望，尤其伤害到了雅芝的善意与付出，就更加显得不可原谅。但是，他何尝不了解家乡的人？这些长期困于深山沟里的人，不可能还对人生有什么大的期望，他们只能看到那些马上到手的利益，也只懂得慌不择路地去夺取。一代一代这样过下来，粗暴索取的本能不断发扬光大，荣辱感日渐衰落，最后便是麻木了。比起失望，他更多的是感到痛心，他无力改变周遭世界的生存状况，无力改变九河粗鄙的生存伎俩，无力改变百亩地的山水和永不变化的贫穷，他只能与这一切长久地共同生存下去，纠缠下去。另一方面，他感到对不起雅芝，雅芝是一个极其勤劳并富有创造力的人，她为自己的小家和农村的大家热忱地付出，却被九河没有廉耻的索取欺骗了。雅芝的付出，是倾倒进了一个贫困与缺德的无底深渊，因为九河，她对九海也失去了一部分的信任，对九海的大家庭没有了归属感。

父母的情绪，自然会影响到兰馨。从那以后，每年一进入腊月，兰馨就开始紧张，即使是过年的火热情绪，也掩不住她心里的担忧。她知道爸爸、妈妈也都默默地在心里担忧着呢，担忧着二十七那一天，九河是否又会带来猪生痘的坏消息，说他忍着十二指肠溃疡的疼痛长途跋涉而来，大吵一架要买肉的钱。二十七那一天，雅芝会找借口离家办事，躲避九河不愉快的访问。而九河果真如期而至，一次次带来猪生痘的悲惨消息。九海惦记回避在外的妻子，常常是匆忙招待一顿饭，饭后塞点儿钱赶紧把九河打发走，一家人形如彼此的魔鬼而互相逃避。九河走后，雅芝照例会大骂一通，指责九家全是骗子，骗走了她一年辛苦积攒的钱。而九海只有低头不语，默默地承受弟弟的欺骗与妻子的愤怒。这种气氛会持续下去，持续过除夕夜，再持续过下面一整年的时光，就像一枚浅埋的炸弹，随时可能被日常生活中无知觉、无目的的外力触碰到，点燃爆炸。

腊月二十七，从此成了一家人的噩梦。雅芝为九河每年无耻的欺骗而痛心，也为这无解的贫穷而绝望。她经常对着女儿唠叨说："兰馨，你爸家是个穷山恶水出刁民的地方，是叛徒安禄山的后代。这一家人充满了谎言与野蛮，你将来长大必须逃离这里，逃得越远越好。"有时又提醒说："你将来嫁人，也不要嫁像他们那样脾气暴躁、思想不着边际的人，要嫁给一个性格温和、踏实的人，最好是来自温暖的、风调雨顺的南方的人。"兰馨使劲地点头，一次次答应妈妈的请求。而雅芝一年又一年的重复，逐渐铸成了兰馨心中的真

68

理——她要撇清与九家、与"百亩地"、与凤城的关系，她要嫁一个来自遥远的南方的男人，她要否定自己周围的一切。

而雅芝不在的时候，九海会垂头丧气地对兰馨解释："乡下家里太穷了，你叔叔虽然说了谎，缺钱却是真的。作为一个男人实在是为难，很想帮助父母兄弟，却又不敢得罪妻子，而且，我们也实在是没有太多钱可给。"说到这里，他会抬起头，直视着兰馨的眼睛说："你长大了一定要出息，远离这个贫穷的地方，要去北京这样的大城市工作，要比爸爸成功，要有属于自己的、很多的钱，可以自己支配的钱。"兰馨并不完全明白这一切，但是她急着安慰爸爸，便说："等我长大了，一定挣很多钱，多到可以给爸爸买一头猪，家里就永远不会吵架了。"九海苦笑起来，把手放在兰馨稚嫩的肩上，仿佛找到了一份来自未来的依靠。

兰馨那些天真的安慰，变成了父母口中的佳话。每年正月里，九海都会笑呵呵地对雅芝说："我姑娘说了，将来要挣很多的钱给我买一头猪，太逗了，笑死我了……"雅芝也会笑起来，看着兰馨的眼神里重复着她的真理："我姑娘将来要远走高飞。"就这样，兰馨年幼的承诺，变成了父母眼里一份不自觉的期盼，等到兰馨成年后，这一份期盼变得更加固执，演化成了兰馨心中一份真实的承诺。她的肩上，从此再也没能撂下这份重负。她要逃离大家族里人与人之间的因贫困而扭曲的关系；她要拯救父母与自己脱离因一头猪而苦涩争吵的生活。她下了决心：她要除夕夜的富足，她不要腊月二十七的苦难。自己此生，坚决不要过那种因为钱而争吵的生活。

五

七岁时，兰馨上小学了，就在家门口的光大小学。这是一所一九四七年新中国成立以前就存在的老学校，规模不大，尚算整齐清洁。一个方正的校园，四周围着一圈儿平房作为教室，中间是操场，容下一条二百米的环形跑道、一个篮球场和一些简单的体操设备，早操集合、课间休息和上体育课，都在这个操场上。教室是北方最常见的那种普通民房，红砖瓦顶玻璃窗，教室后则种着一排高直的大叶白杨树。

教室内部也很简单。地面是夯实的硬土地，墙面粉刷成了简单的白色，课桌椅则是黄色的。教室的正前方挂着一块大黑板，黑板上方挂着一幅毛主席的肖像，肖像一侧写着"好好学习"，另一侧写着"天天向上"。那时候全中国几乎所有学校都是这样的装饰。每个班大约有四五十个学生。没过几个月，硬土地面就被踩变了形，孩子们的鞋每天带进一点泥土，日积月累，过道就凸起来了，活像田垄，白墙也渐渐地变得黑一道子、白一道子的。

冬季，外面冰天雪地，教室内取暖就靠一个烧煤的铁炉子，铁炉子上连着一个烟囱，通向户外。铁炉子加满了煤，可以烧得通红，但是热量辐散不了太远，教室依旧是冷的。孩子们都尽量靠近炉子坐，裹着棉大衣，不写字时，就戴着手闷子保持温暖。最冷的是脚，因为上课时不能走动，脚很快就冻麻了，生疼。雅芝试过给兰馨穿厚棉鞋、狗皮毛的靴子，都没用。冻得脚疼，是东北留在兰馨记忆里最辛苦的印象之一。

每年春天，老师带领孩子们自力更生翻修教室。大家把桌椅抬到院子里，重新漆上黄漆，地面凸起的地方铲平，墙面再粉刷一次。

这个活动叫"劳动课"，老师说，这门课是为了让孩子们体会劳动的意义和快乐。教室里的地铲平了，有了点春泥的味道，新漆的小桌椅，虽然因漆的质量差而味道刺鼻，但崭新的明黄色格外鲜亮。玻璃窗上，积了一冬的尘土也被擦干净了，这春天的教室明亮新鲜，令人充满了期待。

一年级的课程，主要是学习写字和算数，都是由班主任王老师教。王老师是一位四十多岁的女教师，解放前就在这间学校教书，曾经是一位国民党党员，据说是学校里最有资历的老师。兰馨是个天生的好学生，脑筋玲珑剔透，老师教什么，听一次就明白了。她认真勤奋，能多做，就绝不少做。

有一次，王老师布置语文作业，再三强调只有重复书写才能记忆深刻。兰馨回到家，却记不清楚老师是要求每个字写一行田字格，也就是十遍，还是写一页田字格，相当于一百遍。她思来想去，觉得一百遍总好过十遍，于是埋头写起来，八个生字，总共要写八百遍。一只七岁的小手，紧紧地握着铅笔，一笔一画地临摹着复杂的象形文字，着实很吃力。平时一个小时的作业，那晚她写了三个小时还没写完。到了该睡觉的时间，九海在旁边一直催着，兰馨才不得不放下笔，握着铅笔的那只手都累得疲软了。她猜测自己可能犯了个愚蠢的错误，或许根本不用写这多遍，为此她很懊恼，但是她很倔强，开始了的事，绝对不能不完成，即便这属于完全没有必要的努力。第二天，兰馨特意起个大早，坚持完成了作业。交作业时，王老师看着兰馨写的密密麻麻的田字格，眼神有些吃惊，轻声说："以后每个字写一行就行了。"老师的反应虽然轻描淡写，但兰馨心里却很舒坦，她觉得很对得起自己的这个计划，一件事只有极致地去完成才算完整，才没有缺憾，而至于目标是否过分，努力是否真的有价值，则没那么重要了。

成年后，兰馨才得知这是一种洁癖强迫症。

班上有几位孩子家世特别，据说他们的父亲是戍边英雄，在两年前的中俄边境战争中为国家出生入死。现在回到家乡，有依旧留在部队里任职的，也有退役在市政府任职的，这些家庭备受老师、同学们的尊敬。上课时，孩子们对领读课文和发言答题都很积极，有种出类拔萃的感觉，这样的机会，王老师就会尽量照顾这些英雄的孩子，哪怕这些孩子的口语表达能力让人挠头，普通话毫不标准。

东北方言与普通话的差别，并不仅仅是同字不同音，很多时候，对同样一件事情、境况的表达是不同字也不同音，而且使用大量的象声字。东北的象声字，是语言化了的东北人的性格，简单粗鲁，生动浮夸，铿锵有力，自带喜感。如果普通话是规范优美的华尔兹舞，东北话则是惊天动地、舞姿夸张的大秧歌。按照全国教育政策的要求，在学校的课堂上，只可以使用普通话。

有一次，语文课上学习《悯农》，这是用古文写就的一首诗：

锄禾日当午，汗滴禾下土。

谁知盘中餐，粒粒皆辛苦？

王老师讲解了这首古诗的意思：农民在夏日中午的烈日里锄地，汗水滴入庄稼下面的泥土里，又有谁知道，我们碗中的米饭，一粒一粒都是农民辛苦劳动得来的呀？然后，她要求学生们复述她的讲解。在众多举手的孩子中，她选了小全。小全的父亲在战争中被炸掉了一条腿，回到在附近西边的一个蒙古旗里的家乡休养了两年，刚刚在政府的安排下调来凤城任职。听到王老师点名，小全骄傲地站了起来，他用衣袖抹了一把鼻涕，然后兴奋地讲解道："大晌红的榜大地，汗珠子瞥里啪啦地往地上掉，才弄明白碗里逮的饭，一粒儿粒儿都是遭老鼻子罪了才鼓求出来的。"

小全还没讲完，同学们就开始哄笑。王老师强忍着没笑出来，继而有些尴尬，她举手示意同学们安静下来："我们要一分为二地看问题，小全说的意思是对的，这是要肯定的，但是需要用普通话里的词语来表述，这是需要改善的。"兰馨争强好胜，正为王老师不叫自己发言而忿忿不平，此刻她像是找到了报复的机会，把手举得高高的，问道："考试时，我可以像小全说的那样写出来吗？反正不用发音，写下来都是字，意思对了就可以了。"王老师的表情，顿时从尴尬变成了愠怒，她瞪着兰馨，眼神锐利地说："你明明知道书面语言和东北口语的差别，却这样嘲笑同学和老师。嘲笑人是道德败坏的表现，你是不是想到教室外面站一站？""道德败坏"，这是老师能给出的最严厉的批评了，兰馨吓得赶紧低头不语。而从那以后，王老师更不愿意叫她发言了。

学生们偶尔有拍照的机会，由《凤城日报》派记者前来赞助拍摄，用于校内的宣传工作，或者作为社区新闻登在当地的报纸上。七十年代，很少有人负担得起照相机，照相需要去专门的照相馆，也不是平常人家可以随便负担的。因此，这种免费拍照的机会就显得弥足珍贵，拿着拍好的照片，会让人产生难得的成了明星的错觉。那时候，最流行的明星姿态是革命样板戏海报里英雄们的样子，即使孩子们也不例外。在光大小学，老师会挑选几个孩子做模特，最常摆的姿态是《红灯记》中李铁梅与李玉和高举红灯的样子。每一年，做模特的机会总会首先安排给几位英雄的孩子，他们的父亲毕竟是现实中真正的英雄啊。其次，便是《凤城日报》记者的孩子。刚巧，那位来学校赞助拍照的女记者的女儿也在光大小学读书，为了感谢这位记者的帮助，老师们总是热情地建议她的女儿来做模特，扮演李铁梅的角色。

班级合影时，按身材由低到高排三排。兰馨是班上个子最高的，平时上课坐在最后一排，拍照时自然被安排到最后一排。照片出来后，她要费半天劲才找到自己，而且很可能自己的脸被前排的同学遮住了至少半个。那时还不能拍彩照，黑白照片的质量很差，照片中的人又多，印在一张小相纸上，一个个小人影模糊不清，再遮去半个脸，几乎看不到什么了。兰馨觉得泄气，感到这照片和没拍一样，自己失去了当明星的机会。

除了英雄与记者的孩子，王老师还很喜欢守规矩、安静、乖巧的孩子，兰馨的邻桌小林就是其中之一。上课时，小林总是坐得直直的，聚精会神地听老师讲话。老师不叫他的名字，他从不乱说话打扰课堂。他永远按时写作业、交作业，作业本上的字也写得工工整整。他年年都是三好学生，就是学习好、品德好和体育好，这是学校给予学生的最高殊荣。王老师倡导大家多多向小林学习。

小林也并非全能，他的数学极好，堪称神童，但是就怕写作文，每次都是半天憋不出几行字。王老师给了小林一个建议，让他反复抄写一些儿童小故事，也许能从中找到写作的技巧。重复临摹与记忆十分枯燥，却是一个重要的传统教学方法。小林很听话，抄了一篇又一篇，累得手都酸了，却还是写不出自己的故事，只能把抄过的句子生搬硬套，读来让人哭笑不得。

一次写作课，题目是《我的妈妈》，小林这样写道：

我的妈妈是一个坚强的妈妈，她的眼睛像鹰一样锋利，充满了坚定的意志，照亮了我的心。她的头发很短，像地里割过的韭菜，又直又硬，一丝不苟，令人肃然起敬。她的声音洪亮如钟，充满了勇敢的力量，激励起我的勇气。她中等个子，像山一样雄伟，我的妈妈是一位能顶起半边天的妈妈。

小林把作文拿给兰馨看，兰馨读着很是别扭，可仔细看每一句话，却都是最流行的说法，不该有什么错误，她只能安慰小林："你抄过的词语都用上了，没有白抄呢。"然后认真思考了一下，终于意识到了为什么别扭，便大笑起来，说："你怎么可以这样形容你妈妈呢，这些词是用来形容爸爸的，你怎么这么笨呀？"她光顾着笑，没发现王老师已经站在了身后："兰馨，你怎么可以说同学笨？这是不道德的词语。"兰馨吓了一跳，没想到自己一不小心又"不道德"了，这是学校里最严厉的批评。她低下头，觉得很羞辱。从那以后，她不敢再用"笨"这个字眼了。

兰馨无法理解小林在课堂上怎么能憋住不说话，又怎么能抄写那么枯燥的课文。语文课上，老师提问时，兰馨觉得每个问题都有很多个答案，她等不及老师点她的名，坐在位子上就噼里啪啦地讲上一大串。课堂上随便讲话是违反纪律的，她因此时常被老师批评，有时候甚至被赶出教室罚站。当然，也不是所有的课兰馨都会这样，有的课太枯燥，比如数学课，她通常听着听着就睡着了。由于睡着的次数太多了，王老师直接找来了九海，请家长是更高级别的羞辱。兰馨很难过，但她依然克制不了困意，数学课从小学睡到了初中。课堂上睡觉成为她学生时代的一个顽疾。也正因此，尽管兰馨学习成绩优异，却被认定是问题学生，是个调皮不遵守纪律的学生，她从来没能当上三好学生，这在学习优异的学生中，是个罕见的例外。

很多年以后，兰馨到美国沃顿商学院读书，在当地心理医生的帮助下，才发现自己患有注意力不足症。这是一种天生的神经系统发育特性，并非出于孩子的主观意愿，许多聪明的孩子都遭遇过这个问题。而七十年代的中国，人们完全不知道这个概念，像兰馨这样的孩子，学校会以道德批评和纪律惩罚的方式，强迫他们矫正行为。

比起语文和数学的平淡，学校里的美术课似乎更多些趣味。第一年的美术课，重点是让学生们学会空白填彩——预先画好一些风景和人物的轮廓，孩子们自己选择颜色用蜡笔或水彩填满，做出一幅彩色的图画。第一个学期，这么填了十几幅画作后，就迎来了美术课的期末考试。考试时，每个孩子拿到一幅黑白草图，左上边画着一棵威严苍劲的松树树冠，在松树的右边，一根横向的粗树干托举起革命英雄雷锋的头像。雷锋已经去世了，中国文化传统习惯用松柏作为纪念亡者的符号，代表长青永生。学生们的任务，是选择"正确"的颜色填画松柏与雷锋肖像。兰馨按照之前老师教的，将松树的枝叶涂成绿色，雷锋的军帽涂成绿色，帽盖则是褐色，而帽盖上的徽章是红色……涂着涂着，她想起看过的一些肖像画上，人物的额头都明亮而浅淡，于是她选择了肉粉色，也将额头涂得浅些，还留了些空白，以便达到明亮浅淡的效果。涂完之后，她重新审视整幅画，总觉得画面不平衡，树干、人头在右侧，左侧空白太多，缺了点什么。于是，她决定在左下侧补画一枝竖立的松干，与原有的树冠连在一起，这样整个画面就平衡协调了。不仅如此，她还觉得绿色太多了，雷锋是英雄，英雄的勇气完全可以用红色来代表，于是她用红色来涂新加的树干，正好象征力量的支撑。做完这一切后，她很开心，觉得自己进行了一次全新的创造。

考卷发回来时，兰馨意外地发现自己的得分不高，还不如邻桌的小林，而小林也不过工工整整地把颜色填满，没让颜色跑到线外而已。她很困惑，自己的创新就算没办法加分，也不该被扣分吧。于是，她找到美术老师询问原因，老师解释说："虽然你画得很用心，但是这些做法违反了考试的规则。首先，哪里有红色的树干呢？这是不符合现实的。"兰馨反问："有人在现实中见过人头被托在树枝上吗？为什么这个可以，我的就不行？"老师一时被问住了，琢磨了一会儿，敷衍地说："人的头像悬在松树上，是中国画英雄的传统，大家都是这么做的。另外，"老师指一指画上雷锋的额头，"你这颜色也没涂实啊，额头的颜色太浅、太虚，这是填色考试，就是要把颜色扎扎实实地填在线里，其他的都和考试无关。"

兰馨彻底地糊涂了，难道美术课不是为了画出最美的画吗？怎么变成了只是在线里填充颜色？在老师的眼里，好奇心和创造力果真这么没有意义，甚至只配换来一顿训斥吗？她很伤心，有种被愚弄欺骗的感觉，却又说不清怎么被愚弄欺骗了。

在兰馨的成长中，她模糊地感知到，能够表达自己与被别人承认，都是令人兴奋的。但是，这些令人兴奋的事，到了老师那里，结果常常不那么令人兴奋，甚至注定是要遭受打击的。兰馨自认为是个特别的人，她会认真地思考，有自己的想法，口齿伶俐，善于表达，可是老师却总是看不见自己，也听不懂自己，自己的那些好想法就只能闷在心里。相比起来，老师更喜欢守规矩、安静的孩子，对英雄家庭和记者家庭的孩子也格外宽容。她发现，学校总有些自己搞不懂的规矩，那些发自内心最自然不过的感受与判断，在老师的眼里，都有可能变成荒唐的想法与行为。在这里，一颗童心的表达与期许，先要被一个看不见的、格式化的框架碾碎过，才能把一个人培养成符合学校要求的合格个体。

渐渐地，兰馨不再关心这些出头露面的事了，直到一年级末的时候，市领导来学校视察工作。

对校长和老师们而言，领导视察可是头等大事，他们终于有机会近距离表现教育的成果。提前一个月，老师们就开始准备向领导汇报的节目，其中最重要的一项，是看图说话。学生们要在领导面前主动举手，根据九幅漫画的内容，讲述出一个完整的故事，而且需要有声有色，有讲述还有表演。

王老师选择的漫画，是一个在七十年代老掉牙的故事：一个学生在放学路上捡到一毛钱，这在当时足够买两根珍贵的雪糕了，但他没有想到要自己留下，而是一路询问路人，寻找失主，可是没人认领这一毛钱。最后，孩子把钱交给了警察叔叔，警察叔叔夸奖他真是个好孩子。七十年代的社会风气算是简单朴实，这种简单的品行教育在年幼的孩子当中十分普遍。

为了确保学生们准确流畅地完成这项表演，王老师准备了一个标准故事版本，让大家背诵了很多遍，将本该是即兴发挥的演讲，变成了死记硬背的考试。兰馨也随着大家背诵，她觉得背故事实在没有什么意思，但表演还是很有趣的，可以拿老师的木教棍指指点点，还可以模仿警察敬礼的动作，这是很好玩的。

领导们来视察的那一天，学校上下一片庄严隆重的气氛。兰馨班上的孩子们穿戴整齐，腰板挺直，双手背后，在教室里坐好。多达二十多位观摩的领导们与校长，则坐在孩子们的后面。课程按照预先排练的进行着，很快，就到了看图说话的步骤了，王老师和气地询问，哪个孩子愿意上台来表演。兰馨照例觉得这跟自己没什么关系，只要老老实实坐着就行了。可是等了好一会儿，也没人举手。王老师又问了几次，还是没人举手。教室里那个安静呀，让人尴尬得出汗。兰馨很吃惊，大脑一下子专注了许多，老师喜欢的那几个乖巧孩子怎么没举手？几个领导的、干部的孩子为什么不吭声？她再看看王老师，老师脸上挂着一丝勉强的微笑，但嘴角已经要挂不住了，说话也开始流露出一丝哭腔。

兰馨举起了手，有些犹豫，但又倍感轻松，王老师的表情顿时如释重负，马上让兰馨上讲台表演。兰馨轻松地走上了台，可是等站到台上了，她看见下面的一众人都带着期望盯着自己看——有的眼神好奇，有的眼神怀疑——她突然就明白了刚刚为什么没人敢举手。事到如今，她只能强逼自己开口，紧张得口齿僵硬，不敢直视台下的人们。勉强讲了几句后，她发现自己早已将整个故事背得滚瓜烂熟，那些词句不费力气就从嘴里溜了出来。于是，她也就不再紧张，开始即兴发挥，配以行动表演，竟然完美地完成了整个回答，赢得了领导们热烈的掌声。

兰馨带了个好头儿，接下来，一个男生也勇敢地回答了另一个问题。就这样，在愉快的气氛中，这次接待领导检查的工作总算是圆满完成，老师们也都长舒了一口气。

从那以后，每次校长来班上巡视，都会与兰馨打个招呼，王老师看兰馨的眼神也有些不同了，多了份了解与感情。兰馨觉得，自己终于有了存在感。

六

兰馨继续孤独地经历着人生的成长——个性的发展、对人性和个体之外世界的探求，在与她难以理解的学校、成人世界的规范的冲突与压抑下，在一个贫乏简陋、缺乏个性导向的环境里，她磕磕绊绊地向前跑着。

对兰馨而言，学习是件容易的事，这让她放学后有了许多空闲的时间，可以在外面东奔西跑，忙着尝试各种新鲜事。九海每天给她一毛零用钱，多半时候，她会在午休时从路边的摊贩那儿买五分钱一包的山枣，下午放学后，再买一根五分钱的冰棍儿。有一天，她照例在放学后去买冰棍儿，冰棍儿拿在手里，却怎么也翻不出剩下的那五分钱，大概是丢了。她正不知如何是好，站在一旁的同学小胖说："我先借给你五分钱吧，你明天还给我。"付完了钱，俩人一边吃，一边在街上溜达。这是兰馨第一次以借钱解了一时之急，感觉挺新鲜。她问小胖："你家是农村的，怎么会有零花钱？"那时农村的学生都很穷，她以前没见过小胖买零食。

"和我奶奶借的。"

"那你怎么还？"

"不用还，我有时缺钱，就去奶奶家借，从来没还过。"小胖想了一会儿，又说，"好像和大人借钱是不用还的。"

兰馨还不懂借钱这回事，也从来没有人教过她借钱背后的道德与责任，听小胖这么说，她虽然隐隐觉得有什么地方不对劲儿，但又觉得这实在是非常划算的一件事。她就对小胖说："咱们去试试，向几个大人借钱，就可以多买几根冰棍儿了。"

他们决定先向小胖的奶奶借钱。小胖的奶奶住在城郊的农村，两个孩子走了很长时间，才走到一个足有上百米长的大水坑旁。水坑又臭又脏，水是黑色的，还漂满了垃圾。围着水坑，是一圈破砖房，小胖奶奶的家就在其中一间。兰馨没见过这么脏臭的住处，有些后悔为借五分钱来到这里。

见到小胖奶奶，小胖却不肯讲话了。兰馨只好结结巴巴地说出要借五分钱，以后有钱了再还。奶奶和颜悦色地表示，自己确实没有钱了。兰馨很奇怪，她明明借给过小胖，现在怎么就没钱了呢？小胖也不明白情况怎么就变了，想了一会儿，他对兰馨说："我还有几个叔叔和邻居，离这儿不远，咱们去试试吧。"

俩孩子又走了五六家，挨家挨户去借五分钱，大家都很和颜悦色，但也都说自己实在没有钱。最后的那位叔叔身体佝偻着，穿得破破烂烂，门牙也少了一颗，坐在破砖房前的板凳上乘凉。当时天已渐黑，他听着两个小孩的请求，没有笑，也没有训斥，眼中平静而认真地说："大家都没钱买冰棍儿。"一时间，兰馨觉得，这个叔叔的工作就是每天就坐在这里，专门对付前来要钱的人，而她和小胖是一长串人中来得最晚的两位，而且是最天真的两位，为了一个不正经的目的。她决定，借钱这件事应该以此为止了。

她没想到自己每天买零食的这点儿钱是这么难借到的，跟着小胖糊里糊涂的经验探险一回，跑到了世界末日般的城郊贫民区，用去大半个下午，最后空手而回。借钱不是一件正经的事！搞明白了这件事，她已经筋疲力尽，当天她回到自己明亮干净的家后，趴到床上就睡着了。那以后，她没有向任何人借过钱。

每年的七、八两个月是暑假，学校的一切活动都停止了，兰馨便无事可做。那时很少人有钱去旅行，九海和雅芝每天忙着上班，只能把兰馨一个人留在家里。她就和邻居的一帮孩子在楼前的空地上跳格子，跳皮筋，踢口袋，或者蒙上眼睛捉迷藏。

她依旧每天有一毛零食钱。三年级暑假的时候，她发现买零食的好去处是农贸市场，郊区农民每天运来新鲜的水果蔬菜，便宜又好吃。七八月的时候，各种叫不上名的梨子、海棠果、香瓜等刚上市，空气里都是瓜果的香甜气。她最中意一种小山枣，又酸又甜，脆生爽口，是凤城特产。她常常从同一位大爷那儿买，一来二去两人就熟了。

有一天，大爷说："小姑娘，别把枣核吐得满地都是，回家把枣仁砸出来，卖到中药店，一斤能卖四五块钱呢！"

"那地上到处都是枣核，怎么没人捡啊？"兰馨很疑惑。

大爷有点蒙了，好像自己也没想过这个问题，只好摇摇头，挤出一丝尴尬的笑。

兰馨立即行动起来。她不仅把自己吃出的枣核收好，还拿了塑料袋子，蹲在市场的地上捡起枣核来。夏天的太阳毒热，烤炉一样地晒在她背上。地上的枣核虽然不少，但必须要盯住地面一个一个地寻找捡拾。这些枣核有黄豆大小，不知是什么时候被吐在地上的，它们浸过人的口水，再沾上灰土，又黏又脏。兰馨本是极端喜欢洁净的人，但一旦有了目标，便有了一股专注的冲劲，她一想到肮脏的壳里能砸出红红的枣仁，而这种昂贵的中药材可以换钱，洁癖引发的焦虑，就不可能再阻挡她的行动了。

此后的日子里，每当捡够了一袋子枣核，兰馨就回家去砸枣仁。她家楼前的空地上，有一个水泥管井盖，直径有一米多，孩子们经常坐在上面玩耍，或绕着它跑圈。现在，这里成了兰馨砸枣仁的最佳场地。午后，这里被前后楼的阴影罩住，比别处凉快许多，她踏踏实实地坐在水泥台上敲起小枣核来。埋头半个下午，也就砸出小半捧，她用玻璃罐收好，开口晾着。

几周后，玻璃罐子快满了，而市场上能捡到的枣核也越来越少了，因为山枣过季了。她打听到旧城有一间中药店收购山枣仁，于是捧着罐子找到了这家店。药店设在一个青砖青瓦的院子里，是典型的清末老平房。她跨过一重高门槛，便看见了店面的朱红大门，门开着，一个矮个子的青年男子正站在柜台后面。男子见到兰馨自己抱着枣仁罐子走进来，没有丝毫诧异，而是平静地拿出中药店特有的手提式的小铜秤，熟练地把枣仁秤好，然后用个大算盘打出了收购价——竟然有五块多钱。这让兰馨很意外，那时九海与雅芝一个月的工资，加在一起也不过三十块钱。

这是兰馨生平第一次自己挣到钱，自然非常高兴。但她又觉得这是天经地义的，并不是什么了不起的成就，心中不禁困惑起来，为什么大人不做这件事呢？大家都穷，无论是自己家里还是邻居家里，吵架大多是因为缺钱，可是，他们为什么不去想辙挣钱呢？即使是那位卖枣的大爷，蹲在一个小布袋前，一天下来也卖不出多少枣，他从早到晚守着那个市场，为什么自己不捡枣核呢？就连自己的父母，看着她里外忙着捡枣核，也从未过问，砸好的枣仁，也没人关心她怎么卖，好像这不过是小孩子过家家的游戏一样。而最后，她这个九岁的小女孩自己穿过一座城，抱着玻璃罐，找到了一间老掉牙的中药店，赚回了一笔不小的钱。这一切，从始至终，她一口气干下来，从没怀疑过结果。做完了，回头看看，倒开始怀疑周围的大人，为什么这里的人都像死了一样麻木，木偶一样地不求自救？

七

兰馨不知疲倦地尝试着新鲜事，专注与困惑让她常常发呆，盯着虚无的空气大半天而不自知。她细高的个子，到哪儿都显眼，发起呆来愈发显得精神涣散、灵魂游离。三年级时，有一天，班主任把兰馨和九海叫到学校的办公室，严肃地建议兰馨参加学校的排球队，因为兰馨走路时不看地，只看天。

"整天仰脸朝天地走路，做梦似的，不正常啊。天上有什么吗？不怕摔跟头吗？"老师真诚地跟九海解释。

"可是我从来没有摔过跟头啊。"兰馨反驳道，惹得九海大笑起来。

不过，也是因为这一次"请家长"，兰馨第一次听说了自己走路的样子，这是她以前没意识到的。可仔细想想，她又觉得确实是这么回事儿。附近要么是简陋的矮层红砖建筑，要么是柏油路和光秃秃的人行道，以及裸露的土地，没有花草，树也没有几棵，实在没有什么可看的。只有这北方的天空，广阔高远，湛蓝深邃，堆着成团的白云，而白云飘着，翻滚着，变化莫测，干净明亮，那是另外一个世界，一个更加完美的世界。

在兰馨的眼里，天空的变幻莫测，自然界特立独行的壮丽气象，是最震撼的戏剧。后来在世界各地旅行时，最让她激动的，就是自然界的奇异变幻。兰馨在沃顿商学院读书的第二年，一些华尔街银行的招工团队照例邀请一些招聘对象吃饭。饭桌上，大家都尽量分享一些奇闻趣事，以此展示自己的见识、趣味与幽默感，这几样与大脑聪明、工作努力同等重要。

有一次，兰馨受邀同一个跨国银行的团队吃饭。队上有一位年轻的银行家来自澳大利亚，是典型的白富美，温室里长大的高材生。兰馨之前在澳大利亚住过几年，两人就聊起了澳洲大陆壮观的荒漠与南太平洋明丽的热带风景。一提到荒漠与大海，兰馨就兴奋了起来，罗列出几件"极端"的旅游经历来。比如在南澳空无一人的荒漠上开车，突然大块大块的白云降落到地面，人和车就像腾云驾雾般前行。更惊心动魄的，是在南卡罗来纳州一处悬崖下的海岸上看暴风雨，海上怒云翻滚，势不可挡，海水一浪接一浪地狂涌上来，越来越高，袭击着海边直立的悬崖，想象得出千百年间海水如何将这里的山拍成了现在刀削般的峭壁。一人孤行在沙滩上，感觉自己异常渺小，薄薄的雨衣被狂风扯烂了，她索性让暴风雨淋个痛快，享受着这巨大的力量与威胁，像是嗜酒之人喝醉般过瘾。

兰馨讲完了，以为这些奇景足以让对方叹为观止。可谁知，那人板着脸沉默着，过了好一会儿，才认真地说："你的运气真不好，怎么总遇见这样的极端天气呢？我真为你感到抱歉。"

兰馨哑口无言，这位西方银行家枯燥平庸的认知，让她想起当年光大小学古板保守的老师。

"让兰馨去打排球，校队训练严格，可以规范一下行为，提高注意力。再说，这孩子又高又瘦，打打球兴许能让她强壮点。"老师继续说服着九海。

九海并不认为女儿有什么不正常，但是，他很喜欢让兰馨参加些体育运动，于是痛快地接受了老师的建议。

就这样，兰馨开始打排球了。每天下午放了学，先要跑上四百米，然后开始跟高年级的球员学习接、传、扣球和前、后、侧滚翻。她练得很认真，似乎有着用不完的能量，连感冒发烧时都不愿意休

85

息。很快，她成为了队里年纪最小但却是最好的二传手，负责在场上判断形势，组织进攻。她内心灼热的能量，总算借此得到了一些释放。

平日在学校，老师们是一个模棱两可、僵硬的评判的陷阱，他们坚持要以"一分为二"的原则去看问题，老师们常常说"事物都有好的一面，但也有不好的一面"，或"你若看到了坏的一面，就必须也看到好的一面"。这种"一分为二"的哲学，应用到儿童教育上，就是肯定与批评共存。更进一步，为了激励老祖宗谦逊顺从的传统美德，克服骄傲的可能性，要批评重于肯定，批评愈多、愈狠，便是给予了孩子们愈多的爱护。兰馨却十分肯定"一分为二"不是什么好东西，大大小小的事情，都难以得到一个简单彻底的肯定，所以得不到喜悦，一切都要做善与恶的两面评判，而善恶的界限十分主观模糊，童年时的愉悦与期待，总被它拧巴成缺憾与打击。

但是，在排球队竞技的环境里，就没有这样让人困惑的"一分为二"。打排球的目标是明确的，就是要在市里学校联赛时为学校赢得比赛；衡量能力与行为的标准也是清晰的，就是球技与比赛规则；胜败是黑白分明的，无法用道德评判与哲学思辨去模糊；因输赢而流泪或雀跃是允许的，整个学校都以赢球为荣誉，为输球而沮丧，兰馨不用再担忧因为自己外露了情绪而被评判。她第一次感到，自己可以放心地去做一件事，可以充满信心地期待结果，可以诚实地面对自己的勤奋好胜、坦白真诚、喜乐于表的本性，做一个鲜活的、独特的、自信的存在，而不是一个被古老道德观念与行为规范捆绑的、惭愧的、毫无生机的标本。

兰馨总算有了一方天地享受一个可以信赖的准则与公平，表达快乐也不必忐忑犹疑，遮遮掩掩。她找到了一个避难所。

辽西河岸夏日的星空

四年级，兰馨十岁时，那场声势浩大的革命运动算是彻底结束了，曾经被禁的很多书籍突然重见天日。九海一向喜欢读文学作品，很快就收集到了郭沫若、巴金、鲁迅等人的旧作，此外还有《西游记》《红楼梦》《水浒传》《三国演义》等古典名著。九海一本本地读，然后讲给雅芝和兰馨听。

　　夏日的夜晚，一家人通常坐在大连河的堤岸上乘凉。夜色弥漫，北方高远幽深的夜空中星河倾泻，时有流星闪亮划过。这时，九海就开始讲《水浒传》或《西游记》的故事，兰馨一边听着，一边仰头望着夜空中繁密的星星沉思。爸爸讲的故事是新鲜的，她想象着武松、宋江等英雄穿着古时的长衫，发盘系在头上，还能打得翻天覆地，这是多么不可思议的事。可惜的是，这些人物虽然被尽力渲染，桥段一个接着一个，却总不能感受到他们的血肉，他们就像是一出热闹的京戏，敲锣打鼓，脸谱显眼，戏服华美，动作夸张，场面喧闹，一切就像是平面连环画，像一张纸一样的肤浅呆板。相比而言，兰馨觉得眼前的星空倒是真实有趣多了，她望出去，觉得看到了另外的世界，虽然不知那究竟是怎样的，但却知道自己脚下的世界很小，且不是唯一，外面那儿还有更多的范围与层次。这感觉似乎虚妄，却又透明而真实，推倒了她周围世界的封闭围挡，令人自由自在。星空神秘而透彻，向她吐露玄机，又仿佛是在那儿等着她。兰馨想，这偌大的世界似乎有什么隐隐看得见，却与自己像是隔着一层窗户纸，又看不清，这层窗户纸到底在哪儿呢？怎样才能捅破？这些问题，一直在她的心里搅扰着。但同时，她心里又有着一份笃定，隐隐地觉得终有一天，这层窗户纸会自己出现。

　　九海从来不讲现代小说，大概是那些男欢女爱的情节，实在不好讲给孩子老婆听。那一代人风气保守，还不习惯将情爱公开地表达出来。兰馨就自己翻看。她读的最多的，是郭沫若的短篇小说，比如《残春》《落叶》等，因为篇幅短，白话文也简单易读。虽然她无法读得太懂，但是她意识到自己钻进人的心里那个世界去了。小说中的青年男女，清幽幽地爱着，漫无目的地悲伤着，轰轰烈烈地做着平常事，动辄引述一首西方古典诗词，做出十分新鲜的表达，然后大多因得了肺病，或者生活窘迫，或者传统社会迫害而随风逝去。感受着文字诗意的美，也体会着人心不可琢磨的情感，世事万般的不如意，和生命常常荒谬的结局，她窥见人心里面还有一个世界，狭小却深不可测，四面是墙，里面一个小人儿永远孤独地感受着，思索着，却逃不出来。

不久前，这些故事还被称为资产阶级思想或小资产阶级情调。而现在，兰馨觉得这小资产阶级情调，比自己经历过的所有体验都细致、温情、柔软，与辽西的环境是完全不同的表达。

原来，生活可以不一样地过。

八

学生时代，最难熬的还是冬天。夏天时，兰馨可以在读浪漫故事和收集枣仁的劳动中度过，开心而卓有成果。冬天就难过多了，在辽西不可撼动的荒凉与寒冷中，一切又冬眠了。黑夜比白昼长得多，即便是晴朗的白天，太阳也泛着惨白的光，没有热度。兰馨又全身武装起来，穿上了厚重的棉衣、棉鞋，手和脸包裹起来，身体僵硬，摇摇晃晃地去上学。

每年一月份是寒假，小学生们都有拾粪的任务，每人要拾一篮子粪。拾粪是到马路上拾马粪，或者收集家养的鸡的粪，开春时贡献给附近的农村生产大队，用作春天粮食生产的肥料。中国素有用动物粪便做粮食肥料的传统，而七十年代，马车依然是主要的运输工具之一，跑在城里的柏油路上，马随时在路上拉屎撒尿。

五年级的冬天，兰馨与一个叫徐涛的女孩分在了一组，两个人要在寒假里合作捡出两篮子马粪。这不太容易，需要努力很多天。徐涛建议，去中心商品批发市场附近的马路上拾，最好在春节前的两周，因为大家都在忙着备年货，来往运货的马车很多，捡到粪的机会也就多一些。于是，春节前那两周，她们两人上午匆匆写完寒假作业，下午就提上一个空篮子，各拿一把大铁锹，步行到中心批发市场去，站在一段热闹的马路旁等着。只是，并不是每一辆马车经过时都会刚好有马拉屎，有时，马车都跑出去一两百米了，马才翘起尾巴释放一回。她们俩只好一同拎着篮子，拿着铁锹，拼命跑去追拾马粪，免得被别的孩子抢走了。

两个孩子本来穿得就多，又要提着篮子和扛铁锹，再加上百米赛跑般地狂奔，不一会儿就满身大汗、气喘吁吁了。疲劳之下，尽管捡来的粪不过几铁锹，但篮子提在手上却越来越沉，最后干脆提不动了。她们商量着，不如分工协作，一个人看守篮子，另一个人跑去用铁锹把粪铲回来，之后再轮换。徐涛是个特别能跑的孩子，兰馨赶不上她，于是大多数的远途抢粪，都是徐涛跑下来的。

这一天，两个人又在中心市场附近拾粪，忙活了两个小时，收获依旧不多。黄昏时，一辆马车从她们面前跑过，徐涛看到一匹马的尾巴要翘起来，兴奋地大叫："要拉屎了！"然后她就追着马车跑了起来。可这一次，马车跑出去很远了，马尾巴竟然又落下了，什么事都没做。徐涛停下来，一手用铁锹戳地撑着，一手叉腰，望着扬尘而去的马车喘粗气，十分沮丧。夕阳西下，寒气更重了，兰馨在原地望着徐涛小小的背影，逆着夕阳，周围车马扬起的万丈尘土被夕阳染成红色的烟雾，笼罩着一个追马车的小女孩。兰馨突然就悲伤起来，她知道，黑夜很快就要降临了，今天的一切到此为止了，她们将在黑暗中失望地走回家。

去哪里寻找一份洁净与温暖？

她们就这样日复一日地去拾粪。两周后，粪拾够了，还要等到开春才能交给学校。兰馨于是把两只篮子都存在了邻居豆哥的院子里，豆哥家住在一楼，窗前有个用木板拦起来的小院子，一米多宽，狭长的一条，门上了锁，这让兰馨感到很放心。

过了初五，学校开学了，兰馨却得了重感冒。每一年的早春，她都会得一次重感冒，这是冬天躲不过去的灾。头一个星期，她一直发烧，咳嗽鼻塞，雅芝用白糖水喂她吃下一把一把的消炎药和中药，却无法喂她吃下饭菜。室外太冷，雅芝害怕会加重她的病情，不敢每天带她去医院打针，就求一位做护士的邻居帮忙，每天早晚来给兰馨打针。

发烧时，兰馨会陷入一个不断重复的黑色的梦境，似乎自己是在一个黑色的井中，头朝下，轻飘飘地下坠。她看不见井底，眼前的黑暗中，只是偶尔有光束闪烁交错，她的心悬着，等着什么令人恐惧的事情发生。有时，光束出现得太突然，或者太亮，她就惊醒了。在这种半睡半醒、断断续续的噩梦间，兰馨熬过了第一个星期，她的烧退了，人却变得很虚弱，走起路来如踏在云上，摇摇晃晃地感受不到支撑，只好继续留在家里休养。病情反反复复，好几天，坏几天，竟然在床上躺了近一个月。

白天，只有兰馨一个人在家。中午时，九海会赶回来为她做饭，然后再回去上班。兰馨大部分的时间都躺在床上休息，百无聊赖，周围安静得似天堂，空气仿佛凝成了白色的雾，自己轻得就像一片纸，浮在这一团白雾里。

兰馨时常会想到学校，一想起这个，她心里就十分焦急，错过了这么多的课时，可怎么补啊。心里虽然急，身体却像棉花一样松软，动弹不得。能动的只有眼珠，她将目光缓慢地从白色的房顶挪到窗户上，窗玻璃上是一层厚厚的霜花，有的霜花像松树、芭蕉叶、蒲公英，有的像漫天雪花，造出一个厚厚的、飘着雪的森林世界。她看不见外面的样子，只能听到风声，凄厉的北风在外面的旷野上回响，似愤怒的哨声。有时太阳充足，窗子上部的霜花会在下午融得稀薄，她能看见窗外有黑色的枯枝在风中摇曳，敲打着窗玻璃，似有人敲窗示意，也似妈妈匆匆回来的脚步。

在这白色的隔绝中，她虚弱地盼着春天快快来，只有春天来了，暖和了，她才能好起来，去上学。

兰馨终于去上学了，但是日子并未因此平静。

从记事起，她就注意到街上总有一帮十几岁的男孩子，大多来自邻近的街区，成帮结队地聚在一起，经常不是他们自己在彼此打架，就是一起四处游荡找别人麻烦。

七十年代上半叶，大学关闭了，青年人高中毕业后上山下乡务农，接受农民的再教育，因而升学进修已不再是人生目标，知识教育也就不重要了。中、小学生的教育中，除了基本的算数、文字与科普教育，更广泛、深入的科学与人文知识教育几乎不存在。课外活动也是以织手套、捡粪这样的生产劳动为主，适合十几岁孩子们的体育、艺术、阅读活动机会寥寥。在人生最关键的成长时期，一些年轻人遭遇了知识与价值判断体系的匮乏。

在这样的环境之下，兰馨家所在的街道上，一群没有认真上过学、父母无能严格约束的半大男孩子们，粗鲁地游荡着。这些孩子大多家境良好，父母中不乏在政府机构工作的干部，却因为这个特殊时期成长为一帮脑子空空、善恶混乱、行为恣意、没有理想与追求的人。其中领头的那个毛头小子王兵尤其顽劣凶恶。有一次王兵与他的父亲吵架，二人追打到院子里，惹得邻居们注目围观。突然，王兵从腰间拔出了一把短刀，一边挥舞着，一边面目狰狞地对他父亲嚷嚷："你再敢管老子，我让你白刀子进去，红刀子出来。"他父亲惊住了，不敢再追一步，稍加对峙，恐慌地退回家里去了。从那以后，王兵更是有恃无恐，行为愈加像个地道的流氓。这些小流氓尤其喜欢嘲弄漂亮的女孩子，给每个人安一个低俗的绰号，长得白皙的叫大白梨，长得清秀的叫三角脸，有雀斑的叫麻子，等等。兰馨目睹了王兵拔刀威胁父亲的一幕，吓得半死，更加不敢近这些人半步。

这一天，兰馨放学回家，刚走到楼下，就觉得气氛不对。那伙青年正趴在豆哥家院子的木栅栏上，用木棍儿使劲地捅着什么，看见兰馨走来，他们不仅捅得更起劲了，而且还开始起哄。兰馨这才意识到，他们是在捅那两个马粪筐，透过木栅栏，她看得见马粪已经被捅了一地，两只筐东倒西歪地躺在地上。兰馨感到巨大的震惊，僵硬地站在那里不能动，王兵带着几个男孩子龇牙咧嘴地对着她叫道："哭呀！哭呀！"她想起寒冬里，自己和徐涛在万丈红尘中来回奔跑，才得到了这些马粪，而此刻，这几个混沌粗鲁的男孩子，只为了看一个小女孩伤心并以此取乐，就将马粪破坏成这个样子。她的心中填满了失望、愤怒与无奈，她噘着嘴，却不知道该如何反应。看她不吭声，几个小混混叫得更大声了：“猪八戒！猪八戒！快哭了！快哭了！”叫喊声把豆哥招了出来，豆哥住在兰馨家隔壁，是多年的老邻居，而今已经二十多岁了，性格粗粗咧咧。豆哥挥起粗壮的胳膊，很快把小混混赶走了，也总算是把兰馨解脱了出来。但豆哥并不懂得安慰人，他看了兰馨一眼，就沉默地回家了。

兰馨心中还是委屈，坐在井盖上，试图让自己平静下来，等父母回家。过了好一会儿，大概已经到了下午四点多钟，黄昏降临，落日昏黄的余晖没有一点热度，兰馨在楼前来回地徘徊着，为父母还没回来而着急。她觉得身上越来越冷，风吹着干枯的树枝，越发营造出冬天的肃杀气息。

她跺着冰冷的脚，望着天边仅余的一线橘黄日光，内外兼具的困境，将她层层包裹住了。突然，一个强烈的冲动从她心底生起，她禁不住大声喊出来：“这一生的困顿是为了什么？我来到这个世界是为了什么？”喊完，泪水就涌了出来。

那晚，兰馨做了一个梦。梦中，她的前胸被割裂开来，里面是血红的骨与肉，就像幼儿园案板上被刀切开的猪，却神奇地没有流血。她手里捧着自己的心脏，走在风城的大街上，鲜红的心脏强有力地跳着，大街上静无一人，只有她自己。她带着开裂的胸膛一路走着，想要寻找人们，然后告诉他们自己心里有多么悲伤，自己的心又是多么渴望洁净、温暖与美好，她多么需要被爱！但是，大街上一个人都没有，只有她，手里捧着自己的心，泪流满面。

兰馨从不觉得家乡浪漫，这里是温柔洁净的反义词，是爱与安全感的对立面。内外交困的地理，贫瘠的精神与感情，肃杀的风景和没有色彩的冬。她怀疑经历过东北冬天的人，尤其是经历过辽西荒凉寂寥的人，是否都会变成虚无主义者？

第三部

杰　西

一

十二岁时，兰馨经历了人生的第一个奇迹。

那一年，邻里街坊的孩子们流行玩玻璃球，就像前一年流行用塑料绳编发带，再前一年流行刻剪纸一样，每一年，孩子们都会有一个新的流行玩物。玻璃球越大越亮，就越抢手，里面带花瓣的尤其受女孩子们喜爱。兰馨照例没有玻璃球，九海与雅芝都不好游戏，觉得买玩具实在是没必要的浪费。兰馨也从来没敢奢望过，所以并不觉得特别失望。

夏天的一个中午，干热的风吹得大家都躲在屋里睡午觉。楼前的院子如此安静，只听得见蛐蛐儿的叫声。兰馨却睡不着，一个人绕着门前的水泥台转圈玩儿。这个水泥台是兰馨玩耍的中心，白天蹲在上面砸枣仁，晚上坐在上面望星空。但这一天实在是太热了，她转了一会儿就累了，顺势在水泥台上坐下来。经过之前捡山枣核的锻炼，她已经养成了捡东西的习惯，这会儿坐下来，眼睛就自动寻找起来。突然，她的心一阵猛跳——一颗又大又亮的玻璃球，就躺在石台边的土地上。她开心极了，白来一个玻璃球，这真是千载难逢的事，她马上捡了起来，继而兴奋地四周张望，看还有没有更多的玻璃球。石台的直径不过一米多点，几眼就搜索完了，并没看到更多的玻璃球。

兰馨的倔强又开始发作了。她十分渴望地想，要是能再多找到一个玻璃球该多好！继而，一个看似荒诞的念头冒出来：也许再绕着石台走一圈儿，就能再跑出一个玻璃球来。她真的闭上眼睛，绕着石台转了起来，一半是因为觉得这个主意好玩儿，一半是因为自己习惯了白日做梦。她很快转回到起点，睁开眼睛，顿时被吓了一跳：就在捡起第一个玻璃球的地点，又一个又大又亮的玻璃球，正安静地躺在那儿。

兰馨不敢相信自己的眼睛，这里刚才找过了那么多遍，明明什么都没有啊！她感到紧张，站起来环顾四周，看看是否有人在附近。可是，整个院子只有她自己，明亮的阳光下，只听得见蛐蛐儿的叫声，人们还在午觉中安睡着。

她犹疑不决地捡起了第二个玻璃球。

二

兰馨生命中的又一个奇迹，是考上了中国最好的大学之一——北京大学，并且进了有"全国文科状元班"之称的国际经济系。这在辽西是件了不起的成就，其荣耀程度，类似古时偏远的边疆地区多年才出个状元并进京当了官。

只是，当官不是兰馨的热忱所在。在北大的四年，眼看着身边的人们气宇轩昂地争论国家大事，指点江山，谈古论今，各种社会思潮此起彼伏，自己的视线却越来越模糊。现实也好，历史也好，貌似一模一样，在她的大脑里混成白花花的一片，毫无意义；清醒时，那团白雾也不过变成几根抽象的直线，她依旧无法展开新鲜的想象。在偌大的北京城里，她觉得自己不过是个旁观的边缘人。政治是毛姆笔下的"六便士"，是生命的尘埃，而她要寻找的"月亮"是生命里里外外的温暖与洁净。

大学毕业后，借着英文优势，兰馨考入了一间著名的进出口贸易公司，积累了几个月的外贸经验后，她转职到了高阁时装驻京办事处。八十年代末，最有荣耀的工作之一，就是在跨国公司的驻华办事处做业务员，既可以与公司在世界各地的业务部门打交道，公费出国，大开视野，在国内还可以经常出入五星级酒店，公费吃喝。这对刚刚解除三十年经济封闭打开国门的中国人而言，是一扇诱人的镶金窗户，一扇可以眺望西方生活方式——一个新时代神话——的新窗。神话里是西装革履拎着皮包乘小轿车住大酒店的气派外商，是灯红酒绿人欲横流的别样世界，是白色洋房与叫不出名字的稀奇西餐，窗的那边充满诱惑，令人遐思。

高阁的办公室在北京国际贸易中心的十九楼，占了足有半层楼。沿着玻璃幕墙，隔出了几间独立的办公室，这是几位外籍部门经理的特殊天地。隔间的前面是透明的玻璃墙，方便经理们与外面的员工互动，而他们自己的活动也因此毫无遮拦，所以，这些办公室被戏称为"鱼缸"。

春节后，经过一个星期的培训，兰馨被分配到了面料采购组，经理是一位来自澳大利亚的犹太人杰西。

正式上班的第一个早上，兰馨在面料组办公区安顿下来。环顾四周，发现自己的位置离杰西的"鱼缸"最近，中间只隔着一条过道。周围还坐着三位业务员，都是男性，对面的两位年纪略大，有三四十岁，右手边是一位二十几岁的年轻人。她又往远处看了看，除了几位女秘书，只看到成衣部有一位中年女子坐在"鱼缸"里，其余的业务人员全是男性，尤以中年男性为主。

她觉得压力顿生。"鱼缸"里那几位金发碧眼的外国人，眼神时不时地就会朝她飘过来，前后的男人们也以好奇的目光打量她这个小女孩。她觉得自己像是狼群里的一只小羊。

她正低头猜测着这个新环境，听见旁边办公室的门开了，抬眼看见杰西满面笑容地走出来。

"欢迎加入面料部！我叫杰西。"他伸出手。

"谢谢您的信任。"兰馨慌忙与杰西握手，因热情过分而用力太大。

"请进来我的办公室，我们需要谈一谈。"

兰馨赶紧抓起一个笔记本和一支圆珠笔，随杰西走进"鱼缸"。

二人坐下，杰西端详了一下兰馨。

"虽然你这么年轻，但想必一定很优秀，外企服务公司可是为你要了一大笔工资呢。"

兰馨有点儿蒙，不确定这是赞许，还是抱怨。外企服务公司实际是政府的管理机构，管理所有受雇于外国企业的中国雇员，工资也由他们代替雇员与雇主谈判。而在实际操作中，外国雇主需要参照当时的国际工资标准支付工资，服务公司则按照当时中国国内的工资水平发给雇员，至于那绝大部分的差价，不言自明，被外企服务公司留下了，而像兰馨这样的雇员，是没有话语权的。二十年后，这种分配制度才被解除，当然，这是后话。

"我好像……只能拿到这个工资的百分之十，其余的归政府。"兰馨小心地回答，觉得自己变得很渺小，身体变成了原来的百分之十，尊严也是。

"那也太不公平了！"杰西不相信似的摇头，"我三个月前才从墨尔本调来北京，这里的情况和澳洲太不一样了，我经常很吃惊。"

兰馨舒了一口气。上司原来相对也是新人，这让她觉得肩上的压力少了点儿。

接下来，杰西向兰馨介绍了她在面料部的角色，以及整个部门在中国发展的长期计划。

兰馨艰难地跟随着杰西的英文语速，一边听，一边记笔记，心里暗暗为自己的破英语着急，也不知道听懂了多少，漏掉了多少。

"要点是，未来三到五年，我们需要为尽量多种类的面料在中国找到加工能力。五年以后，如果条件允许，我们应该考虑在上海、北京这些大城市开设零售店的可能性。我们需要将这些长期的承诺反复地讲给这些地方的政府听，让他们看到我们对中国市场的信心，从而支持我们的发展。眼前呢，我希望你能在开发国内面料生产基地方面多做些努力。"

杰西终于说完了。兰馨匆忙结束记录，然后低着头继续找补漏掉的内容。

"你居然密密麻麻记了这么多，可以给我看一下吗？"杰西好奇地问。

"哦，我还不是太熟悉面料方面的业务，记下来回去认真想想。"兰馨将笔记本递过去。

杰西一行一行认真地读，在空白的地方填写上单词，那些是兰

101

馨不会写的单词，又修改了写错的单词与句子。

"把这个留好，再复印一份给我。"杰西将笔记本还给兰馨。

回到自己的座位，兰馨紧张的心还在"咚咚"地跳。自己居然活下来了，从第一个用英文开的长会里活下来了，而且似乎听懂了杰西大部分的话，也能够用英文回答他的问题，没有出太大的丑。眼前自己的笔记仔细工整，太像大学生听课了，还有被改过的错别字，这有点儿丢脸，以后还是不要这样明目张胆地记学生式笔记吧，好像没有脑子记住什么似的。可是，为什么杰西要一份复印件呢？这岂不是留下了她幼稚耻辱的记录？

在意识的某个角落里，她隐隐地感到别扭，就像鞋里有一粒沙，虽看不见却时时硌脚。杰西的样貌是令人舒服的，身材高大健壮，比例几乎完美。一头卷发，茂密浓黑。面孔俊朗，线条分明，一双大眼睛清明如月，忽闪着婴儿般的长睫毛。笑容是单纯的、温暖的，她立即可以感受到他的热情。但是，那只手，伸出来握手的手，却只是轻轻地握了一下，在她全心全意的紧握中，仿佛被绑架了一样。她为自己力大无比的唐突与过分热情的打招呼而懊恼，忍不住张开手掌看看，暗自道："你要学会礼仪，像个职业女性。"

下午，杰西召开部门会议，将兰馨介绍给同事们。果然，同事们都是老业务员，已经在时装行业和高阁工作多年。坐在兰馨对面的是一位金发碧眼的希腊籍雇员，叫卢卡斯（Lucas），右边的两位同事，中年的一位是约翰（John）谢，留美回国的"海归"，年轻的一位是斯蒂文（Steven）李，出身于外贸进出口公司。秘书琳达（Linda）也列席会议，负责记录会议内容。

杰西介绍了每个业务员的具体角色，又重复了一遍早上讲给兰馨的长期计划，然后就到了大家讨论环节。

"咱们公司要求的色差准确度及褪色、面料柔软度及缩水率标准，对中国企业是个大问题，他们基本还在沿用三十年前的工艺。"约翰谢抱怨道。

"生产中的质量检验也不够严格，我们必须派自己的质检人员进驻工厂，这些国营企业不习惯这种做法，还要做说服工作。"卢卡斯也附和着。

又讨论了一会儿，琳达举手问道："杰西，需要将你的这个工作计划整理出来，作为正式文件发给大家吗？春节之后，总经理也在询问各个部门的发展计划呢。"

杰西笑了笑："不用整理了，你就用兰馨的笔记吧。我从未见过那么完整又工整的笔记，你直接拿去做成打印版就行。"

会后，兰馨便赶紧去复印笔记，等待复印机预热时，只见琳达婀娜地走了过来。

"以后我可以帮你复印的，你不必自己动手。"琳达的声音里充满热情。

"我不知道有这种制度，秘书可以帮助复印。"兰馨有点吃惊。

琳达穿着一条宝蓝色的直身连衣裙，薄呢面料，在灰突突的冬天里鲜艳悦目。她脚踩细细的黑色高跟鞋，身姿窈窕。两只与裙子同色系的大耳环，随着一走一动来回摇摆，让人不注意都难。她长得不算美，但是妆容精致，有跨国公司白领一族的自信。

"兰馨，你有没有注意到，这里的男人尊重你？"琳达突然转换了话题。

"我不明白你在说什么。"兰馨困惑地眯起眼睛。

"你可能不知道，这间公司里的年轻女孩子都是秘书，老板们对我们呼来唤去的，还喜欢随意开玩笑，我们都习惯了。你和我们年龄差不多，但是男人们和你讲话的态度是很不同的呢，客气了很多。"琳达解释道。

"我刚刚来，谁都不认识，估计是因为陌生而客气吧。"兰馨答，顺便把复印好的笔记递给了琳达。

琳达神秘地微笑："没有那么简单，以后你会明白的。"

"你是北大的高材生，这里的女孩子们没人能和你比。"琳达边走边回头，又加了一句。

接下来的几天在磕磕绊绊的适应中飞速过去了。兰馨为这个新鲜的环境而兴奋，却又担心自己的英文表达、业务知识以及行为方式不合办公室的规矩。她感到格外地累，好不容易熬到周末，整个人累得散了架。

周日，兰馨躺在床上做僵尸，以恢复体力。她的身体很疲惫，脑子里却不断浮起琳达的笑脸。琳达没有读大学，高中毕业后读了两年职业学校，就来高阁做秘书了，年纪虽小，社会与人际经验却不少。琳达的微笑，单纯里透着狡黠，热情是用来掩盖和试探些什么的。只是，她要试探的究竟是什么？自己和她虽然年纪相仿，都是二十四五岁的女孩子，但在部门里的角色不同，没有直接的竞争。她实在读不懂琳达。

琳达身材高挑纤细，每天都会换一套连衣裙和首饰，耳环一定与裙子颜色一致。她踩着高跟鞋，兴高采烈地穿梭在办公室的男人丛中，灿烂夺目。而兰馨呢，刚刚大学毕业几个月，还穿着学生时期的衣服，包括自己手织的各色粗线毛衣，配着深色的直筒厚呢子裙，脚穿方跟鞋，这让她在冬天能够保暖并快速走路，但看上去笨重沉闷，实在没有一点时装感。她需要买些职业套装，但这可能需要花上几个月的薪水。

兰馨的脑海里，挥不去琳达妆容精致的脸，薄薄的一层粉底，蓝紫色的眼影，厚厚的睫毛膏，红唇，蓝色的吊环式耳环不安分地来回晃着。兰馨也有一个化妆盒和一支唇膏，花了半个月的工资买的，买完那个月饭钱都不够了。她为自己的落伍感到泄气，但是转念又想到，自己刚毕业不久，就已经能坐在北京最现代时髦的办公楼里，和外企的老油子们平起平坐地做时装生意，心里就又高兴起来，觉得自己是个职场大女人，不必在乎这些细节。

一直以来，兰馨都没有什么自知。她只知道自己有用不完的力气，心里还有一个狂热的企盼，她要用这个力气去寻找一个完美的世界，这个完美世界，是家乡辽西的反面，是她的眼睛唯一愿意搜寻的。其他的事务，是不存在的，包括她自己，她看不见自己，看不见自己正在蜕变成一个美丽的女人。

三

兰馨的力气，首先用在了天津北方进出口公司的项目上。她向对方公司的领导们展示了一个长期合作的愿景，她的真诚果真奏效了，说服对方接下高阁一款复杂的、高成本的棉麻印染布货单。这让高阁当年的此类出口配额获得了保证，也让兰馨初战告捷、信心大增。

这是高阁第一次在天津生产棉麻制品，杰西不放心工厂的能力，特意从香港调来了一位资深的工程师罗文（Rowan Luo），让他进驻工厂，实地监督生产过程。

不出所料，罗文入驻天津工厂的第二天傍晚，杰西和兰馨就收到了他的紧急电话。原来，第一批几千米的布染出来了，深蓝色，幅宽从左到右色差严重，每两百多米的长度就开始有明显色差，没办法用在同一件衣服上。罗文与工厂技术处的负责人王工反复商量，对方也拿不出解决的方案，大家就僵持在这里了。兰馨心中踌躇着，她觉得总得找到一个解决的办法，生产已经开始，如果买方不收货，工厂就会遭受损失，以后就不会愿意再和高阁合作了。而高阁已经来不及再去寻找新的供货商，这会导致时装错过上市的节点。于是征得杰西的同意，她连夜匆匆赶去天津。

第二天早餐时间，兰馨与罗文在酒店的咖啡厅见面。三月初的天津，依旧十分寒冷，她点了杯热咖啡，抱在手里取暖，也趁着这个机会，认真看了看坐在对面的罗文。这是一位中等身材的年轻人，长着一张娃娃脸，亚热带浅棕色的皮肤，还有一对前虎牙。行为言辞不紧不慢，温和笃定，令人顿生依赖感。

"你觉得产生色差问题的原因是什么？"

"棉麻吸收染料的能力比较差，印染设备左右重量不平衡，因此对色差的影响变大了。但是，这个设备的装置是很难改变的。"

"你在公司几年了，在港粤地区遇见过这样的问题吗？"

罗文偏着头沉思了一下，温和地答道："港粤的出口工厂都比较成熟了，我还真没有遇过这样的问题。当然，那边的价格也要高很多，咱们的利润比这里少。"

"那这样的棉麻布料，在那边是怎样的一个生产过程啊？"

"在那边，我们其实不用操那么多心，工厂一般会将两百米布打成一卷，每卷布附有一条整幅宽的布条样品。看见布条，我们就可以判断这一卷布从左到右是否有色差。也可以比较不同卷布之间是否色差太大。我们会把色差最接近的布尽量用在同一个零售店的成衣上，这样消费者就看不出太大的差别了。"

"在北方，我还没有见到任何工厂这样做包装和标识色差的。"兰馨沉思。

"北方的工厂都不愿意多做这一道工序。"罗文肯定地说。

"怎么解决左右色差的问题呢？"兰馨继续沉思着。

"唯一的办法在制衣工厂那边，就是将对裁改为顺向裁剪。但是成衣工厂一般喜欢左右对裁，排版方便，这是习惯性的工序了，很难改变。"罗文又哭笑不得地补充说，"天津这样的面料，如果用在同一条裤子上，左右裤腿并列在一起，色差对比明显，要么左右阴阳腿，要么前后阴阳腿，会很荒唐可笑的。"

兰馨也跟着摇头苦笑。

喝完咖啡，她心里有了主意。

来到工厂，她与王工坐下。

"王工，我们不得不分两步解决这个困难。第一步在您这里，第二步在成衣工厂那边。我需要您做的是改变三十年的老包装方法，每卷布由二百五十米减为一百五十米，并将十公分宽的样布缝在外包装上。"

王工略作沉思，答："我明白您的意思了，这样方便成衣厂选择尽量相似的面料用于同一零售店的产品。"

获得王工的同意后，兰馨致电杰西。

"杰西，我需要你的保护！"

"工厂的人欺负你了吗？"杰西半开玩笑地问。

"没有没有。"兰馨笑起来。

她将色差造成的阴阳腿的问题解释了一下，又说出了自己的解决方案。

"你能否先与成衣部的经理沟通一下？"

杰西沉默了一会儿。

"兰馨，我明白你的想法。但是这个节骨眼儿上，与下游的成衣厂沟通，估计他们会拒绝使用这批面料，转而要求选择一家交货快、质量有保证的南方面料供货商来替代，采购价格也会随之提高很多。他们宁肯如此，也不会愿意费力气改工艺，这是公司内部的政治问题。"

杰西又停顿了一下，似乎下了决心。

"兰馨，按照你的计划走吧，但在公司内部要暂时保密，为了有机会提高长期利润率，我们要推迟通知成衣部。"

兰馨很疑惑："我不明白，公司内部还要这样小心翼翼吗？那你准备什么时候通知成衣部？"

"我会选择适当的时机。你还不懂办公室政治，但确实应该赞许你解决问题的创造性。"

"噢，杰西，我需要在天津住两周了，我要亲自盯着。"

"你是要逃避成衣部的愤怒吧？"杰西开玩笑地说，"那好吧，由我来承担成衣部的暴风雨吧！"

兰馨留在工厂监督生产，两周时间一晃就过去了，罗文因工作需要必须返回香港，兰馨则继续逗留了几日，直到监督完最后的分色包装工作。

离开天津的前一夜，她终于放松下来。这些天在车间与工人们混在一起，在胚布的尘埃中，在各种染料刺鼻的味道里，在设备的轰鸣声中，她声嘶力竭地喊话，不断地解释高阁的"特殊"质量要求，已经累得腿脚灌铅，没有力气说话了。

她拿上一本书，来到凯悦的咖啡厅，叫了一份柠檬热茶。坐下来时大概九点多了，幽暗的咖啡厅里没有什么人，估计客人们都去楼上的酒吧了。空气里有层层叠叠的音乐不断涌动，是来自遥远异乡的语言与节奏，兰馨想，这是恩雅的《水印》吧，近期这张唱片真是大火。她闭上眼，寒夜里，随着恩雅天籁般的哼唱，温柔的潮水涌上来，她昏昏欲睡。

"你真的是累了。"不知过了多久，对面有声音传来。

她睁开眼，看见杰西正坐在对面，她简直不敢相信，慌忙站起来打招呼："你怎么会在这里？我明天就回北京了。"

"因为你的救急计划，我肯定会得罪成衣部，为了说服他们，也保护咱们自己，我要亲自来看看面料的情况。"杰西微笑着解释，"天津只有这么一家像样的酒店，所以找到你也很容易。"

兰馨舒了一口气："那好，我明天早上陪你去工厂，看看生产过程，再最后检验一下成品。"

突然，杰西注意到了什么，他盯着兰馨的脸看了半天，问："你的脸和鼻子怎么红肿成这个样子？"

她摸摸鼻子，只觉得皮肤刺痒干痛。

"我对空气中的许多东西都过敏。染厂里的灰尘与染料都是强刺激物，我的过敏症犯了，一直流鼻涕。"她答。

"我之前就注意到，你有洁癖的倾向，经常擦洗办公桌和办公用品，难道也是因为过敏？"他问。

兰馨被问了个措手不及，心里踌躇着寻找合适的解释，嘴上便一字一顿地说："是……我怕脏，那是……因为……我要回避、逃，我需要找到一个温暖干净的地方。"

她知道自己的回答前言不搭后语，索性愣愣地看着杰西。一边在大脑里思索更适合的措辞，一边等着接受继续的追问。

杰西定定神，头略微前倾，直视兰馨，眼神里是吃惊与疑问。兰馨的回答出乎意料，他没听太懂，但似乎又听懂了什么，究竟听懂了什么呢？他心里嘀咕着，一时竟忘了说话，目光散漫地游离开来。

"你需要点些食物或饮料吗？"兰馨转移了话题。

"哦，是的，我去酒吧那边点吧，你等一下，我马上回来。"

很快，杰西回来了，手中端着两杯淡绿色的鸡尾酒。

"我替你做主点了一杯玛格丽特，晚上了，要以酒代茶。"

兰馨不知道什么是玛格丽特，也只是在电影里、小说里看到过鸡尾酒这个概念。就像来到高阁工作一样，这些西式的饮食习惯像是一种对未知人生的冒险。她不太会喝酒，看着眼前这只高脚杯，因为缺乏经验而感到紧张。她不愿意杰西看出来她内心的局促，故作轻松地拿起酒杯喝了一口，来不及想杯沿上的一圈白色粉末是什么，直到和酒一起吞下去，才意识到那是又苦又咸的盐。她紧闭着嘴，暗暗品着口中的甜酒与苦涩的盐，紧张的心情依旧无法松弛下来。

"兰馨，谢谢你这几个星期的艰辛，很少有人愿意在又冷又脏的车间待这么久，一遍遍说服一群思维固化的人。"

兰馨微笑着回答："但只有这样，才能把这个地狱般的情况对付过去，否则双方都有损失，闹不好还会打官司。"

"在你身上，我看到一种力量。"杰西赞赏道。

兰馨舒了一口气，感觉自己单薄肩上的压力少了些。

"这应该算不上什么特殊能力，不这样就什么事都做不成了。"

杰西摇摇头："我曾经连自己的影子都害怕，不敢想未来什么样，也不敢有任何行动。"

兰馨无法想象，这么高大英俊有魅力的男人，怎么可能曾经是这样懦弱。

"不可能，我看不出你是那样的男人。"

杰西肯定地点点头："是真的，我曾经确实就是那样的人。"

"究竟发生了什么？"兰馨好奇起来。

"大学毕业以前，我就像活在一个壳里，壳外的世界陌生、疏远、令人害怕，我只有缩在壳里面，才觉得安全。"

兰馨"噗"地笑了："要是我，早就把壳击碎了，就是包着一百层的壳，我也会把它们全部击碎，走出去。但那是针对看得见的壳，还有看不见的，我一直在找。"

杰西也笑了："我敢肯定，你身上长不出来壳，壳在你身上无立足之地。"他突然又想起来了什么，"你既然没有恐惧，不需要壳，那你要逃什么呢？又要找什么呢？"

这个问题，在兰馨的脑海里已经搅扰一阵子了，她答道："我要逃离肮脏、寒冷、贫瘠，那种残缺不全、无处安身的匮乏。逃离的门窗却是隐形的，似乎就是一层透明的纸，又或者被什么迷彩隐着，总之我似乎能感觉到，却又看不见，所以我要不断擦拭，用手到处戳。"她边说，边用手在空气中认真地戳起来。

杰西被兰馨的描述与表演逗乐了。但转念想想，脸色又阴沉下来。兰馨的寒冷与贫困，看不见的门窗，到处戳的手指，在他的心里搅起了回忆，一种不安全感在心里弥漫起来。他想起了自己关于寒冷、贫瘠与出路的故事。

大学毕业后，杰西不得不面对生活。当时，他刚好有一位女朋友，女友很希望他能有份收入，似乎这样两个人就可以稳定下来了。可是杰西实在不知道自己想做什么，再加上害羞缺乏自信，工作面

111

试一直不成功。在待业两年后，他陷入了绝望。这时美国有一家渔业公司招人去阿拉斯加捕鱼，一个夏季的工资相当于普通职员一年的薪水，杰西抓住这暂时的一线希望，义无反顾地去了阿拉斯加。

阿拉斯加的夏天也依旧寒冷，出海时，海风夹杂着腥气，吹在脸上，像是盐水浸过的鞭子抽在皮肤上。来自亚热带的杰西，第一次经历了长达数月的潮湿寒冷，感觉特别难熬。他不认识谁，很寂寞，就把力气都用在捕鱼上。于是，身体上的肌肉越来越多，人越来越有力气，满脸的胡子也越来越杂乱无章，人却逐渐开朗快乐起来了。

八月底，捕鱼季就要结束了，他乘游船出海，这一次不是为了捕鱼，而是为了告别。当游船驶入一个海湾，他走向船头，穿着防水的羽绒服，带着羽绒帽和防风镜，依旧被迎面而来的强劲海风吹得喘不过气。目光掠过眼前的水面，看到远处是险峻的山峰，峰与峰之间的谷地，有一条条声势浩大凶猛扑来的冰川。不时地，悬在海边的冰川会轰然破裂，大块的冰直落海中，激起巨浪。他一直静静地站着，望着远处轰然倒塌的雄伟，觉得自己身上厚厚的壳也碎了。

他心情自在，像是一位游客，沿着船舷慢慢地踱步，眼里巡视着远处的风景。不自觉地收回目光，发现船边不远处水上漂着一对呆萌的海獭母子。母海獭仰着肚皮躺在水上，十分悠闲，子海獭很淘气，一会儿跳入水中，一会儿又爬到妈妈的肚子上赖着。极地的野海上，接近零摄氏度的海水，割肉的海风，汹涌的海浪，这一对海獭母子在悠闲地游戏——孤立地、隔世地游戏。杰西想起墨尔本温暖的海，知道自己有勇气回家了。

"你在阿拉斯加蜕变成了一只安适自信的海獭？"兰馨善意地嘲

112

弄道。

"嗯，我喜欢这个比喻，海獭比壳类动物优雅可爱。"

"那你怎么来了中国呢？"

"从阿拉斯加回来后，我就决定离开墨尔本，去国外工作，见见世面。正好高阁为亚洲的新业务进行招聘，我本来是学服装设计的，就应聘了。在墨尔本工作了两年，才有了来北京上任的资格。"

"为什么选择中国呢？"兰馨追问。

"高阁要求所有应聘亚洲职务的人会讲一门亚洲语言，我没学过任何亚洲语言，但是在阿拉斯加时遇见过华裔的同工，学会了说'你好，你吃饭了吗？'我就告诉高阁我可以讲中文。结果也没有人测试我，就蒙混过关了。"杰西摊开手，耸耸肩，一脸理所当然的样子。

兰馨有些吃惊："还可以这样骗老板？"

"你太高估这个世界对诚实和能力的定义了。"

兰馨低下头，不吭声了。这种混江湖的智慧，在她的定义严格、逻辑清晰的内在完美世界里，是不存在的，她不知道该怎么理解这件事。

"嘿！请不要评判我，你以为每个人都像你是个学霸，想学什么都能学会？"杰西抗议道，"我后来毕竟还是学会了一些中文，比一般澳大利亚人强多了。"

"我们在放电。"突然，杰西说出了这样一句中文。

兰馨愣了一下，猜想杰西可能是想说"我们在饭店"，忍不住笑出声来："求求你不要放电，那会出人命的，还是说英文吧。"

两个人都大笑起来。

一个月后，北京办事处召集跨部门季度会议，汇报各个部门的业务状况与部门之间的配合问题。兰馨第一次经历这么多人的会议，很兴奋。高阁经营的产品非常广泛，从针织品、毛线类、鞋、帽、首饰，到各种机织面料的成衣都有。北京总经理霍夫曼做开场白，他介绍了公司在澳洲市场的定位——中档市场，而这个要求略高于中国目前的出口生产能力，这对北京办事处是一个挑战，但也同时意味着巨大的开发机会，每一项可以挪至中国生产的产品，都将为公司带来百分之二十以上的利润提升。

兰馨举手提问："这个利润提升主要来自哪个环节？"

人群里有哄笑声，笑声中有人不屑地回答："这个还用问？中国原材料与劳动力，各个环节都便宜。"

兰馨觉得有些尴尬，这时霍夫曼用手势平息了笑声："这其实是个好问题。在过去十年里，成衣加工部分大多已经挪到了中国，也已经实现了可观的劳动力红利，但是中档以上的面料，这里的质量不够好，现在仍有不少来料加工的产品。因此，如果我们能在这里开发出更多的中、高档面料供应商，会对公司的利润带来本质上的提升。"

成衣部经理波西亚（Portia）坐不住了，操着她的香港式英文说："面料部最近开发的本地供货商太差了，我们成衣部根本无法使用。"随即波西亚急匆匆地走开，再回来时手里拿着一堆布条，她将这些布条摆在霍夫曼面前。

"你看看这个棉麻布，左右色差有多大，我们在广东的服装厂刚刚收到货，根本无法剪裁。"波西亚抱怨着，同时冷冷地扫了一眼兰馨，"新来的业务员也太差劲了吧？连这些基本常识都不知道吗？"

兰馨吓了一跳，她认出这些都是天津的布料，感到很诧异："杰西不是早就答应会与成衣部沟通好吗？波西亚现在怎么会是如此反应？”

她看向杰西，杰西却回避她的目光，反而转向了霍夫曼。

霍夫曼瞬间看出了这几个人的心理，他冷静地说：“波西亚，杰西提前告诉过我这件事。这实在是不得已的一单货，我们需要和天津的供货商一起走出一个困局，以后，应该不会再发生这样的问题了。”

杰西赶忙把话接过去：“服装厂应该有能力将对裁改为顺裁，这需要多费些工夫，但是可以做出合格的裤子。”

“你们面料部为什么不提前通知我呢？毕竟服装厂也是第三方，需要求情说服，我现在是骑虎难下。”波西亚责问杰西和兰馨。

兰馨张嘴刚要解释，杰西却拦住了她。

“波西亚，我心里有数，你拿来的这些布样，是我亲自和兰馨挑选的，只要顺裁，成衣不会有问题。我们可以保住大部分利润，这才是最重要的。”杰西安慰说，“我只是没有想到，布料这么快就到了服装厂，还没来得及和你解释，为此我道歉。”

散会了，兰馨回到面料部，心里很郁闷。今天第一次参加全公司大会，就被挑出来公开批评，真丢脸。还有，杰西这个人是怎么回事？即便是为了公司业绩，也不应该这样没有诚信，如果换作自己，绝对不会这样将波西亚毫无准备地丢进冰洞。

她满脸阴沉，目光投向旁边的“鱼缸”，盯着杰西看。杰西正在讲电话，身体向后仰着，眼睛看着天花板，似乎在努力辩解着什么。过了一会儿，他坐直了，放下电话，才抬眼看见兰馨愤怒的脸。他故作轻松地挤出一丝微笑，示意兰馨进到“鱼缸”里。

等兰馨进门后落座，杰西解释道：“我确实向霍夫曼汇报了天津的问题，他也同意我们的安排。”

"那你为什么不直接告诉波西亚呢？"兰馨问。

"波西亚这个老姑娘，是出了名的臭脾气，她在香港公司的资格很老，从一开始就陪着高阁发展，一直未婚，整条命都放在了工作上，自恃有经验和靠山，从来都是很难说服的。"

"所以，你一开始就没打算告诉她？"

"不是的，我是想等到最后再告诉她，这样她就不能拒绝收下这批布。"

"最后？就是今天这样的最后？在公司大会上？让我和霍夫曼都措手不及？"

杰西开始不耐烦了："兰馨！我有我解决危机的策略，这不是你一个人的事情，请你不要把个人情绪掺杂进来。再说，现在问题不是已经都解决了吗？这是最重要的。"

紧接着，杰西扬扬手，示意兰馨这场对话到此结束了。

兰馨一边愠怒地向外走，一边心中生起疑惑："真不知道他是心思缜密，还是在逃避冲突。"

四

四五月时，北京的春天开始丰满起来。兰馨伸展肢体，拨浪鼓似的摇摇头，感觉自己又熬过了一次精神的冬眠。此时，她对高阁的业务和环境也熟悉得差不多了，心里开始有些放松和欢愉。

这一天，兰馨特意选了一条玫红的麻纱连衣裙穿上，配合户外的明媚春光。

快到午饭时，杰西走过来，说："兰馨，霍夫曼需要我们陪他去吃一顿中餐，你和我一起去吧。"

新世界的幻想

"这是什么情况？我还从来没有和他吃过饭。"兰馨有些犹豫。

"他在帮助一位富翁朋友寻找一位中餐厨师，雇去澳洲工作。他希望我帮他一起鉴定一下这位厨师的手艺，我觉得，最好能有个中国人一起来，我们两个老外可能判断力不够。"

听到这里，兰馨感到轻松了些，愉快地答道："这是个好待遇啊，我尽量提供意见。"

试餐的地点在颐和园附近的一家中式庭院餐厅，雕梁画栋，老式的红木家具，青花黄釉的餐具，氛围富贵凝重。

被考察的厨师是一对年轻夫妻。大家坐下后，二人从餐厅的后门走进来，丈夫鞠躬表示欢迎，妻子沏茶上茶。相互寒暄时，兰馨试着帮助厨师夫妇做翻译，却被厨师的妻子打断了。

"我可以讲英文，听说这个工作是可以带家属的，我就为我的丈夫做翻译。你们能接受这样的安排吧？"厨师妻子说。

见兰馨一脸困惑，厨师妻子直接转向霍夫曼："今天我来做翻译，希望你们会喜欢我丈夫的手艺。"

凉菜很快就上来了，酥炸小黄鱼，玫瑰豉油鸡，桂花糯米莲藕，夫妻肺片，南北荟萃。热菜则是红烧肉，宫保鸡丁，清炒虾仁，清蒸石斑，盐焗鸡和松鼠桂鱼，一道接着一道。热菜以后是点心，选的也都是南北点心的典型代表。菜式太多，兰馨后来连菜名都记不住了，只记得每样菜式都很精致，每一道都好吃，但至于味道是否地道，她并不知道。在此之前，她从来没有一下子品尝过这么多的菜式，尝了一会儿，她的味觉就麻木了。

席间，霍夫曼与杰西默默地吃着，很少讲话，只时不时彼此间赞赏地点个头，或向兰馨礼貌地微笑一下，但是，并没有和她交谈的意思。

兰馨也沉默地吃着，觉得根本没人需要她这个中国人的评判，霍夫曼与杰西看起来都很清楚菜式的质量。反倒是她，初入社会，还没见过这样丰盛的阵势，其中一些南方菜式更是第一次吃到，算是开了眼界。她觉得自己是个多余的角色，就像桌子中间花瓶里插着的康乃馨，最普通的浅粉色，悦目却不扰乱视线，甚至完全可以忽视。这样想着，她愈发觉得身下的红木椅子硬得难受，如坐针毡。

下午三点多，三人一同回到办公室，霍夫曼与杰西走在前面，依旧轻声聊着，兰馨刻意保持了一点距离，跟在后面。当三人走进高阁宽敞的半层楼空间时，兰馨感觉同事们几十张面孔齐刷刷地看过来，充满了好奇，似乎猜度着什么。霍夫曼与杰西似乎也意识到了这种关注，他们停止谈话，快步走向各自的"鱼缸"。兰馨穿着高跟鞋，只能一步一步慢慢地走，她尽量表现沉着，却觉得所有人的目光都聚焦在自己身上，后背着火似的热，脸也开始发烫。好不容易走到了自己的位置坐下来，她赶紧低下头看文件，再没敢抬头。

过了好一阵子，她觉得有人把手搭在自己的肩上，转身看，是琳达。

"兰馨，这盛宴算什么待遇呢？看来老板很喜欢你啊。"

"你怎么知道我们去吃饭？"兰馨很诧异。

"你们一离开，大家就在议论，为什么两个老板带你去品尝盛宴。"琳达笑嘻嘻地说。

兰馨自己也不知道为什么，从饭桌上陪衬的尴尬，到办公室同事们不怀好意的目光，她开始怀疑这是一个恶意的阴谋。

突然，琳达摸着兰馨的衣袖说："你这裙子是麻纱的吧，怎么这么多褶子？"

兰馨低头去看，还真是，大半天的奔波，这件裙子现在上下都是细褶子，这面料也太不经折腾了。她这才意识到，刚才自己就是穿着这条褶子哄哄的连衣裙，跟在两个高大的男人后面，大摇大摆地游行进来的。

"我还真是一朵多褶的康乃馨，朴实粗糙，正适合陪衬。"她苦笑着说，心里愈发觉得这是个险恶的阴谋了。

这顿饭之后，她就尽量回避与老板们出去吃饭。一来自己没见过世面，不知道怎样才算是言谈举止适当，内心压力太大。另一方面，当她越深入这间时髦现代的办公室，越觉得这里像个狼窝，一群狼在暗处闪着瘆人的绿眼光，伺机对她做点什么。她涉世未深，对自己的处境没有把握。

初夏时节，又一间工厂起了波澜。这回是苏州的一批染色丝绸出了质量问题，霍夫曼建议兰馨与香港成衣部的杰瑞（Jerry）一起去工厂考察，寻找解决问题的办法。杰瑞是一位五十多岁的男人，头发花白，面容半皱，个子不高，却虎背熊腰，看上去是一个敦实的立方体。他烟不离手，眼珠都被熏得半黄，嘴唇黑紫。不过在工作上，杰瑞确实经验丰富，在兰馨的翻译和协助下，他很快明白了问题所在，而且做出了一个权威且无奈的判断——没有太好的技术性解决方法。他建议降价百分之二十五，以特卖品销售。工厂方面明白他判断的理由，很痛快就同意了降价的要求。

回到下榻的酒店，杰瑞和兰馨约好傍晚在酒店餐厅见面，一边吃晚饭，一边讨论苏州工厂的问题。兰馨如约来到餐厅，发现杰瑞已经包下了一个单间，包间里是一张八人餐桌，靠墙有一台电视，看上去是唱卡拉OK的设备。

"抱歉我来晚了，这张大桌子未免有些浪费。"兰馨说。

"在包间咱们说话更方便。"杰瑞向兰馨招手，示意她坐在自己旁边，"我已经点了牛排，你喜欢吃什么？"

　　"肉酱意粉吧。"兰馨一边答，一边向门口的服务员招手示意。

　　点好菜后，杰瑞端起水杯主动与兰馨碰杯："祝贺我们解决了这批货的问题！"

　　兰馨回应道："确实顺利。但降价也不是一个长期的办法，以后可怎么办呢？"

　　"以后，他们不能把那么多染好的布堆在一个缸里，染料渗下去，自然会造成这样上下不同的色差。"杰瑞回答。

　　兰馨还想问些技术问题，但杰瑞似乎对这个话题失去了兴趣，他话锋一转："兰馨，这间五星级酒店很高级，对你来说很新鲜吧？"

　　"够干净，我不需要擦来擦去了。"兰馨平静地答道。

　　"这是你第一次吃西餐吗？明白菜单上的这些食物吗？"

　　"这不是我第一次吃西餐，但是这张菜单上的食物种类，我明白的也不多，所以就点了面条。"兰馨嘴上答着，心中却开始生疑。

　　"你是不是觉得很幸运，自己可以住这样的地方、吃这样的饭菜？我经常来中国出差，这里的女孩子们为了热狗、汉堡这些西洋食品发疯，为西方的名牌服饰发疯，像是第一次参观迪士尼乐园的小孩，逛五星级酒店就像逛皇宫。"杰瑞得意地滔滔不绝。

　　兰馨知道自己被鄙视了。在杰瑞这个圆滑油腻的中年男人面前，在这个常驻香港那个国际大都市的白人面前，她不过是一个毫无见识的乡下姑娘，此刻坐在这个高级酒店里，仿佛第一次进城看西洋景。她心里翻涌着不快，却只能强力摁下忍着。自己是乡下姑娘进城，这是事实。能住进五星级酒店，她心里也确实有些飘飘然，仿佛一步便脱离了外面那个灰突突的老旧城市。五颜六色的西餐，好吃吗？还不知道，名字都叫不上来，盛在各种大大小小精致的西式瓷盘里，配着各种尺寸的银色刀叉，看着就尊贵，仿佛一步迈进了好莱坞的电影里。陪着一位外国人坐着，说着英语，仿佛自己一步就成了一位国际商务人士。只是，在这些跨越中，她看得见周围的风景人物的变迁，却唯独看不见自己的样子。而此刻，她在杰瑞的眼里看到了自己，原来，自己不过是趴在这些西洋画边沿上的乡下姑娘，正踮着脚向里面张望，画里的人在鄙视她。

"假以时日，我必定可以轻视这些西洋景。"她决定以沉默忍受杰瑞粗鲁的鄙视。

晚餐的气氛变得不舒服。兰馨觉得总得想些办法熬过这顿饭，于是站起来摆弄卡拉 OK，最后选择了一首潘越云的《几度夕阳红》MV 播放起来。

杰瑞也注意到了兰馨的不舒服，态度收敛了一些，一边吃饭，一边看着 MV。潘越云的歌声凄婉深情，配合着 MV 中刘雪华与秦汉离散又重逢的爱情故事。

"这首歌唱的是什么？"杰瑞问。

兰馨按照字幕一句一句地翻译给他听。

"时光留不住，春去已无踪。潮来又潮往，聚散苦匆匆。往事不能忘，浮萍各西东。青山依旧在，几度夕阳红。且拭今宵泪，留于明夜风。风儿催我梦，天涯绕无穷。朝朝共暮暮，相思古今同。"

兰馨吃力地翻译着这些文言文诗句，却发觉杰瑞悄悄地挪了过来，并将一只手放在了她的大腿上。她的腿上只有一层丝袜，能清晰地感觉到这只肥厚手掌的重量与热度。她僵住了，不知道如何是好，既不敢贸然甩开那只手，也不敢站起来就走。在杰瑞这个敦实的立方体面前，她轻如鸿毛，而且被胶水粘在了椅子上，没有对抗的能力。

杰瑞把手挪开，又朝她这边凑近了些，突然，他搂住兰馨亲吻了起来。兰馨更加僵住了，杰瑞的吻越来越有力，最后的挤压像是猛击的一拳，让她突然惊醒过来，伸手一把推开了杰瑞，从座椅上跳开来。杰瑞措手不及，只能歪歪斜斜地收回身子，挣扎了一会儿才勉强在椅子上坐稳，他侧头看站在两步外的兰馨，似乎也有些惊魂未定。

"我走了，再见。"兰馨克制着颤抖，故作镇定地说，然后低头大步走出包间。

那一夜，兰馨辗转反侧，一波又一波的愤怒后，她决定忘记这件事。自己没有经验，被人占了便宜，但是自己并没有做错什么，如果再发生这样的事，她一定拳脚相加，用高跟鞋砸烂对方的头。

第二天，两人按计划一起飞回了北京。兰馨一路缄默，客气而冷淡，坐在旁边的杰瑞一路假装睡觉。在飞机即将落地北京时，兰馨听见杰瑞小心翼翼的声音："你可能以为我们外国人喜欢和中国女孩子上床，其实不是这样的，我没有那样的意图。"

兰馨脸上没有任何表情，她既不想因自己的愤怒得罪杰瑞，也不想回应他愚蠢的解释。

回到北京办公室，她拖着行李箱，冷静坚定地走在前面，隐隐地能够感觉到杰瑞跟在后面。经过霍夫曼的"鱼缸"时，她摇手打个招呼，没想到霍夫曼却示意她进去。

"这趟差出得怎么样？"霍夫曼微笑着问。

"十分顺利，我学会了用降价的方式解决无法克服的技术难题。"兰馨微笑着回答。

"还有呢？"霍夫曼继续问。

"还有什么？"兰馨睁大眼睛问。

霍夫曼直起身靠到椅背上，眼睛直勾勾地看着兰馨，微笑中藏着狡黠，仿佛她是一个祭品，他要确认祭品是否被摆在了祭台上。

兰馨顿时明白了，于是顺势而为："哦，第一次陪同香港来的外国同事出差，我需要做翻译，还需要提供更多的帮助，这也是一种新的经历。"

霍夫曼的目光没有移开，似乎依旧在等着兰馨说些什么。

"我缺乏陪人出差的经验，但是现在有了，以后知道怎样控制场面了。"兰馨冷静坚定地说。

霍夫曼没有得到他真正想要的答案，但似乎听懂了兰馨小心的拒绝与尊严，他脸上狩猎的表情消失了，一本正经地点点头，示意她可以离开了。

兰馨走回自己的座位，知道同事们一定也早就知道这趟差背后的猫腻，现在正用狩猎的目光扫描着她的脸，想从她的神情中看出些什么。她开始感到麻木——一种冰冷坚毅的麻木，不过短短两天，她身上长出了保护自己的盔甲。

兰馨决定，去约一个人。

五

周五的傍晚，兰馨来到国贸大厦一层那间名为"码头"的咖啡馆，特意选择了一个临窗的卡座，点了一壶热柠檬茶，等待琳达的到来。窗外的人行道上，忙碌了一周的外企白领们面色疲惫地匆匆走过，西装耷拉在身上，已不像早晨时那样笔挺，皮鞋踩在路上的脚步声，也多了一份沉重。车道上，出租车和商务车把马路堵得水泄不通，不耐烦的喇叭声此起彼伏。人流与车流，汇成一条疲倦无奈的河流。兰馨坐在这座"码头"里面，与外面的"河流"隔着一层玻璃窗，她觉得自己是在岸上，是个不愿弄湿脚的旁观者。

"没有那么简单，以后你会明白的。"琳达意味深长的提醒又回到耳边。希望今天可以问个清楚，兰馨想着。

窗外的人流与车流逐渐减少了，暮色降临时，才见琳达踩着高跟鞋哒哒哒地跑进来。

"对不起，对不起，让你等了这么久！"琳达笑着道歉。

"大周五的，你怎么熬到现在才离开办公室？"兰馨问。

"先让我喘口气。"琳达坐下，将手提包放在身边，示意招待来一份一样的柠檬茶，"兰馨，你可能没注意到，有时，只有在下班后我才能用上电脑。"

"为什么？"

"公司只有两台电脑供秘书们使用，白天几乎都被几位香港和菲律宾来的秘书霸占着，她们故意不让我用。"琳达笑着说。

兰馨很诧异："我没意识到你们部门还有这些斗争。"

"两年前，我刚来的时候，不会使用电脑软件做文件，需要从头学起。那几位秘书便不允许我碰电脑，说是怕我把电脑搞坏了。我只好在晚上等她们下班了，再回到办公室偷偷地学习。"琳达得意地说，"不过，我还是学会了，她们挡不住我的。"

"公司为什么从东南亚雇了那么多外国秘书？人工很贵啊。"兰馨问。

"听说国内雇不到英文足够好的秘书，像你这样英文好的，基本都是大学毕业，不会愿意做秘书的，一般都直接做业务了。"

"这些外国秘书是欺负你没上过大学吗？"

"不是，她们也都没上过正儿八经的大学，只是懂英文、有商业工作经验而已。她们看不起我们这些北京当地雇的秘书，因为她们认为我们没见过世面，工资又低，她们的工资是我们的几倍，住在公司提供的高级酒店里，在公司里的地位比我们高一头，认为可以随心所欲地管制我们。"

"太不公平了吧，大家做的都是一样的工作。"兰馨抱不平地说道。

琳达一副习惯了的样子，语气中毫无苦涩："其实没什么，这些跨国公司都这样，大小经理都是从本国派来的白人，地位最高，行政助理和秘书都是香港、台湾、菲律宾人，地位次之，最后才是我们当地的雇员，地位最低。"

"因为我们在各个方面都缺少经验吗？业务、英语、没离开过中国，并且不懂西方的工作方式？"兰馨问。

"那应该是一个方面，对你们做业务的人，尤其是男人，反正做业务的绝大部分是男人，知识、经验的差别可能是主要的原因。而对于我们秘书，年轻女孩子居多，本身就不被尊重，你没看见男人们总是随便调侃我们？"琳达一边回答，眼睛一边开始搜索兰馨的眼睛，"你这个铁打的高材生，居然也开始好奇公司内部的人情世故了？"

"你觉不觉得公司像是狼窝，我们女孩子则是猎物？"兰馨问。

"你是说，男人们想睡我们吗？"琳达回答得很直接。

"男人们确实是想睡我们吗？这不是我的错觉？"兰馨追问道。

"哈哈，这个办公室里的人，每个男人都想睡女人，每个女人都想睡男人。"琳达大笑，然后指着自己的衣服说，"刚来到外企时，我满心敬意，一想到要和这些西装革履、见过世面的人一起工作，就生怕自己显得太土。最开始，无论是同事还是客户约我开会、吃饭、出差，我都会穿得漂漂亮亮，尽量让自己看上去值得尊重，但是后来，你知道我发现了什么？"琳达询问地看着兰馨。

"发现了什么？"兰馨问。

"男人们根本不看你穿什么、说什么或做什么，他们只是在等着你脱去衣服，和他们上床。"琳达语气老练而无奈，"男人只要我们脱、脱、脱。"

兰馨的心中涌起一阵反感。

"还记得香港分公司的乌贼吗？"琳达问，"就是昨天来访的那个大个子。"

兰馨想起来，昨天有一组香港的同事来访，罗文也在其中。自从三月在天津告别后，这是兰馨与罗文的首次再见，两人一见面就相谈甚欢。

"罗文，你对我有相救之恩。"兰馨俏皮地拱手作揖，然后示意罗文在自己的办公桌旁坐下来。

"别客气，技术方面是我的责任，理所当然。"罗文很是谦虚。

"你在哪里读的纺织技术？"

"香港理工大学。"

"真希望北京办事处也有一位你这样的人，我们的日子会好过很多。"兰馨感慨道。

"你可能还不知道，公司正在考虑这件事，我有可能会在北京常驻一段时间，帮你们培训一支技术团队。"罗文微笑着说。

他们正聊着，兰馨眼角里注意到一位男人走了过来，他面相端正、个子高挑健硕，至少有一米八以上。男人在距离兰馨两三米远的地方坐了下来，与约翰谢和斯蒂文李打了个招呼，然后就沉默了下来。

罗文注意到兰馨的眼神，压低了声音解释道："那位令人瞩目的高个子是我在香港的同事，本科贸大、硕士密歇根的高材生，在公司里是冉冉上升的新星，很受高层的重视。他的名字很好记，叫乌贼。"

"有趣的名字。"兰馨轻声笑起来。

"他的中文名字本来是'武子'，在美国留学期间顺着发音起了个英文名字叫 Wu-zi，时间久了，简化成了 Wuzi，最后就变成了乌贼。"

兰馨与罗文继续聊着，却隐隐觉得乌贼的眼睛在悄悄地观察自己。他没有参与他们的谈话，也没有特意靠近，很多时候低着头，就这样默默地坐了一阵子，然后走开了。

兰馨将思绪牵回到与琳达的对话中："嗯，我记得那个乌贼。"

琳达眉毛一挑："我听说，他差不多睡遍了公司各地办公室的年轻女孩子，上海的、广州的、香港的，都是咱们这个年龄的女孩子。"

"名声这么坏，怎么还有人愿意和他在一起？"

"高管的权势，留学移民美国的背景，西装革履有型有款，五星级酒店，迪斯科舞厅，外国旅行，这些男人的经历是人人向往的梦幻，他们的做派能晃瞎人眼。在国内，这样的男人很少见，这些年轻女孩子，又哪里经得住这份诱惑啊？"

"你刚刚说，公司里每个女人都想睡男人，指的是这些外派来的人，而不是随便哪个男人？"

"也不尽然，你可以观察一下几位已婚的北京当地雇员，每天下了班前后脚离开的，本地的男人女人们也一样，包括结了婚的。"

兰馨顿时愕然："天啊，我眼睛里只有各种布料，这天罗地网、一团乱麻的人情关系，我一点都没看见。"

琳达"嗤嗤"地笑起来。

"在这样的关系里，女孩子们希望得到什么呢？"兰馨问。

"希望嫁给这些人，然后住进高级公寓，再以后出国，去过好日子，摆脱贫穷落后的生活，一步登天，就像灰姑娘嫁了王子。"琳达大笑。

兰馨也跟着笑，笑声里却有颤抖。

"有成功的故事吗？"兰馨问。

"咱们大老板霍夫曼就娶了这样一位老婆啊，孩子都生出来了。听说是北京外企著名的美人，能睡着呢，最后傍上四十多岁的霍夫曼，成功上岸。"

琳达洞察人情，利落自信，脸上是接受现实的勇气，让兰馨既敬佩又嫉妒，自己什么时候能对男女之事也有这份自信呢？

"这和我想象的恋爱完全不是一回事，没有一点神秘感和幸福感。"兰馨感慨道。

琳达闻言，身体向后靠到椅背上，刻意与兰馨拉开了一点距离，她心中思潮暗涌。这个北大毕业的高材生，骨子里一半是男人的雄心，一半是还没长成的女人，她看得见自己的雄心，却看不见那个正在挣扎成长的女人。她不知道男人要什么，不知道男人眼中的美人是怎样的，所以也不知道自己是否美丽。她喜欢有雄心壮志的男人，便本能地用自己的雄心与力量去吸引男人，而不是利用美貌与身体，她将自己当作了男人中的一员。她的雄心勃勃，她的不自知，她的缺乏荷尔蒙，使她成为一只不锈钢制的白天鹅，清丽闪亮，脱尘出俗，却刀枪不入，坚不可摧，只可理喻，无法情喻。

尽管如此，琳达却有些嫉妒兰馨。兰馨虽然尚且躲在自己性无知的金属壳子里做梦，却依旧鲜亮夺目，而她自己呢，早已经放弃了那层保护壳——由单纯与恐惧形成的保护壳，选择踏入了地雷遍布的男人世界，寻找一个婚姻——一位富裕的男人，如果可能，最好长得漂亮些，更高级的房子，更发达的国家，加在一起构成所谓的人生归宿吧。只是，该怎样走过这片两性的战场，才能找到归宿，并且不至于伤痕累累呢？

"兰馨，你知道你哪里长得最美吗？"琳达突然转了话题。

"我？没有美的地方，内双的细眼睛，上眼影都费劲，鼻子上还有雀斑，我又讨厌用粉饼。"

"你的屁股长得很好看，你知道吗？"琳达捂着嘴笑。

"哎呀，我最不喜欢我的屁股了，像座小山，你没看见我天天穿着长衣服遮着？大学时，同学们大多苗条纤细，我这个高挺的屁股总有点另类。"

"熟女就是要有胸有臀，看看你，细细的腰，小山一样的胸和屁股，完美的熟女体型。"

兰馨还是第一次听人夸她的体型，不禁有些羞涩，不好意思再继续这个话题，于是掏出化妆盒，打开镜子仔细看自己的脸。

"我的五官还是蛮细小精致的，依旧有潜力发展玉女人设。"她自我点评道。

"妈呀，都什么时代了，谁还喜欢小家碧玉啊？那也太没有'内涵'了！"琳达轻轻托着自己的胸显摆着。

"好好好，夜晚密谈到此为止吧，今天我请客。"兰馨打住了话头，感激地对琳达说道。

早秋时分，罗文、乌贼和几位香港的同事又来了，这次是帮助北京办事处招聘与培训几位技术人员，按计划要在北京待上一两个月。

自从与琳达聊过后，兰馨就格外小心乌贼，避免误入他的圈套。但是一周下来，乌贼兢兢业业，言语恭敬，行为得体，与杰西的团队合作融洽，是一个不错的同事，兰馨心里越来越困惑，怀疑对方是否真的是个色狼。

北京办事处招聘了一批年轻人，组成了新设立的技术部。这些年轻人都是纺织工程专业出身，朝气蓬勃，学习欲望旺盛，对在跨国公司工作充满了乐观的期盼，与香港的培训团队相处十分融洽。

在此期间，兰馨与罗文也成了好友。罗文教兰馨纺织品工程的知识，兰馨带着罗文游北京，二人都觉得仿佛回到了大学时代，心无旁骛，彼此是开心的玩伴。

一个周日，兰馨陪着罗文逛大栅栏。古老的、狭窄的街道里，人潮拥挤，两人被推搡着向前走。街道两侧是一家又一家的露天摊位，卖丝绸的、瓷器的、服装的、传统工艺品的，和其他一些文化纪念品，大红大绿，很有民俗风貌。罗文没在北方见过地域性文化这么突出的环境，很是兴奋，想买些纪念品，却不知如何下手。他们走到一个糖果摊位，看见有卖糖葫芦的，都停住了脚步。

"兰馨，我只在电影和书里见到过糖葫芦，从来没有吃过，这个太有意思了。"罗文指着一大串糖葫芦说。

"老板，这么早的季节通常没人做糖葫芦，你们家怎么会有？"兰馨心中疑惑，张口问店主。

"我家秘传。"老板冷冷地说，头也不抬。

"为什么这个季节不该有糖葫芦？"罗文不解。

"我记得只有冬天才有糖葫芦，大概是因为早秋还没有新鲜的山楂吧。"兰馨答道。

"你们买不买？不买的话别挡着后面的人。"店主有点不耐烦，用手势驱赶二人。

"买买买，管他季节对不对呢。"兰馨赶紧买下一大串，足有十个山楂果。

二人都累了，就近走进一个小面馆，要了炒肝和羊汤，坐下来休息。

"这个糖葫芦怎么吃？"罗文问。

"用嘴一个一个撸下来吃，小心里面的果核，要吐出来。"

兰馨用嘴撸下第一个山楂果，示范给罗文，罗文照样撸下第二个果，然后兰馨撸下第三个，罗文撸下第四个，俩人轮流撸，忘了顾忌彼此的口水，一边吃一边笑。

"兰馨，你不怕别人脏了？"罗文指着撸光了的竹签子说。

兰馨沉吟一下，说："我刚刚居然忘了想这个问题，这是怎么回事？也许是习惯了高阁这个水晶宫，我的洁癖似乎减轻了一些？"

"你真是个令人好奇的人！"罗文笑着摇头，然后转了话题，"兰馨，你很可爱，又能干，行为还带有一种奇特的幽默感，为什么似乎还没有男朋友？"

"我身边都是年纪差不多的小男孩，我不喜欢小男孩，像找了个小弟弟，他们似乎也不喜欢我这个大女人。"

"嗯，咱们华人喜欢文静纤细的女孩子。"罗文点点头。

"我喜欢有力量的男人，也喜欢自己有力量。"

"就像两个大男人在一起？"

兰馨愣了一下："我还真没想过这一点，有力量的男人和女人在一起，会变成两个大男人吗？"顿了一下，她问道："我觉得我比男人还有力量，那么，与一个有力量的男人在一起，我们会变成什么？"

"你会像是度数过高的酒精，用力太猛，让男人吃不消。"罗文温柔地嘲弄。

"难怪我喜欢的男人都对我敬而远之，我还以为他们嫌弃我不够大女人呢，以为自己应该更像一个大男人才行。"

"兰馨，这都是你身边的男人的错，难道从来没有人告诉你，你长得很美丽，而且是非常纯洁美好的那种美丽？你只要安安静静地，让那份美显示出来，就会吸引到很多男人。"

"确实没有男人对我说过这样的话，连我爸爸都说我是一个长相普通的人。按照家乡的标准，我的眼睛太细，还有雀斑，嘴唇太厚，只有挺直的鼻子还算好看些。"兰馨实事求是地答道，"我的女性朋友们大多是温柔纤细的玉女，大眼睛，双眼皮，薄薄的唇，白皙的皮肤，这么一对比，我就像是一只东北虎，还是母老虎。"兰馨举起手，龇牙咧嘴做虎啸状。

罗文哭笑不得地摇头："我真不明白你们北方人的审美标准。我大概是看惯了各国人的不同样子，所以和他们的角度不同。"

"你太太是怎样一个人？"兰馨好奇地问。

罗文掏出钱包，拿出一张小照片，递给兰馨。照片上是罗文夫妇的合影，背景是一处海边，罗太太的个子比罗文略高，浓眉大眼，高颧骨，高眉骨。

"你太太是另一种美，像东南亚的女孩子，很洋气。"兰馨赞叹着。

周一早上，兰馨在办公室的茶水间正为自己准备着咖啡，琳达走了进来，示意兰馨跟她走。俩人出了后门，进入到楼梯间，闷热的空气扑面而来。

"你听说乌贼睡上萨拉（Sarah）了吗？"琳达悄悄地问。

萨拉是负责前台接待的一位小姑娘。

兰馨顿时觉得恶心，这些混乱的办公室男女情人关系，她不愿多想，也不愿多知道。只是，乌贼平日里衣冠楚楚，温和绅士，怎么会做出这样的事呢？还有萨拉，那是个十分单纯秀丽的女孩子，外语大专毕业的专科生，她又是图什么呢？

"我和乌贼一起工作一段时间了，怎么也看不出他是这样一个人。"兰馨嘴上评论着乌贼，心里却想起了杰瑞，想起他的皱巴的、烟熏的脸和立方体的身体。

"他在你面前会表演成另外一个人，你身上的雄性荷尔蒙让他不得近身，你不在他的狩猎范围内，所以他表现得像个绅士。"

兰馨白了琳达一眼："我有那么傻啦吧唧、青涩不堪吗？"

"你还没开化，浑身钢铁，刀枪不入。"琳达笑着奚落道。

"那萨拉又是怎么回事？她难道看不明白？"

"确实是傻，她还到处和人炫耀，说乌贼在追求她。"

"她没听说过乌贼的传闻？"

"我也这样问过她，她其实零零星星地知道一些，但她似乎对这段感情很期待，愿意冒险试一试。她一直希望可以嫁出去，希望可以出国，离开她的父母。"

"她父母有什么不好吗？"

"也没有什么，据说就是普通的北京工人家庭，但可能太普通了吧，所以她才要想方设法嫁给一个条件更好的人！"

兰馨的心一下子悲凉起来，为自己，为萨拉，也为外企里这些初入社会的女孩子们。一个女人究竟为什么需要一个男人？不是为了爱情与生命的归宿吗？在高阁这个水晶宫里，男人的情欲如此旺盛，女人改善生存境遇的愿望如此急切，男人与女人的关系，被烧成了黑色的废墟，毁倒在冰天雪地里——辽西那样的冰天雪地里。

此刻，有男员工进入了楼梯间吸烟，这让空气更加窒息，兰馨赶紧拉着琳达走回办公室。

那一晚，兰馨做了噩梦。梦中，高阁的水晶宫变成了一座巨大的黑色建筑，这座建筑似乎被大火烧过一样，钢铁的柱子已经熏得漆黑，四面的玻璃幕墙上涂满肮脏的黑油。她被困在里面，不知如何逃出去。她用手去擦玻璃上的黑油，试图看见外面，那黑油却越擦越污秽，怎么也擦不干净。她拼命地擦啊、擦啊，整个幕墙开始摇晃，最后黑压压地向她倒过来……她猛地睁开眼，眼前是卧室屋顶的一片漆黑，她感到胸口气闷，如铁砧压胸般窒息。

十一月初，技术部的培训工作结束了。为了感谢香港团队两个来月的帮助并欢送他们离开，北京办事处在香格里拉大饭店的迪斯科舞厅搞了一场晚餐舞会，时间定在了一个周六的晚上。

香格里拉大饭店的迪斯科舞厅面积大小适中，正中间是圆形的舞池，可以容纳四五十人。舞池的一侧，沿着半圆形的墙壁摆着十几张小圆桌，兰馨随着高阁的一队人坐下，发现舞池另一侧有一个供乐队表演的小舞台，一支菲律宾乐队正在演奏简单的前奏曲，两位身材如模特一样的年轻女歌手正在调试麦克风。酒吧在舞台的右侧。几个大大小小的迪斯科多面棱镜球，悬挂在舞池中央的屋顶，将舞厅四面各色的灯光反射成漫天繁星，桃红、金、银、红、蓝、绿，不断地旋转闪烁。

突然，空气中响起了费翔的《冬天里的一把火》，节奏火热劲爆，魔性洗脑，兰馨和一帮年轻人跳进舞池，疯狂地舞动起来，仿佛要将这两个月工作的重压甩到天边去。舞了几只曲子，她觉得口渴，就向酒吧走过去。舞厅彩灯旋转迷烁，脚下的路黢黑看不清楚。她穿着高跟鞋，深一脚浅一脚地走出舞池，摸到吧台前的高椅那里才算站稳了。她要了一杯可乐，可又不想在黑暗中自己走回去，于是坐下来，一边望着舞池里疯舞的同事们，一边嘬着吸管慢慢喝。

音乐转成了一首轻柔慢曲，女歌手深情地唱起《友谊地久天长》，歌声低沉婉转，情意绵绵。五彩繁星灯光的旋转也慢了下来，夜空变成了一个舒缓的梦境，兰馨这才看清楚舞池里的人。杰西、琳达和一帮年轻人混在一起，他们似乎不太会跳华尔兹，彼此相拥，与其说是跳舞，不如说是慢慢地踱步。高大的乌贼十分显眼，他怀里的舞伴正是萨拉。这两位平时在办公室里还要保持一些客气的距离，此刻也干脆不装了。罗文与波西亚作伴，三步曲舞得优雅而礼貌。

"兰馨，你丢了什么吗？"

兰馨循着声音转头，黑暗中看见霍夫曼站在旁边，手里举着一串长长的耳环。她赶紧摸摸自己的耳朵，果然右边的耳环不见了。

"是我的耳环，但不知道什么时候掉了。"她惊讶地说道。

兰馨接过耳环，试图戴回右耳，耳环却再次滑落，拿到吧台的灯光下仔细看看，发现已经被踩坏了，她只好将左耳的耳环也摘下。

"缺了一只，这对耳环戴不成了。"她转过头，向霍夫曼解释。

"你这个是夹式的耳环，所以容易掉，你为什么不戴针式的？"霍夫曼问。

"您竟然懂得这些？"

"跟我太太学会的，她以前也没有耳洞，戴过这种夹式的。"

"扎耳洞，就要打出一个永久的洞，我以后要是后悔了怎么办？"

"为什么会后悔？不过是个耳洞而已。"霍夫曼不解。

"不能轻易做有永久后果的事，如果必须做，需要考虑清楚，要十分确定才能做。"兰馨嘴上答道，心里却也觉得自己奇怪，何必为这么一件小事，与大老板争来争去呢？但她又感觉自己需要把观点说清楚，否则就失去了自己的保护层，就失去了纯粹性，而那正是自己的与众不同之处。

霍夫曼察觉到兰馨小题大做，故作艰深。这个年轻的小女子，显然是想给老板留下一个深刻印象，字字铿锵地强调着自己的与众不同，却不知正好暴露出了她内心的忐忑不安。高阁的环境令她疲于招架，她那不完美的英文，那对中国以外世界的不了解，以及因此形成的不自信，她对男人的无知、幻想与不信任，这既激起了她想要了解男人的好奇心，同时又激起了她大女人想要驾驭控制的欲望。但是，她不知道怎样切入这个布满地雷的战场，她站在战场的边缘，急切地希望吸引人的注意力，却又只能矜持地摆出一张一本正经的脸，用故作玄虚的青涩语言，掩盖自己的不自信。在中国工作了几年，自己遇见了太多这样的中国女孩子，这一刻，他差不多要同情这个挣扎成长的下属了。

"兰馨，你还没有想结婚的男朋友吗？"霍夫曼问。

兰馨摇摇头："我喜欢自由自在的。"她心里多少有些奇怪，怎么这么多人都好奇这个问题，仿佛自己单身一人就不正常似的。

"如果心里需要一个依靠，可以先嫁给一个可靠的人。如果同时喜欢继续玩儿，可以再找个情人。"霍夫曼平静地开导着她。

"那不是不忠诚吗？"兰馨问。

"欢迎来到成年人的世界。"霍夫曼微笑着一摊手，仿佛他不过在谈一件事实而已，语气温和而笃定。

兰馨惊愕地看着霍夫曼，心底凉飕飕的。

"你看见那位领唱的女歌手了吗？"霍夫曼朝舞台轻轻扬了扬下颌，"如果我想的话，今晚就可以和她睡觉。"

兰馨木然地点点头，不知道还能说些什么，只能低头沉默地看着地面，却依旧能感觉到这个男人像一堵自信的高墙，而他的影子正压在自己头上，让她沉重得抬不起头。

迟缓悠扬的歌声停住了，片刻安静后，疯狂的迪斯科舞曲炸裂响起，舞厅里再次雷声滚滚，繁星四射。兰馨冲进舞池，闭上眼睛，昏天黑地地舞了起来，希望以此甩掉霍夫曼平静的话语留下的沉重影子。

夜半时分，舞会结束了。告别了同事们，兰馨与罗文一同走出香格里拉。她坚持陪罗文走回他住的建国饭店，两人就沿着长安街向西慢慢地走。

"这是北京秋季的尾巴了，最舒服的时候。"兰馨深吸一口气，说道。

"我已经很多年没有这样跳舞到半夜，然后和一个女孩子大街上漫步了，好像回到单身年代。"罗文开心地说。

"过去两个月，有你的陪伴，我也很开心。"怕罗文误解，兰馨又连忙补充说，"新招的几位大学生也一定有相同的感受，你是个文雅耐心的教练，可惜像你这样的好男人在高阁并不多。"

"来高阁大半年了，你也自如了许多。"罗文肯定地说，"其实你们部门的杰西是个不错的老板，虽然商业经验少了些，但是人还是很友善的。"

"罗文，办公室里的男人们似乎会在背后评判我，我有什么不正常吗？"

"你怎么会不正常？这是男人的本性，对一个单身的女孩子，他们都会想要寻找进攻的机会，会说一些挑逗的话，你不必太介意的，这些事哪里都有。"罗文笑着说，语气中有些无奈，"他们很可能是对你感兴趣，但还不知道如何下手。"

"我可以问你一个特别的问题吗？"

"问吧，我明天就走了，你再不问就没有机会了。"

"这里的男人，未婚的会同时与多位女孩子有关系，已婚的也会在外面有情人，这太可怕了。我怎么能相信这些男人会专注于我，有一份真心的爱呢？"

"不是所有的相遇都是为了一个永久的关系，你工作的这个环境有些特别，来来往往的生意人很多，他们像是国际流浪汉，在哪里的酒店暂停下来，就会暂时找个身体温暖一下自己，一旦离开，也就全都撇在了身后。"

"你也会这样吗？"

罗文沉思了一下，用半开玩笑的口气说："你保证不告诉别人，否则我就杀了你。"

兰馨忙不迭地点头答应。

"有一次我去泰国出差，去见一个新的首饰供货商，因此在曼谷逗留了几天。最后一个晚上，送别晚餐后，这位供货商说要带我们去看看曼谷的夜总会，曼谷的夜总会世界闻名，我也很好奇，就跟着去了。没想到到了那里，我就被簇拥着进了一个包间，一个泰国女孩子在里面正等着我。我这辈子还没有过这样的经历，那一刻，我决定试试。"

罗文停住了，不想再细说。

"过后是什么感觉？"兰馨试探地问。

"不似想象的那么有意思。那个女孩很有经验，可我只能感觉到冰冷冷的陌生，和身体的机械反应，并没有那种幻想过的满足。"

"或许因为你是一介老实的书生，所以心理上接受不了吧？"

"那只是一个原因。更重要的，是没有感情，没有那种你拥着心爱的姑娘，知道对方也在渴望着你而激起的热浪。"罗文顿了一下，又说道，"你知道最糟的是什么吗？"

"什么？"

"就是整个过程，我都在因为担心自己会得性病而后悔不已。"

兰馨推了罗文一把，大笑起来："你真是个没出息的大男孩儿，有贼心没贼胆，太怂了。"

"所以，你看，不是所有的人都认为婚外性爱是一件有意思的事。那次以后，我就决定老老实实地爱我老婆，绝对不在外面有情人。"

不知不觉，他们已经到了建国饭店的门口，两人握手道别，有些恋恋不舍。

"对我，你总是一个安慰，难过时抱着毛绒熊的那种安慰。"兰馨感激地说。

"你很强大！记住，在和男人的关系里，不要小看了自己。"罗文看着兰馨的眼睛，诚恳地强调。

兰馨用力地点头回应。

六

圣诞前夕日，杰西从香港出差回来，给每个组员带了一份礼物，男人们得到一瓶 CK Obsession 古龙香水，女人们则得到了一瓶同样牌子的香水。说来这也是高阁的老传统了，外籍经理们的工资是北京职员的几十倍，工作内容却差不多，因此节日时，有些经理就会特意送给下属一些外国买来的礼品以示感谢和鼓励。九十年代初，中国实行进口商品管制，需要外汇才能买到进口的消费品，而一般百姓是难以有外汇收入的，所以进口货成了稀罕的礼物。

兰馨对圣诞节没有什么概念，对她而言，不过是又一个埋头苦干的工作日。下午五点，她突然发现邻座的卢卡斯、约翰谢和斯蒂文李不知何时都溜走了，抬头看看窗外，天已经全黑了。她心里正在纳闷儿，大家怎么比平时下班早了一两个小时，就看见杰西从"鱼缸"里走出来，走向自己。

"好久不见，兰馨。"

"怎么就好久不见，你才离开几天。"

"你不庆祝圣诞节吗？其他人早就下班了。"

"中国人不庆祝圣诞节，你应该知道的，除了这几位留过洋的。"

"明天是正式的圣诞节，公司放假，你有时间吗？我带你吃一顿圣诞节大餐。"

兰馨愣住了。圣诞大餐对她充满了诱惑，因为她根本不知道那是什么。但她转念又想起之前与霍夫曼、杰西一起在颐和园吃的那顿中餐，以及与杰瑞那个死老头子在苏州吃的那顿晚餐，想到自己是尴尬的陪衬与猎物，眼神就黯淡了下来。

杰西看到了兰馨的犹豫，问道："你一直躲着不和同事吃饭，究竟是怎么了？有什么让你别扭的吗？"

"就咱们俩，没有别的男人？"兰馨问道。

杰西笑了："好吧，就咱们俩，就在旁边的建国饭店。这下你放心了吧？"

兰馨点头答应了。

"我有东西送给你。"杰西示意兰馨跟他走进"鱼缸"。

进了"鱼缸"，杰西关上门，从抽屉里拿出一个包装精致的礼品袋递给兰馨。

"兰馨，你很优秀，我很感激你的工作，所以下面我要说的话，你不要生气。"

兰馨一下子紧张起来，拼命思量着自己最近做错了什么事，或者说错了什么话。

"女孩子要多用些化妆品，那样看上去会精致很多，北京冬天极度干燥，所以也要多用保湿的护肤品。我见你好像不是太多地使用这些，所以从香港买了一些给你，这些质量都很好，你可以试试，应该能够改善你的皮肤。"杰西轻描淡写地说。

兰馨舒了一口气，原来对方只是嫌弃自己不会打扮，而不是犯了什么工作上的错误。

"那我就收下了，谢谢你帮我操心。"说完，她拿着礼物起身要离开。

杰西却一把拦住她："等等，这可是一大包东西，化妆品算我送你的，护肤品你还是要付钱的。"

兰馨惊诧不已，心中大叫："什么？竟然要我付钱，我又没让你买这些东西！人家都是老板送部下礼物，男人送女人礼物，我这个老板送礼物，还要我自己分担费用！"虽然她心里十分别扭，但脸上依然勉强笑着。

"好啊，多少钱？"她问。

"相当于280元人民币。"

兰馨紧张起来，这个数字相当于半个月的工资，她哪里舍得去买这么昂贵的护肤霜，真不知这个男人究竟是天真无知，还是愚蠢霸道？她摸着手里这一袋护肤化妆品，粉白飘香，每一缕香气都在提醒着自己有多穷、多粗糙。她不禁在心中暗暗骂道："杰西这个王八蛋，究竟是关心我，还是在嘲弄我？"

"请你以后不要再买这些东西了，我可以自己买的。"她努力用平静的语气说话。

"我从来没给人买过这些东西，听说因为关税的原因，这些东西在北京要比香港贵很多，所以我才顺便帮你买的。"杰西一脸的不解与无辜。

兰馨叹了口气。

圣诞夜，建国饭店的大堂灯火通明。大堂的正中央立着一棵巨大的圣诞树，树上挂着金色、银色、红色与绿色的装饰球与丝带，还有雪花片和星星，树顶立着一尊金发白裙的天使。抬头看去，房梁上悬挂着大大小小的新鲜松柏制作的圣诞花环，点缀着红色、金色的蝴蝶结和苹果装饰。空气中反复地播放着："Jingle bell, jingle bell, jingle all the way……"

兰馨身着一套绿色的毛衣裙，小心翼翼地穿过大厅，绕过那棵巨大的圣诞树，来到一个椭圆形的大厅。大厅是半开放式的，地面下沉三个台阶，周围以半人高的矮墙相隔。沿着一侧的矮墙，摆着几十米长的自助餐台，与餐台相对的一侧，是落地大窗，窗前有几十张餐桌。兰馨刚站在台阶上，就看见杰西坐在窗前的一张餐桌处向自己招手，他身上深红色的毛衣格外瞩目，兰馨兴奋地飞奔过去。

"慢点儿走，慢点儿走，这里不是办公室。"杰西举手做阻止状。

兰馨慌忙缓下脚步，然后踮着脚尖做猫步状，慢慢地挪到杰西面前。

"圣诞节快乐！"杰西拉开兰馨的椅子帮她坐下。

"圣诞节快乐！"兰馨模仿着杰西的语气。

"你喜欢喝点什么？"杰西询问兰馨。

"不知道，还是柠檬茶吧。"

"你还没学会接受新的饮料吗？"杰西笑道。

"我们中国人，冬天只喝热水，冰的饮料对胃不好，但是来了这个豪华的地方，我总不能就点一杯热水吧，所以才选了柠檬茶。"兰馨认真地解释道。

"要不要加一杯红葡萄酒？"杰西提议。

"好，你帮我选一杯。"

点好了饮料后，杰西拉着兰馨去餐台拿吃的。

"你是第一次参加这样的圣诞宴会吗？"杰西问。

"差不多是第一次，以前在大学我们也庆祝，但只是在食堂里开舞会。"

"今晚也可以跳舞的，不过要等到宴会快结束的时候。"杰西说道，然后扫视了一下各种菜式，"这是前菜台，有热汤，有各种沙拉、冷肉、奶酪和腌菜。不过，鉴于你有一个老奶奶的胃，还是喝热汤吧。"

兰馨斜了杰西一眼，表示抗议。

"这是主菜台，吃完前菜再来这里，有亚洲与欧洲的几十种热菜，是混搭风格。"

紧接着，他们走到一处独立设置的案板前，案板上放着一只火鸡和一条熏火腿，一位身着白色制服、戴着白色高帽子的厨师，正用一把长刀细心地切着火鸡上的肉。

"这是今晚的应景菜式，火鸡与火腿，很容易让人觉得撑。"杰西介绍道。

"你们要来一些肉与 stuffing 吗？"厨师热情地问。

"稍待一会儿，我先为小朋友介绍一下西餐的流程，晚点再来。"杰西微笑着回答，一边簇拥着兰馨向前走。

"这里是任何宴会的高潮，甜点。"杰西指着甜点台上一片花花绿绿的各色蛋糕、水果挞、奶油杯，问道，"你有甜牙齿吗？"

"什么是甜牙齿？"兰馨不明白。

"就是喜欢吃甜食的意思。"

"我当然喜欢甜食，谁不喜欢甜食呢？"兰馨反问。

一个小时以后，几道菜下来，兰馨就感到撑了。也许是喝了红酒的缘故，也许是因为吃了太多的火鸡和甜点，她感到微醺。餐厅里，红色的灯光朦胧热烈，音乐悠扬温暖，是卡朋特的《圣诞之歌》：

栗子烤在明火上

冰霜之灵杰克舔着你的鼻子

唱诗班唱着圣诞颂歌

大家都穿得像爱斯基摩人

她觉得头轻身轻，云里雾里似的，像小时候在辽西家里与爸爸九海吃年夜饭的感觉，寒冬中热炭"噼噼叭叭"地燃烧出温暖，而那一年才有一次的丰盛与挥霍，是爸爸、妈妈和她对匮乏的抗议与呐喊。

兰馨感觉到杰西在引领着自己，像一位大哥哥引领着一位小妹妹。他外表高大健壮，内心却母性十足、温柔体贴，是倾诉的好伙伴。只是，公司里，大街上，那么多妙龄女子，莺歌燕舞，他的注意力为什么会留在了她身上呢？

"兰馨，你穿红色系的衣服很好看，旁边的秀水街有很多红色的毛衣和裙装，你可以去看看。"杰西漫不经心地说。

兰馨心里嘀咕："又来了，又在嫌弃我的着装，他似乎想彻底改造我，却又装作漫不经心。看来，他心里也知道说这些话不合适，尤其对一个下属，却又实在忍不住，眼睛看着我不舒服，目光却又挪不开，这是什么情形？"

她有些不自在了，这个英俊的男人，一直在试图调教她的模样，她很丑吗，还是太土气让他感到丢脸？他希望她变成什么样？

"绿色有什么不好？今天是圣诞啊，红与绿都是主题色。"兰馨抗议道。

她迫切地需要从杰西的视线里逃离一下，就起身，示意他化妆间的方向，然后转身走开了。

望着兰馨离开的背影，杰西有些为自己的优越感而懊悔。这个清丽的女孩子，平日里看上去坚强勇敢，在男人主宰的高阁的丛林中，她忙于招架各种入侵，顾不上思虑自己，以一张简洁明快的脸遮住了内心的翻腾，而他也因此忽视了她的敏感与自尊。只是，为什么，自己为什么忍不住总想引导她呢？

兰馨是美丽的，美丽得自相矛盾。她端庄的面孔，明亮的眼眸，满是干干净净的纯洁，就连脸上淡淡的雀斑，都更加衬托出她本色的干净。她阳光灿烂的笑容，带着可以征服世界的乐观，但眼眸深处的暗影，藏着最阴郁的怀疑。一头顺直的长发，是不谙世事的单纯，甩动起来却有着无所畏惧的力量。高挑的身材曲线丰满，混乱地尝试各种色彩的衣服，热情奔放，与单纯干净的容颜形成鲜明的反差。

"我是不自觉地想去改变她身上的矛盾吗？改变什么呢？还是要

把她变成熟悉的澳洲女人的样子？"杰西暗想着，没有意识到自己正对着兰馨的空座位发呆。

兰馨回来了，她欠身坐下，在杰西凝固的视线前挥挥手。

"又在思考我应该怎样穿衣服，怎样化妆，怎样走路吗？"兰馨轻轻地问，矜持中有些抱怨。

杰西笑了，笑容中有妥协，随后伸出手："咱们跳舞吧。"

我只有一个愿望

在这个圣诞节前夕

我希望和你在一起

火上的木头

使我满心渴望

见到你，我想对你说

祝你圣诞快乐

还有新年快乐

卡朋特天使般的嗓音唱着《亲爱的，圣诞快乐》，深情而迂回。舞池里挤满了人，杰西拥着兰馨，并没有旋转起舞的空间，于是他们就慢慢踩着舒缓的节奏踱步。红色的灯光照下来，空气中的温度也成了红色。

杰西俯身到兰馨的右耳边，轻轻地说："对不起，我不是故意居高临下，令你不舒服。我在你身上看到几年前的自己，我只是真的希望你能成功，按照你自己的理想，我很在意这件事。"

这是两个人第一次如此接近，杰西的气息，在兰馨的耳边微微震颤，她的脸颊几乎贴在他的脸颊上，耳鬓厮磨间，有古龙水的气味弥漫起来。兰馨忍不住闭眼轻吸，那是秋日里阳光的味道，是熟透的柿子的味道，是温厚的橘黄色。她心中开始颤抖，手指也微微颤抖起来，抬眼望向杰西，两人的眼睛便牢牢地扣在了一起。

杰西一向清澈率真的眼眸，这会儿变成了深邃的另一个世界，宛如浓烈的黑夜，凝视中，白亮的闪电划过，打开了心中一隅，有烈火要升腾而出。兰馨不敢继续窥视那黑夜，转而看着杰西厚厚的、弯曲的、孩童般的长睫毛，睫毛此时正微微垂下，似乎这样就可以把那燃烧的黑夜遮盖起来。

兰馨纯净的眼眸里，是惊觉与犹疑，那一片晴空下，有灵在苏醒，像是春天破土的嫩芽，依旧是惶恐不安的，让人不忍心逼近。杰西感到怀里这个丰腴的身体在微微颤抖，于是稍稍抬头拉开一点距离，他给了兰馨一个温厚的微笑，眼中的黑夜也慢慢褪去。

在那个圣诞之夜，兰馨获得了一个重要的发现：她是美丽的，因为英俊潇洒的杰西的目光，竟然越过了那么多貌美自信的女子，落在了她的身上。在杰西清澈的眼神中，温暖的笑容里，橘黄色的秋阳般的香水味中，她找到了一份从未经历过的洁净与柔软。

在杰西忽明忽暗的情愫中，她变得柔软了，心里那个小女子苏醒过来。

七

随着技术部的建成，北京办事处的采购能力也越发强大，棉、麻、丝、羊毛面料都逐渐在长三角和黄河流域找到了供货商，高阁的制造成本随之大减。

与此同时，兰馨和杰西却很少能见到彼此了。

随着高阁内部中国采购份额的迅速增长，协调中国各地面料供货商与成衣部在亚洲各地的分支机构、澳洲和美国的零售部门之间的沟通与合作变得十分重要。杰西在高阁的澳洲人中勉强算是个中国面料采购专家，于是，在继续管理北京面料部的同时，他自然地接过了这项任务，坐镇香港，在北京、香港，澳洲和美国之间飞来飞去。

而这半年间，兰馨访问了四五十间工厂，审核生产技术，谈价格，做样品，管控后续的生产质量。她常常周一飞出去，周五飞回北京，中间穿梭几个城市。有时早晨在酒店的床上醒来，竟分不清自己身在何处。

逐渐地，兰馨发现了一个问题。新开发的供货商依赖高阁的培训，逐渐提升了技术质量，然后，就会有其他国际采购商免费"搭便车"，跟进这些工厂，并下单占据生产力，以致高阁的订单反而受到排挤，尖端面料更是形成了卖方市场。她向霍夫曼建议，高阁入资几个关键的尖端面料厂，这样既锁定自己的面料供应渠道，也能从中国日益增加的国际市场份额中获得上游利润。

霍夫曼与北京几个部门经理讨论了兰馨的建议，最后决定，高阁作为零售公司，不适合进入上游原材料生产领域。建议书被搁浅，但她并不服气，认为这些外国人不了解中国，很可能由此错过中国的发展红利，于是她找到了杰西。杰西答应与墨尔本总部的管理层再沟通一下，但是需要亲自去看看潜在合资工厂的状况，以获得第一手调查资料，兰馨便推荐了青岛附近的一间高档卡其布工厂。

当杰西抽空飞来青岛时，已经是盛夏七月。这间工厂的关键设备都是清一色从欧洲进口的，尤其是预缩与做柔的技术与质量，与港粤地区毫无差别。山东本就是棉花大省，胚布的质量好，成本还低，加上山东的劳动力便宜，使得成本远低于港粤地区，工厂的货单供不应求。在卡其布厂长的建议下，杰西顺便还参观了附近的胚布供货商，青岛棉布产业链的完备与先进，给杰西留下了深刻的好感。

傍晚，兰馨与杰西回到青岛市里，依旧为合资企业的构想兴奋不已。趁着太阳落山前的工夫，二人来到海边，沿着步行道溜达，一边总结着这一天的感受，一边试图在明早飞走前看看青岛传奇性历史留下的市容。

"兰馨，我认为合资面料厂这个想法是行得通的，即便在其他国家没有意义，但是在中国这样一个尚处起步阶段的经济里，是很好的机会。"

"好的，我会尽快准备一份详细的项目建议书给你。厂方也很有合资办厂的意愿，这样他们就可以享受外资企业的税收优惠了。"

"你的想法经常很有创新性。"杰西侧头看兰馨。

"这么大的公司，环节那么多，很多想法在汇报的上下级链条上，很容易就变样搞丢了。"

杰西点点头："中国市场是我们的职业价值所在，所以我们会很重视。而对管理层来说，他们要考虑公司的全球布局，出发点与我们不同，需要更多时间去沟通说服。"

二人驻足片刻。西边的海平面上，浮着残留的火烧云，天色渐渐转暗，海滩上的人越来越少。东面的小丘上，一排排的德国式的老房子面朝大海，大斜坡的红瓦顶，高高的山墙曲线玲珑，悬挂着的铁艺大钟，营造出一种田园式的怀旧感；拱券型的门窗，装饰线条精美；米黄色的外墙，以花岗岩和厚重的蘑菇石嵌角并作墙裙。红瓦、黄墙、绿树、碧海的"小德国"景色一览无余。

"看着这个德国式的小城，真难相信我此刻是在中国。"杰西感叹道。

兰馨点头，默默等着他下面的话。

杰西却什么都没说。天渐渐地全黑了，两个人转身朝酒店的方向走去，彼此沉默着。酒店门前的私人海滩上，寥寥无几的客人在散步，兰馨没有等到想听的话，心有不甘，就脱了鞋，向着漆黑的海水走去，她能感觉到杰西在身后匆匆地跟了过来。

这是一个没有月的夜晚。她站在海边，脚下的波浪慢慢涌上来，又退下去，一浪接着一浪，像是温柔的舌，轻轻地舔着她的脚。麻酥酥的感觉从双足传了上来，传到她的腿，她的腰间，她的胸，微微的颤栗感控制住了她。

"你幻想过这样的一刻吗？"身后，杰西在轻声地问。

她对着黝黑的海面点头。欲望的潮水涌上来，如此强烈，击痛了她的心，她说不出话来。

黑暗的迷幻中，杰西将她的身体转过来，将她的脸捧在手中，俯身吻了下去。兰馨这才意识到，二人的唇原来是一样地滚烫，一样因等待太久而充满了渴望。杰西久久地吻着，轻咬着兰馨的唇，舌头绞着兰馨的舌，仿佛想穿透进她的心里。

知道这半年的等待不是虚妄的错觉，兰馨流下泪来。

"我知道的，我当然知道的。但是我们是同事，又是上下级，我们不应该这样。"杰西虽然这么说，但还是将她拥在怀里。

兰馨只觉得似懂非懂，公司里男人、女人们互相寻欢，有谁真正在遵守上下级的纪律？

杰西抹去她脸上的泪水，轻轻地吻着她的眼睛、鼻子、额头、脸颊和耳朵。在极度的幸福中，兰馨感到杰西的手沿着她的后背游走上来，又滑到胸前，轻轻抚摸她的乳房。她突然有些担心，迅速在脑海中盘算了一下，今天穿的什么内衣，是妈妈给的老式白色棉布的，还是蕾丝的文胸？盘算的瞬间，她眼中露出些许惊恐。

"别紧张，我只是想抚摸你，我不会做什么。"杰西察觉到她的不安，撤出手来，温柔地安慰。

她放松下来，捧着杰西的脸，他眼中的专注如同黑夜里的闪电。她说："我好幸福，幸福得害怕。"

那一夜，二人在海滩上相拥伫立了很久。

第二天一大早，兰馨飞回北京，杰西飞向香港。

回到北京后，兰馨第一时间再次提交了合资项目建议书，由杰西直接推荐给高阁总部负责采购的主管丹尼尔（Daniel）。丹尼尔对在中国市场的深入发展充满了期望，因此很为兰馨的建议而兴奋。但是，他本身缺乏中国市场的具体经验，所以需要邀请霍夫曼和波西亚一同商议。就这样，兜兜转转两个月后，兰馨的建议书又回到了北京办事处。霍夫曼建议在他的"鱼缸"召集管理层会议，丹尼尔和杰西通过电话参加会议。

会议一开始，霍夫曼的语气似有无奈："年青人执着于新的想法，所以我们得再讨论一次。总部愿意更加深入地在中国发展，这倒是件好事。"

丹尼尔或许并没注意到霍夫曼的情绪，他直接在电话上发问："参与合资的各项益处，兰馨和杰西已经列在了建议书中，大家对此有什么想法？"

"我一直认为，一个专职零售的企业，没有精力参与到原材料生产的环节，那需要一种完全不同的商业管理能力，一旦深入企业管

153

理，我们必须有运营与财务监督的能力，这就牵扯到不同类型的人力资源。"霍夫曼说。

杰西接过话来："这确实是一项挑战，管理工厂与采购不是一回事，但是如果我们想在中国长期发展下去的话，是完全可以雇用专人去发展这项能力的，只要大家愿意花些时间。"

霍夫曼注意到，波西亚一直板着脸，于是将问题抛给她："波西亚，你有什么想法？"

"我想知道，这个建议书怎么又顽固地回来了，我们之前不是讨论过了吗？"波西亚一边说，一边责备地看着兰馨。

杰西赶忙截住了波西亚的话头，表态道："我去看过青岛的那家工厂，技术水平与质量都很高，虽然是新的私营企业，但是已经高度市场化，很适合合资，我觉得还是值得再探讨一下。"

"你们两位年轻人，知不知道这类私营企业的巨大风险？如果厂长跑路了，或者有病甚至死了，咱们自己有能力撑起整间工厂的管理工作吗？"波西亚反问。

"不能建立一支职业化的管理团队吗？"丹尼尔插话道。

"中国不允许外商做大股东，管理团队肯定要由中方投资人控制，也就是现在那位董事长兼总经理，咱们没有机会管控工厂的运营与财务。"波西亚解释着。

兰馨分辩道："我们原本也只是计划做小股东，投资额不会太大，您所说的风险确实存在，但是损失也是可控的。"

波西亚沉默了片刻，手里迅速地翻看了一遍兰馨的报告，她想了一下，问道："如果是这样，那我们还有什么参股的意义呢？作为占有百分之二十股份的小股东，我们究竟能得到多少利润？"

"利润只是一方面，我们还可以锁住货源，一箭双雕，同时探索管理工厂的经验，长期看的话，势必会增加我们在中国赚钱的机会。"兰馨回答。

"难道没有别的办法锁住货源，比如提供库存资金？至于你说的'长期'，我想，我们未来是否应该进入上游生产，承担原材料的成本风险与运营风险，这对于公司而言是一个巨大的战略方向性的问题，而不是你们把公司的投资当作学费，去学习经验。"波西亚的反驳十分尖锐。

兰馨哑口无言，波西亚确实厉害，每个问题她都考虑得更深入。

几番讨论下来，丹尼尔做出了决定："我看这样吧，锁住货源确实是短期内的需要，你们可以考虑一下波西亚的建议。而至于投资工厂，我们似乎还有很多问题需要去理解与考虑，我们可以继续追踪这方面的发展机会，但现在，还不是迈出这一步的时候。"说完这些话，丹尼尔就下线了。

杰西有些愠怒，追问道："波西亚，我从来没有听说高阁会在中国提供库存资金。"

"杰西，请你们以后按正常渠道汇报工作，不要自作主张绕道上面去获得批准，搞得我们在墨尔本总部那里很尴尬，好像我们不支持创新似的。"波西亚显然也很生气，不想继续这个话题。

"丹尼尔是面料部的直接上司，我这么做，并不是为了越过北京的管理层。"杰西试图解释，但连兰馨都觉得这个解释站不住脚，她看着波西亚阴沉的表情，不再吭声了。

霍夫曼显然和波西亚一样生气，他不耐烦地对着扬声器说："以后大家要加强在中国当地的协调，不要再搞出这样突如其来的问责。"大概是觉得自己语气有些急，他顿了一下，又温和了下来："至于提供库存资金，确实没有先例，加之中国的外汇管制，进来的钱很难出去，所以短期内也不确定是否行得通。"

杰西那边的电话挂断了，这种沉默中的愤怒，隔着千里都能感觉到。波西亚向霍夫曼耸耸肩，径直走出了"鱼缸"，仿佛兰馨不存在一样。

会后，兰馨很快收到了杰西的传真，上面只有一句话："抱歉，没能帮到你。"

兰馨感到头疼，面料部与波西亚的关系，为什么总是理不顺呢？在这位强硬的老太婆面前，杰西为什么总是能力欠佳，无计可施，甚至似乎都失去了霍夫曼的支持？兰馨不禁有些忧虑杰西在公司的人际关系与地位。

接下来的几个月里，霍夫曼考虑到高阁的购买量较大，货单确定性很高，因而预付资金的风险确实可控，还是同意了提供一些库存资金，以帮助兰馨锁定两家重要的供货商。这件事也算是有了个差强人意的结局。

此后，兰馨依旧到处出差，杰西还是世界各地飞，但他会努力每个月来一次北京，检查北京面料部的工作情况。人在旅途的日子，兰馨忙着与新结识的人们打交道，工作占据了她大部分的心思，她可以不去想杰西。但是独自一人时，比如雨中开车在陌生乡间的路上，或者夜晚独饮，抑或秋行香山，她心底的渴望便会涌动出来。她依赖过去与杰西在一起时的回忆来度过那些思念的时刻。开始时，回忆是甜蜜的，足够她熬过等待的日子。渐渐地，她感到不再满足，心中的不安逐渐强烈起来，她不知道，这份感情会走向哪里。

两个人相聚的时候，彼此灼烫的唇需要很久的抚慰，才能安静下来。而一旦安静下来，分离的黑暗就会很快落下，杰西清澈的眼神迅速黯淡下去，兰馨探求的目光，遇到的是他沉默的眼帘。两个人心里都知道，看不到未来，也不敢问未来。

圣诞节前，前台萨拉突然宣布辞职。年底了，要找到一位英文流利并且愿意从事前台接待的漂亮女孩并不容易。霍夫曼一再挽留萨拉，却没成功，只好由萨拉的上司——一位叫海达的菲律宾行政助理暂时接替萨拉的工作。中年的海达个头很矮，又胖又黑，平日里对中国同事很严厉，萨拉是她的虐待阶梯的最底层，之前各种傲慢相待，而现在，她自己不得不暂时接替萨拉的花瓶角色，而且不漂亮，这真是讽刺。

听到消息后，兰馨将琳达拉到了楼梯间。

"萨拉为什么辞职？"

琳达撇撇嘴："还不是因为乌贼。那个男人去年十一月回了香港，开始还经常来北京看看萨拉，过去几个月几乎不来了，听说他又有了一个新女友，是欧洲人。我猜，萨拉肯定觉得继续留在高阁太别扭，所以辞职了。"

"这难道不是意料之中的事吗？"

"谁的意料之中？咱们这些旁观看热闹的，还是人在其中不见真相的萨拉？"

"萨拉确实对乌贼有过期望？"

"当然了，一个男人帅气、聪明，还有钱，拿着外国护照，又和自己上过床，哪个女孩子会不进一步期待着什么？"

琳达的观察总是一针见血，留不得半点矫情与掩饰，这次却句句刺中了兰馨的心。

琳达似乎感觉到了什么，语气温柔下来，说道："说到底，这还是一个地位不般配、自尊不平等的问题。"

"怎么讲？"

"你想想，乌贼拥有的，是萨拉梦想但一辈子可能都得不到的，萨拉究竟能给予乌贼什么呢？年轻美貌吗？这样的女人遍地都是。"

"那么爱情呢？如果两个人相爱，不可以一起努力、一起提高、一起变得更成功吗？为什么一定是一方给予另一方？"

琳达忍不住呵呵地笑起来："萨拉错把荷尔蒙当作爱情了，她自己的荷尔蒙，还有乌贼的荷尔蒙。对于乌贼来说，他的荷尔蒙只是荷尔蒙，而对于萨拉，荷尔蒙却成了她幻想的神话，那个神话里有你说的所谓爱情，还有萨拉幻想的好房子、好生活、闯荡世界的自由。"

"琳达，你真是个女人精，这份智慧，学霸们读多少书也学不会。"

周五傍晚，琳达约了兰馨一起在"码头"为萨拉送行。

"萨拉，你以后有什么计划吗？"兰馨问。

"我要先学习托福，然后申请大学英语专业，争取明年夏天去美国留学。"

"羡慕你，有这么大的勇气。"琳达说道。

萨拉却笑了起来："在高阁，除了搞卫生的阿姨和司机们，前台接待是职业阶梯的最底层了，我不想这样活下去，我要改变自己，真正把英语学好，再学些商业知识，我想成为一名受尊重的职业妇女。"

兰馨心生羡慕，别的不说，留学需要一大笔钱，否则就需要找到一位有钱的美国人做财务担保，而她自己尚且不敢想这些事。

"你找到财务担保人了？"兰馨问。

萨拉点点头："但只是名义上的担保，我还是要半工半读，听说会很辛苦，要在读书的同时去中餐馆洗盘子、搞卫生，但是我依旧很期待。"

兰馨点头表示赞赏，继而感叹道："高阁改变了我们所有人。"

"是在高阁遇见的男人们，改变了我们女人。"琳达奚落地说，"简直是熟女速成班。"

"教练们来自中国各地、世界各地，大可以组成一个'荷尔蒙联合国'。"萨拉倒不避讳，语气中颇有些自嘲，"整个外企都是这个鬼样子，我们中国女孩子的地位太低，又缺乏自信。"

兰馨安慰道："高阁是最早在中国开业的跨国公司之一，我们刚好是最早经历了这段全新历史的人，但我们太年轻了，还不知道这个水晶宫里的规则，一上来就热情地投入，结果掉进了狼窝。"说到这里，兰馨突然脱下了一只高跟鞋，语气高昂起来，"但是，我们可以砸碎这个狼窝。"她挥舞着鞋子，作势要砸下去，脸上笑着，心里却想起在苏州时杰瑞放在自己大腿上的那只肥厚的手。

"哈哈哈，所以我要去读书提高自己。有一天，我们也会有足够多的人生经验和商业经验。等我们强大了，狼就变成了不值一提的小狗。"萨拉说。

琳达用手戳向萨拉的额头，略带嘲弄地说："你还没去留学呢，怎么就已经聪明起来了？"她又看了看兰馨，"你们的玻璃心啊，真是太理想主义、太脆弱了。看看我，我心里早就已经有了一层厚厚的痂，还没动感情的时候就有了，我把它当成作战时的盔甲。姐哪儿也不去，就准备穿着我的连衣裙，戴着我的大耳环，等狼自己上套。"

"你怎么会心里有痂，你真心喜欢过谁啊？"兰馨笑着问。

琳达一挥手："心里的痂是慢慢磨出来的，当菲律宾的秘书们不允许我学习使用电脑；当其他员工排挤我，不让我参加重要的项目；当你们业务部的男人们肆无忌惮地对我讲黄色笑话；当霍夫曼把我当作牺牲品送去陪男客人吃饭；还有，当我穿着精心挑选的蕾丝内衣，站在我感兴趣的男人面前，人家却看都不看，一把撕去，推倒我上床——男人啊，也就那么点目的与能耐。"

"你那是恐怖版的高阁。我还是支持萨拉的想法，我们要成长，我们要自信，我们要保护自己，手握高跟鞋，随时准备朝狼砸下去。"

萨拉也笑了："你那个也不行，是野蛮暴力版的高阁。"她扫视了一下兰馨和琳达："我们这里太落后了，总是被人看不起。而想要成长，想变得自信，还是要出国留学，出去见世面。"

兰馨点点头，举起手中的咖啡杯，依依不舍地说："祝萨拉求学成功，长成一个掌控自己生命的大女人。希望有朝一日，我们能在美国相见！"

这一个圣诞节，杰西答应飞来北京陪兰馨，他果然如期而至。圣诞夜，两个人相拥坐在酒店的露台上，透过通透的落地窗，俯视着长安街。

"你们引以为傲的伟大首都，夜里却如此黑暗。"杰西一边抚弄着兰馨的头发，一边漫不经心地说。

"和上海比，这里确实黑，高楼也太少。"

"和香港就更不能比了，一个是现代大都市，一个是北方乡村。"

"还是一个古坟里挖出来的北方乡村。"兰馨笑着说，又道，"你不知道我们真正的北方乡村是什么样的，比这个孤寂黑暗多了，这里起码还有国贸大厦的灯火。"

"我可以去看看你的家乡吗？"

"我在辽西的家乡？不行！我自己都不想回去看，那是没有希望的地方，寸草不生，草木不是被冻死、干旱死，就是悲伤而死。"

杰西低头看兰馨，见她脸色苍白，表情茫然。他知道，此刻她的心里正面对悬崖，而这绝望并不是因为辽西，而是一种她早已觉知的绝望——是因为未来，那不可知的未来，而萌生的绝望。他轻轻吻了吻兰馨的额头，感觉是时候彼此真诚相对了。

"兰馨，我累了，这两年我远离熟悉的生活，四处奔波，大部分时间孤独地生活在陌生的城市。像今天这样的日子，我原本应该和家人在一起，庆祝光明节，我很怀念庙堂里的唱诗和烛光，怀念在沙滩上烤火鸡喝啤酒，我想搬回墨尔本。"

兰馨抬头看杰西，目光充满迷惑。

"你在高阁做得好好的，回去墨尔本，难道要重新开始吗？"她问。

"我在亚洲的压力很大，我搞不懂你们中国人，比如波西亚，不明白她为什么这么喜欢设置陷阱，恨不能把外籍人都赶走。"

"你也给她设置过陷阱啊！"

"我够了，厌倦了这种互设陷阱的工作环境。"杰西低垂着眼帘。

兰馨自嘲地轻笑："我还以为，只有我们这些年轻女孩才会有被压迫的感觉，我们被所有的人压迫着——高管们，所谓'资深'的外籍同事，男人，资历深的女人……没完没了。"

"你知道吗，全世界的职场都这样。"

兰馨摇摇头："这歧视，还不止来自国籍、性别与资历，高阁像是一座情欲与利用、金钱与操纵的金字塔，我和琳达、萨拉一样，活在这个塔的最底层。"

说完这些，兰馨感觉出了一口压抑已久的闷气，心中却有悲凉涌出："生命这扇窗，怎么会是这样污浊不堪呢？"她想起前一阵子那个梦，自己被困在黑色的钢铁废墟里，四处的玻璃上都覆盖着黑色的油污，"我还能把它擦干净吗？"她默默想着。

杰西很明白兰馨在说什么，也知道面对自己突如其来的离开，她心里急切想说却不知道该如何开口的那些话，他的神情更加黯然了。

他们又沉默了好一会儿，兰馨只觉得心底愈发冰冷下去，不禁悲从中来，于是伸手抱住杰西的脖子，将脸埋在他的肩颈上，杰西也紧紧搂住了她。心痛中，两个人一起恍惚起来，也不知过了多久，他们才在彼此的拥抱中有了些温暖。兰馨的心痛似乎减轻了一些，或许是因为疲劳而有些麻木。她抬眼看杰西，他眼中也只有空洞与迷茫，读不出任何答案。

"我还能再见到你吗？"

"你当然会再见到我，我又不是要死了。"杰西努力让表达显得轻松一些，"第一步，我会要求调回高阁总部，如果有合适的职位，咱们还是在同一家公司的。"

"过去是你一直在引导我，你走后，我该怎么办？"

杰西微微摇头："是我高估了自己，误导了你。对不起。"

"你不愿意再引领我了？为什么？"

"因为我也不知道未来在哪里。"

"难道我们之间所有的，也只是荷尔蒙的陈词滥调？"兰馨的声音里有哀怨。

杰西被兰馨的话吓了一跳，这个过去丝毫不懂男女之情的小女子，此刻却突然谈起性来，他不知应该如何回答这个过分简单化的质问。

"你觉得我们之间是什么？"杰西反问。

"我也不确定。"

"那你以为我就能确定？"

"我以为，我们也许会相爱，成为彼此的归宿。"兰馨终于鼓起勇气说。

杰西的心中又是一震，他克制着，不让兰馨看出自己的惊慌。

"兰馨，你总是跑得太快了。你说的归宿是什么？我都不肯定人能找到归宿，也许人根本没有什么归宿。"他感觉到自己的话有些冷酷，就换了语气，"换个角度看，你喜欢我什么呢？"

兰馨愣住了。自己可以诚实地说话吗？她喜欢杰西俊美的面孔，高大健壮的身材，幽默温暖的话语，喜欢他在财务上的自信，喜欢他的目光在掠过其他女人后单单注视自己时带来的那份骄傲。但这些似乎都太肤浅了，这不就是琳达说的荷尔蒙和攀附吗？

兰馨在心里反复措辞，然后说道："你说我像几年前的你，你了解我的愿望。因你走在我的前面，所以，我觉得可以跟随你。过去，我只知道自己想逃跑，却不知向哪里逃。现在有你在，我就有了方向，就没有那么害怕了。"

"你以为我知道向哪里逃，我就不害怕吗？"杰西苦笑道。

"你先逃来中国，现在害怕了，又要逃回墨尔本。"兰馨负气地说。

"所以我说你像我，我知道你在经历什么，我们俩都在逃跑的途中。"

"可是，你比我大五岁，你已经比我职位高，挣钱更多，见过更大的世界，你事事都走在我的前面，咱们不一样。"

杰西决定不再争执了，他将兰馨拥进怀里，温柔地抚摸着她的长发，说："有一天你也会到三十岁，那时候你就会知道，人不一定因为年龄、见识、职位和财富而对人生有更多的把握。"

一瞬间，兰馨忽然不那么难过了。她意识到，也许是杰西自己的世界里出了问题，而不是要放弃她，这让她的自尊心好受了些。

过去，她将杰西幻想成一个温柔洁净的理想世界，却没有想过他自己的世界也会破碎，或者，原本就是破碎的。而她的跟随，不知不觉中成了他的负担，她开始有些同情他了。但无论如何，杰西依旧要离去，自己终究要失去他，这到底是什么抛弃什么？

看着兰馨安静下来了，杰西的心情也稍微舒缓了一些。他捧着兰馨的脸，温柔地注视着："你不要以为荷尔蒙是什么坏事，能够唤醒你的荷尔蒙，也是我的一大成就。你的热情是在我的保护下觉醒的。"

兰馨将脸靠在杰西的胸前。这个男人厚实的身体，秋阳的香水味，滚烫的吻进灵魂的唇，眼中深沉的黑夜与火焰，很快就要感受不到了，即便他在远方依旧温柔地想念着自己，但这身体的欲望，却无法获得安慰了。兰馨这样想着，绝望的热浪重新涌了上来，如此灼热，烧得她浑身疼痛。她忍不住解开杰西的上衣，将唇贴在他的胸上，这才发现，他的身体原来也是一样地灼热，一样地绝望。

兰馨慢慢脱去了杰西的衣服，和自己的衣服，他们一同倒在了床上。

两个人相拥着，感受着属于他们的第一次肌肤相亲，那感觉如此柔软、馨香，他们都慢慢昏了头。兰馨感觉杰西在她两腿之间滑动着，却不肯进来，她用渴望的眼神看着他，他看见她眼中的恳求，却温柔地拒绝了。

"这样的时刻做爱，太令人绝望了，还是不要的好。"杰西的语气里有悲伤。

兰馨闭上眼，在熟透的柿子般橘黄色的光辉里，在秋阳的温厚气味中，随着渐行渐远的意识睡了过去。

杰西成功地调回了高阁的墨尔本总部，负责亚洲采购事务方面的管理工作。

开始时，兰馨会每天写一封私信传真给杰西，列出一天的生活和思念。杰西依旧不愿表达太多，偶尔回复几个字，简述一下自己的生活。渐渐地，兰馨感觉心被一点点掏空了，于是搁了笔。

一月底，春节将至，她却意外地收到杰西的传真。

亲爱的兰馨，祝你中国新年快乐！回辽西过年顺利！两周没收到你的信，想念你。请继续给我写信吧，告诉我你过得怎么样，希望你不要因为太快乐而忘了我。

她的泪水一下子涌了出来，一直努力封闭起来的记忆，告别那晚蔓延的情绪，也决堤而出。

她先是回了辽西过年，在沉默了五天后，大年初六那天，她写信给杰西：

杰西，这万里之外，我依旧能闻到你身体的味道，你灼烫的唇，依旧遍布我的全身。

这时，她才意识到，性爱使得男人与女人之间的关系有了具体的牵引。没做爱以前，这份感情是模糊的，是相视一笑的暧昧，没有具体目标的梦幻。现在，性爱的欲望却成了自己与杰西之间扯不断的绳子，扯得心痛，她是多么热切地渴望他的身体。

这封信后，杰西又没有音信了。兰馨提着心空落落地等着，一直等到二月底，接到了一通电话。

"兰馨，来墨尔本工作吧，我帮你找到了一个职位，协调墨尔本

165

与中国几个办事处的关系，你先来试一年。"电话那边，正是杰西。

兰馨完全震惊了，不知道应该如何理解杰西的话，她一边想着怎么回复，一边翻起了旧账。

"你已经几个星期没有消息了，你觉得我会怎么回答你？你真是个混蛋。"

杰西稍微等了一下，然后调侃地说："最近有人为你唱过歌吗？"

"这是什么鬼问题？你别想糊弄我。"

"那我为你唱一首吧！"

You are my sunshine, my only sunshine

You make me happy when skies are grey

You'll never know dear, how much I love you

Please don't take my sunshine away

"哈！这首歌也太老套了吧，你从来不说'爱'这个字，现在倒不介意唱出来了？"她只觉得泪水在眼眶里打转。

"兰馨，别较劲儿，看重点！我在墨尔本等你！"

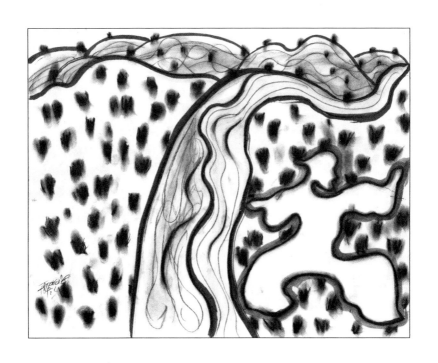

两个迷失的灵魂

【第四部】

澳 大 利 亚

一

　　一九九二年，在墨尔本，生命是洁净温柔的，即便用兰馨强迫症患者那种一丝不苟、固执彻底的完美框架来衡量，那也是生命中完美的一年。

　　兰馨在高阁总部工作了几个月，继续负责管理中国的供货商。这些事她驾轻就熟，很快就顺手了。总部的一千多位职员中，以墨尔本当地的澳洲人居多，一说起中国业务，大多怀着一种到新开发地区开荒的艰难与神秘感。然而，当他们看到兰馨朝气蓬勃的样子，尤其是那股天不怕地不怕的干劲，他们少了些对文化和语言引起的嫌隙的在意，多了些赞许。而兰馨呢，她一向对别人的态度不太重视，在总部办公室里，心里的唯一指南针就是工作，唯一的目标就是把一批批货准时交出去，日子过得简单而充实。

　　杰西倒不如在中国时那么身份显贵了，在大老板的鼻子底下工作，他多了许多的束缚。况且公司里经验丰富的人很多，他也不能像以前那样在兰馨面前做出一副前辈的姿态。因为总部庞大的规模和复杂的管理结构，一种不同的办公室政治开始让他发愁——升迁的机会与年终业绩。在中国时，杰西也经常情绪起伏，为了业务中的磕磕碰碰不开心，抱怨中国商业环境不成熟，中国伙伴不按常理出牌，同事暗中设陷阱。现在他回到自己的国家，需要重新适应一种不同的工作环境与责任，尚难感到如鱼得水。与在亚洲时相比，这里少了暗处的陷阱，却需要他拿出更多明处的业绩。那种回到家乡带来的熟悉与舒适感，很快就被这种压力侵蚀掉了。杰西有时为这些变化向兰馨发牢骚，兰馨就揶揄他："杰西，你现在处境更糟了，因为你连抱怨的借口都没有了，你总不能指着自己的同胞说：'你们这些中国人，没办法与你们合作。'"杰西就反讽兰馨："你一个没有利润责任的人，站着说话不腰疼。"

九月下旬，凄风苦雨渐少，墨尔本的天气终于稳定下来，花红柳绿的春天到了。兰馨感觉四肢舒展，心中蠢蠢欲动，跑去找杰西。

"杰西，周末我们开车去野外吧，我需要解放我的身体。"

"冬天在弗林德斯山，'阿卡鲁巨蛇之岩'那里，你已经获得解放了，现在还要解放什么？"

"那个解放的是我的寒冷的心灵，不是身体的舒展。春天了，我要解放身体。"

"我就可以解放你的身体，过来吧。"杰西展开双臂，假装要拥抱兰馨。

"你不行，我们要去找有魂灵的地方，否则造不出对我合适的春药。"

"好吧，我不知道去哪里找你需要的那个魂灵，这个季节，最美的是莫宁顿半岛（Mornington Peninsula），有花、有酒、有大海，你可以舒展身体。"杰西说，"对了，天气暖和了，你也学学开车吧。"

周六上午，杰西载着兰馨沿莫宁顿半岛高速一路向南开去。半岛高速建在地势略高的沿海丘陵脊部，随着山丘绵延起伏。天气晴好，艳阳高照。兰馨坐在左侧的位置上放眼望去，脚下的山林郁郁葱葱，湿润的水汽从林中升起，被春日明媚的阳光映成了淡粉色的云雾，弥漫在树冠间。右手边是菲利普海湾，海天一色，蔚蓝一直绵延至天际线。

两个小时后，杰西拐入一处山谷，在一个叫"紫山"的农场前停了下来。

"这是个薰衣草农场，我们骑车去看春花。"杰西提议。

从农场低矮的原木色大门走进去，取了自行车骑上，很快便看见成片的薰衣草农田，整齐的垄沟随着丘陵地势和缓地起伏着。薰衣草的花穗尚未完全盛开，但已经露出淡淡的紫韵，骑行在田间，仿佛徜徉于淡紫的雾中。不一会儿，二人从一片田地里骑出，下坡进入到一处山谷，一条溪水横在眼前。溪谷两岸林木茂密，阴翳蔽日，与附近的丘陵地貌恍若隔世。二人下车，推着车走上了一座用绳子和木板做的吊桥，一路来到了溪水的中央，兰馨停下来，深深地呼吸，新鲜的空气沁人肺腑。

"为什么溪水不清，是浑浊的？"兰馨问。

"这岛上有些土地缺乏植被，于是泥土随雨水不断混入河中。"杰西答，"你会发现维州的许多河流都不是太清澈，但是并没有被污染，只是泥沙而已，水是干净的。"

兰馨放心了，推着车一口气走到对岸，又骑着爬了一段上坡路。等到骑出溪谷，她惊奇地发现眼前的林地中竟然有个大花园。明媚春光中，在一些巨大的杉木与柏木下，大丛的杜鹃、山茶与玫瑰交

171

相辉映，粉嫩的，玫红色的，紫色的，白色的，繁花锦簇。低地上，成片的黄水仙已经盛放到高潮。柔和的阳光，透过杉木、柏木的树冠射下来，将林中的水雾染成了深深浅浅多层次的金黄。

眼前的美景令兰馨惊喜，站在花丛中忘了前行。杰西跟在后面，看见她站在层层的金黄色霞雾里，白衬衫配着浅蓝色的牛仔裤，两根长长的黑色辫子搭在胸前，睁大眼睛好奇地四处看，青春洋溢的脸上满是欣喜，像个雀跃满足的孩子，于是赶紧拿出相机，抢拍了几张。

林地的东部边缘有一座白色的木屋，能看见有人坐在回廊里就餐。杰西看表，已经两点多了，就建议先在那里吃个午饭。到了餐厅，兰馨想坐在外面的回廊里，继续享受眼前的万花丛，杰西却拉着她走进餐厅，坐在了最里面靠东侧窗子的位置。

"从这里向东看，是一个叫'湾景'的葡萄园。"杰西指着窗外说，"他们出产的黑皮诺淡红葡萄酒很值得一试。"

兰馨望出窗户，不远处果然有一大片葡萄园，和缓地绵延过几个矮丘，微微地透出春天幼叶的嫩绿色。

"那就点些当地的海鲜下酒吧，正好配黑皮诺。"兰馨答。

餐盘和酒水送来后，兰馨盯着盘子端详。灰色的平底盘上，中间有一条美人鱼；美人鱼的身子是一条橘红色的龙虾尾，虾壳沿着中线半切开，里面肥白的虾肉扭出美人鱼身体的姿态；头部是用一只小墨鱼做的，浅紫色的脸，黑眼睛，飘着紫色的长发。美人鱼仰头望着太阳——半个半熟的溏心蛋。身下摆着一只橘色的小螃蟹，旁边还有珊瑚草、香菜叶和三排胡萝卜雕刻的小鱼。

"这简直是一幅画，灰色的海水里，各色各样的海洋动物与植物，清凉地活着。"兰馨感叹道。

"为什么是灰色的海水？你看看外面，海水是蓝色的。"杰西问。

"蓝色太浓烈，太闹腾。我心里的海水，最舒服时就是灰色的，在薄翳的天空下，温和平静。我想这家餐厅的主人一定很了解海，观察入微，才能注意到这种完美的细节。"

杰西知道，兰馨又犯老毛病了——眼睛聚焦到一个微小的事物，盯着看进去，看到一个隐藏的世界，一个眼前世界之外的世界。

"这粉色的酒也很美，你试试，我倒想听你怎么参透这杯酒。"杰西道。

兰馨笑了，她知道杰西是在拿她开玩笑，她拿起酒杯小饮一口，表示接受挑战，而口中那清凉的、淡淡的草莓味，逐渐变得微苦与寒凉。

"这酒似乎将维省寒凉的海气凝缩进去了，虽然是粉红色的，却是灰色的味道，又有春天的希望，正适合灰色海里捕来的鱼虾，寒凉、微苦配肥美、微甜，恰到好处。"

杰西心中感慨，这个女孩子，感觉是如此敏感细密，这层层叠叠的世界，看得见的，看不见的，都被她一层一层剥开，可是，这么多的感受，她何以承受得住？如果人生是层层叠叠的荆棘丛，她有天赋比别人探寻更多的针刺，且她还有坚不可摧的欲望去触摸那些针刺，岂不是终有一天，她要被生命的百万针刺与伤害围困？

"你永远令人吃惊。"杰西说，声音里有温柔的心疼。

午饭后，二人推车向南走出了林中花园，眼前豁然开朗，他们进入到另一片宽阔的薰衣草农田。二人相视而笑，骑上自行车在田垄间慢慢游荡起来，似飘在了淡紫色的雾中。骑了一阵子，农田到头了，前方是一大片嫩黄色的草地，收拾得整齐干净。兰馨加速骑过去，下午柔和的微风轻抚耳鬓，温暖的阳光斜射在脸上，眼前一片金光。恍惚间，她突然感觉自己在自由落体似的下落，这才意识到已经骑在了下坡的草坡上，速度越来越快，她慌忙刹闸，然后整个人就被甩了出去。兰馨在草坡上打了几个滚，撞到几根裸露出地面的粗壮树根，她才得以停下来。

一切都发生得太快，只在眨眼之间，等兰馨意识到自己停住了，才睁开了眼。她发现自己正躺在一棵树下，定神一看，还是棵樱花树，花已经快要开败了，残余的粉白色花瓣，透露出一种稀疏的娇嫩，嵌在碧蓝的天景上，配合透射下来的阳光，一切宁静美好。她听见奔跑的脚步声，听见杰西呼唤着她的名字，却没有力气回复，干脆慵懒地继续躺着。直到杰西的脸出现了，他蹲下来，查看她是否受伤，发现只有几处擦伤后，他也瘫倒在地上。

"我没事，只是身体受了惊，僵住了，先躺一会儿恢复一下。"兰馨懒洋洋地说，这才想起来摘下头盔。

"好在这是个缓草坡，草又厚，才没出什么大事。"杰西声音中含着疲倦，"不过，你这骑车技术实在不咋样。"

"嗯，我就怕脚离开地面的活动，脚是我唯一会用的闸，只要脚不在地上受控制，我就很可能会出事故。所以我也害怕游泳，畏惧高处，不喜欢飞行。"

"这可真有意思，你这个总想飞上天的人，却不能脚离地面，否则就失控。"

"我还真没有这样想过这个问题，我的阿基里斯之踵。"

休息了一阵子，兰馨清醒了些，说："这是不是生命给予的一种不完美？如果没有这个脚不能离地的缺点，我可能不懂得危险，早就任性飞上天，然后像断了绳子的气球，在高空炸掉了。"

"是啊，生命中的许多不完美，其实是隐藏的祝福。"

“那你的隐藏的祝福是什么？”兰馨问杰西。

杰西躺在草地上正舒服，不愿意多想，就随口说：“我长得非常英俊，几乎完美，所以容易吸引女孩子们，可以有很多艳遇。我的弱点是心肠软，女孩子一伤心，我就有罪恶感，所以不敢花心乱来。这是不是也是一种完美？”

“你这听上去，更像在为自己的‘有贼心没贼胆’而悲哀。”兰馨轻声笑了，“澳洲的自然环境如此完美，才会长出你这个样貌完美的男人，所谓的人杰地灵。”

“嗯，辽西如此寒冷贫瘠，才会长出你这个粉红色的黑皮诺，初看样貌甜美，越喝越觉得寒凉苦涩，却依旧隐隐地透着春天的希望，回味无穷，让人欲罢不能，正好配我这一盘子简简单单、肥美清甜的龙虾肉。”

“完美是复杂的，是诸多的不完美契合而成。我们是两个复杂的系统，各有各的特性，如果还能完美契合，那是不是奇迹？”兰馨虽然是在提问，语气却是肯定的。

“如果，我能不被你那极致的悲观或乐观侵蚀的话。”杰西的语气却不太肯定，他心里暗想着兰馨那空落落却又执着追逐着的灵魂。

“被我侵蚀？极致悲观的同时，又极致乐观？这是什么意思？”兰馨很惊讶。

“我也不知道，就是一种感觉。”杰西想了想，笑道，“怎么样，我也算是深刻复杂了一次。”

二人都没有再说话。太阳更偏西了，樱花树冠后的浅蓝色天空上，此刻罩了一层灰色的薄翳，粉白的花瓣倚着淡淡的灰蓝的天，干净单纯。兰馨想起了少年时在家乡拾马粪的情景，寒冬的黄昏，万丈尘土被夕阳染成红色的烟雾，烟雾中有两个追着马车的小女孩。

又想起自己因保卫马粪而被一群小流氓欺负，孤单一人在肃杀的黄昏中哭泣。那个小心翼翼深埋心底的问题又冒了出来："这一切都是为了什么？我来到这个世界是为了什么？"

"杰西，这里如此符合我的理想，少年时的我，一心想逃离寒冷贫瘠、人情冷淡的家乡，那时根本无法想象世界竟然有这么温柔洁净的地方。"兰馨思考了一下，问，"现在我似乎梦想成真，可是心里依旧空落落的，有丝丝惶然纠缠，这是为什么呢？"

"我在这里长大，我的心也依旧是空落落的，摆脱不了惶然感，所以我也离开这里四处流浪。"杰西答。

"我们是不是在寻找彼此？是否爱情才是我们真正缺少的元素？"

"也许吧，我还不敢肯定。"

"什么是这一生意义的核心？相对于智商优越，或者事业成功，爱情才是最终的答案吗？"兰馨继续追问。

"我现在知道你的'侵蚀'是什么了，就是这些问题，你的灵魂坚持地探寻，可以把一口井里的水都掏干。"

"你很善于逃避呢，似乎从来没有正面回答过我的问题。"

"宝贝儿，爱情当然是生活中最直接的一个满足，但是它是否就是人生的目的呢？"杰西狡猾地停住了，然后反问道，"人生有目的吗？"

"嗯，你终于开始好好说话了。确实是个好问题，但如果人生没有目的，我们在这里干什么？这样拼命不知疲倦地奔跑、寻找，只是为了等死，等身体腐烂最终消失吗？"

"在我的宗教中，人生的目的是去天堂，那里没有痛苦、疾病与灾祸，那里只有耶和华的爱、丰盛与满足。"

"你信吗？"兰馨目光炯炯。

杰西轻轻摇头："不信。二战以后我的父辈们从欧洲移民来澳洲，我们年轻一代很少有人再信这些。"

"你的割礼白做了，你依旧是个没有归宿的人。"兰馨笑了起来。

"割礼没有白做，我起码可以给你这个洁癖一个干干净净的爱。"

"所以，如果我们确实没有一个更根本的归宿，生命没有内在的意义，那么爱情就是最好的目的了，起码，爱情的源泉在我们自己身上，我们可以切实地感受爱，真实地去做爱，而不像天堂，怎么感受天堂和'做'天堂呢？天堂与我们这个身体没有任何可以感知的关系。"

"连我的色情笑话都阻止不了你的灵魂健身操了。"杰西略有无奈地开着玩笑。

兰馨却并不罢休："但是，爱情这个目的，或者说意义，是否是完全自私的？爱情只关乎我们两个人，甚至只关乎我自己的感受，那么对于人类这个群体，爱情又有什么意义？"

"对人类有意义啊，人们在挑选爱情的过程中，有了很多花心的机会。"杰西答道。

杰西的话让兰馨又气又笑，笑得她不得不起身坐直了，杰西也跟着坐起来。二人望向南方的天空，夕阳为灰蓝的天空染上了一层淡紫色，不远处的低地上，一垄垄的薰衣草正绵延出去，淡紫色的天，淡紫色的地，淡紫色的空气，凝聚成了淡紫色的幸福。

兰馨抱住杰西的脖子，将脸贴上去，真诚地说："我爱你，杰西。"

两个人相拥了一会儿，兰馨等待着对方说点什么，但杰西的手臂却渐渐有些僵直了。她松开手，捧住他的脸，仔细看他的眼睛。他温柔地回望，微笑，吻了她的额头，然后轻轻地拥抱她，说道："我知道你的心意，但日子只能一天一天地过，我们一步一步向前走吧。"

二

从莫宁顿半岛回来，兰馨决定好好收拾一下自己荒了的园子，要变成紫山那处花园的样子。

周日一大早，兰馨求杰西开车带她去附近的植物园选择花草。她先挑了一棵柚子树，园子正中间有一小块草坪，中间种上一棵果树，刚好可以作为院子的中心。她还要了十几棵粉色和白色的玫瑰，准备种在院子的左侧；十几棵粉色和白色的杜鹃，种在院子的右侧；几十棵蓝绣球，种在正前方的木栅栏前。她又买了些花边的萱草，准备种在这些木本花树的脚下。紫山的那些黄水仙令人难忘，她合计着买些种在柚子树底下，但植物园里的黄水仙都开败了，没精打采的，她拉着杰西去找销售人员。

"伙计，你好！还有没有精神一些的黄水仙？"兰馨问。

"都是差不多的状态，黄水仙快过季了，不会再开花了，最好冬天再种。"卖植物的小伙子答。

"那我岂不是要等上大半年？"兰馨说。

"是的，等冬天再种，那更适合水仙的习性，明春一定能开花，现在就算勉强种下去，夏天太热太干燥，新苗不一定成活，明年春天也不一定会开花。"

"我现在就要造一个完美的花园，我不能等上大半年。你可以帮我找些还开花的吗？至于夏天能不能活，我愿意试试运气。"兰馨坚持道。

小伙子为兰馨的坚持而吃惊，转而看向杰西，杰西示意让他去找。过了一会儿，小伙子端出几十盆水仙，植株上顶着零星的花朵。

"我要诚实地告诉你，这些花最多再开三四天，你移栽的地方如果温暖，可能会再坚持一两天，这样种植物不太合理，你在伤害植物，也浪费钱。"小伙子提醒道。

"谢谢你为我的钱包着想，我错过了这个冬天，实在不想等明年，我会想办法让这些小可爱活下来的。"兰馨固执地坚持。

回家的路上，兰馨问杰西："那个卖货的小伙子，怎么那么喜欢多管闲事？"

杰西答："澳洲人对本地植物的习性很了解，为了尊重植物的生长规律，一般都会等上一年。你这种喜欢操纵一切的急性子，在你们国家叫作'人定胜天'，在我们眼里，是野蛮行为。"

兰馨答："对于任何事情，等一年都太久了，完美需要只争朝夕，大不了失败了重来。"

"完美是需要时间与耐心的，有时是一辈子的耐心。你的固执我早已了解，所以我不想阻拦你，让你自己碰壁吧。"杰西不想再争执，转而说，"你的名字'兰'，英文是orchid。在中国时，我就告诉过你这个词的发音是［ɔːkɪd］，你却坚持是［ɔːrchɪd］？咱俩谁的英文是母语啊？现在，你就是故伎重演。"

"就算我的固执是野蛮的操纵，但是期待的喜悦已经淹没了我，说起来，是期待的喜悦野蛮地操纵了我。不要怪我，求求你，今天帮助我把这些植物都种下去，好吗？"兰馨恳求道。

黄昏时，他们终于完成了所有的种植，冲洗干净院子后，两个人都累瘫了。杰西坐在门前的躺椅上喝啤酒小憩，兰馨刚要坐下，却发现玻璃窗上有一层水雾，就又走过去擦起玻璃来。

"这个冬天，海上的水雾不断，我经常要擦前面的这些窗，房子后面的窗子就没有这么麻烦。"兰馨说。

"你为什么一定要把它们擦得锃光瓦亮呢？那不过是水汽，不脏的。"

兰馨不由自主地住了手，转头对杰西说："我习惯了，看见窗子不透亮，心里就别扭，坐卧不安。可能是因为我的洁癖强迫症吧。"

"你就是力气太多，等擦不动了，你就没有强迫症了。"杰西善意地打趣。

兰馨决定不擦了，丢下手里的抹布，回到杰西身边坐下来，也拿起一瓶啤酒喝起来。

"昨天，你做了一天灵魂体操，今天，你做了一天身体体操，还不够吗？"

"我现在有这个意识了，以后尽量控制擦玻璃的冲动，这属于非必要劳动。"兰馨笑嘻嘻地回答，窝在杰西的身边，闭上眼，陷入疲倦后意识空白带来的温存中。

那晚，兰馨做了一个梦。梦中，她在辽西的家里，坐在窗前。窗上映着另一个世界，一个厚重、阴暗的森林的世界，那里有笔直的松树，白色的树干，白色的松枝婆娑着，而有的枝叶更像是芭蕉宽大的叶片。往上看，白色的世界多了一些光亮，松树的树冠上开出了白色的蒲公英，有些细细的树干上，还顶着毛茸茸的雪球，周围飘着无数的小雪花。她正看得入神，突然听见窗外有脚步声，是妈妈的脚步声。她突然着急起来，似乎自己已经在这里坐了很久很久，一直等着妈妈回家，脚都冻麻了。她急切地望着窗外，希望看见妈妈的脸，但是这森林如此密实阴沉，她看不到外面。她赶紧趴在窗上用嘴哈气，用手用力擦那些树，如此使劲，手指头很快就冻僵了，可那片白色的森林还在窗上。她急得大哭，然后就醒了。

黑暗中，兰馨坐起来，依旧沉浸在那种渴求看到窗外而不得的绝望情绪里。坐了一会儿，她才意识到自己浑身被汗水浸透了，此时窗外传来潮汐的声音，"哗哗……哗哗……"单调地重复着。她下床走到窗前，拉开窗帘，玻璃窗上没有白色森林，而是一层水汽，在月光下闪着阴白的光。

"明天，一定要把这些水汽擦干净！"她昏头昏脑地想。

三

自从天气转暖，兰馨注意到房子周围时常会有一些奇怪的声音。有时似乎是有人在窗子上拍了一把，有时是有什么东西在房顶上行走。她去问杰西，他说大概率是动物出没的声音，没有危险。但她从来没有和动物这么近距离地生活过，在中国，动物早就被居住在那里几千年的众多人类赶走了，所以对杰西的解释，她半信半疑。

一天清晨，卧室的窗子上"砰"的一声响，把兰馨直接惊醒了。窗外天光微亮，她不敢打开窗子看个究竟，于是打电话向杰西求救。杰西开车赶来，蓬头垢面，多少有些不耐烦。巡视一圈后，他拉着她出门走到窗前，指着地上一只死鸟，说拍窗的就是这只撞上来的傻鸟。

兰馨于是安心了几日。

一天半夜，兰馨快要睡着时，又听见有东西在房顶上走动，并且脚步越来越重，慢慢走到了头顶的天花板上，走到了屋顶里面！她很惊恐，屏息缩在床上，过了一阵子，脚步声慢慢走远了。她拿起电话就要打给杰西，却又放下了，她觉得自己不应该在这个时候打扰他，于是继续紧张地缩在床上，半梦半醒地挨到天亮。

起床后，兰馨决心要搞明白这些困扰。她致电亨利沙滩的警察局，一位名为 Mike 的警察听完她的描述，哈哈大笑起来："那个走路的东西应该是袋貂鼠，是一种很小的袋鼠类动物，在这一带司空见惯，不要怕，它们对人没兴趣。"

"它似乎就在天花板上，屋顶内，你能否帮助我检查一下？"兰馨问。

Mike 答道："这不是我责任内的事情，按照法律，我不能为了这个去你家，大家一般是找专门的虫害防治公司帮助捉拿。"

兰馨想，这也太复杂了，于是说道："既然对人没有危险，我自己检查吧。"

Mike 叮嘱说："袋貂是受法律保护的动物，你不能伤害它，如果捉到了，要把它安全放生。"

兰馨苦笑："我哪里敢捉？只是希望可以赶走它而已。"

Mike 又说道："女士，你如果这么担忧生活环境的安全，我建议你参加'邻里互望协会'，是你那条街上的邻居们互相守望的一个组织，大家如果认识你，就会注意你的安全，一旦你出了急事，他们也会帮助你的。"

在 Mike 的坚持下，兰馨记下了"邻里互望协会"的联系电话。

兰馨找出家里的梯子，爬到天花板上的一个检查口，上半身钻了进去，拿着手电四处照，什么都没看到，天花板里一片漆黑，安安静静。随后的几日，那只袋貂再也没回来。

十月下旬，天气明显暖和起来。一个周六的傍晚，兰馨打开前面的落地门，拉上防蚊网，在门后坐下来欣赏夕阳。突然，她发现院子前方的木栅栏上爬满了黑乎乎的一片蚂蚁，队伍编排整齐，足有小半米宽，看不到头也看不到尾，看路径是来自右边邻家的院子，此刻正向左集体行进，大有排山倒海之势。她吓坏了，赶紧拉开防蚊网，把前门关上。然而蚂蚁大军如此源源不断，走了一刻钟依然无竭无穷。兰馨很着急，怕那汹涌密集的蚂蚁大军会改变方向，朝着自己的房子而来，导致一场没法控制的侵略。她慌忙去厨房找了一瓶 Baygon 喷雾杀虫剂，握在手里，准备在必要时开门喷杀蚂蚁。然而就在她回到玻璃门前时，栅栏前面竟然多了一位不速之客——一只半米长的蛇纹大蜥蜴，正吐着蓝色舌头，迈着四条粗壮有力的短腿，朝着蚂蚁群移动过去。兰馨是第一次见到这么粗大的蜥蜴，如果不是它有腿，简直要以为那是一条蟒蛇了。她更加惊慌了，立刻把玻璃门推开一条缝，朝院子里胡乱喷射 Baygon，然后关上门，拉上窗帘，给警察打电话。很碰巧，这次还是那位叫 Mike 的警察接电话，听了兰馨的描述，他又哈哈大笑起来，说蓝舌蜥蜴是来吃蚂蚁的，二者对人类都不感兴趣，过一会儿就好了，她不需要害怕。兰馨被说得很不好意思，挂上电话，她安静地等了半个小时。眼看着天色渐暗，她情绪也平静了一些，便拉开窗帘，打开院子里的草坪灯，向门外看去，蚂蚁大军和大蜥蜴已经都不见了。

周日上午，兰馨的电话响了，对方自我介绍是 Goldsmith 先生，是这一带的群众治安主任，受警察 Mike 之托，来看看兰馨是否需要帮助。一个小时后，Goldsmith 先生准时来访，兰馨这才意识到对方是一位七十多岁的老先生，中等身材，头发花白，庄重而又热情，身体却似职业运动员一样矫健挺拔。兰馨赶紧邀请他进家坐坐，并以茶水招待。

"你一定搬来不久，我似乎没见过你。"

"也有半年了，我在城里上班，早出晚归，所以很少见到邻居们。"

"Mike 说，你被动物们骚扰，下次再遇见不明动物，就打电话给我，我可以马上过来看看。"

兰馨有些不好意思："我也开始有点经验了，希望不会再大惊小怪的。"

"其实动物们通常并不要紧，你倒是应该小心人。我带来了一些小册子，介绍如何自我防卫的。另外，你把这些'邻里互望协会'的标签贴到所有的窗和门上，罪犯如果要入室作案，看到周围邻居在监视，对他们有震慑的作用。"

"在你们国家，'邻里互望协会'很普遍吗？"兰馨很好奇。

"很普遍，我们会定期召开治安大会，讨论大家共同关心的治安问题，邻里们都会参加。你最好也来参加，如果和邻居们熟了，就不用那么担心安全问题了，喊一声，我们就来了。"

兰馨点头答应。

"你是哪里来的？"

"中国。"

"你长得这么高大，一定是中国北方人，是吃面粉长大的，而不是吃米饭长大的。"Goldsmith 先生笑道。

兰馨好奇地睁大了眼睛："你怎么知道这些？"

"我非常喜欢中国文化，读过关于阴与阳的哲学，我最喜欢的作家是林语堂，最喜欢的书是《生活的艺术》和《吾国吾民》，我很喜欢中国人的幽默感。"

"你是做中国文化研究的吗？中国人有幽默感？我们似乎总是悲苦的，近代几百年的悲苦，一代传一代，到我这一代，已经堆成了一座悲苦的大山。"

Goldsmith 先生被兰馨逗笑了："你就很幽默啊！"他又补充说："我并不是研究中国文化的，我以前是个邮递员，但我很喜欢阅读历史、文学与哲学，尤其喜欢中国文化。"

"先生，您的这番话，让我对自己的文化感到很骄傲。"兰馨由衷感叹。

Goldsmith 先生站起身来，向兰馨告别："你没事就好，我回去了。你一定要记得来参加群众治安大会，我还要和你讨论一下共产主义制度的问题呢。"

送走 Goldsmith 先生，兰馨开始对自己的邻里社区有了亲切感，不再觉得是孤零零地悬在陌生的空间。大概是心情放松下来的缘故，她觉得房子周围异样的声音也变少了，渐渐地，再也注意不到有什么异样的声音了。

兰馨对街区治安实在提不起兴趣，没有参加每月的治安大会。有时周末在院子里修剪花草，Goldsmith 先生牵着他的大金毛散步走过兰馨家，两人会短暂地聊一会儿。她渐渐了解到，Goldsmith 先生在大学毕业后，就背上背包在欧洲和西亚穷游了两年。回来后，他做了邮递员，一干就是一辈子。他除了博览文学、历史与哲学，还是一位越野运动爱好者。他的妻子 Mia 是一位退休小学老师，有腰病，半边身体不能弯曲，家中大部分的家务都由他负责，同时他也负责街区的邻里治安委员会。

在兰馨中国式的观念里，Goldsmith 先生的人生档案，充满了没有用的东西，也就是不能获得报酬和名誉的东西。他博览群书，深入思考，观点独特，却不讲课，也不发表文章，一生只做了一份体力工作；即使他负责街区的邻里治安委员会，干得勤勤恳恳，但这是一份志愿者工作，没有收入，也没有权利；他刻苦训练，热衷越野跋涉，却不是职业运动员，他的辛苦也是不能带来收入与名誉的。这种人生选择令兰馨困惑，同时也激起了她探究缘由的好奇心。在一个周日的中午，兰馨在屋前回廊上安排了茶和点心，邀请老先生坐下谈谈。

"兰馨，林语堂笔下的中国，人们和平悠闲地享受生活，花鸟鱼虫，高山瀑布，云霞溪流，含饴弄孙，扶老携幼，不求生命完美，却能旷达地忍耐，为生活本身而活，这种智慧令人向往。"

"林语堂是精炼了中国人生活与自然中最和谐的场景，最诗意、哲理的方面，很方便地抹去了迂腐压迫的一面。我猜想，一定是因为他太喜欢美好的事情了，眼睛里、心里不愿意为不美好的感受浪费精力。他所描写的中国，我也只是经历过其中的一部分，比如，美食依旧是我们的宗教，我们依旧是用伟大肚肠来思考的民族。"

Goldsmith 先生大笑："那么英国人就是用健康皮肤来思考的民族，我们都需要一些盲目的自信心，对吧？"

"你很开明。"

"我很好奇现在的中国，从林语堂书里那个时代一路走来，不知现在人们的生活是怎样的。还有你们所选择的中国特色的社会主义道路，这是一个很有意思的治国理念，我很有兴趣多了解一些，一直想找个中国人谈谈背后的思考。"

兰馨知道，在澳洲这个盎格鲁－撒克逊文化的地方，她这个来自遥远的社会主义中国的女孩是一个谜，人们无从着手去理解，因而就被勉强地套进了一个简单教条的模型——模样与人们一向想象的娇柔的东亚女子一致，甜美的笑容背后是惹人怜爱的传统的驯良顺服。她可以很聪明，但是她的脑子里装满了父辈们留下的古老的传统文化与一个封闭环境的价值体系的清规戒律，她不了解外面的现代世界，因此她自己是不会独立思考的，是没有个体思想的，她不是一个独立存在的个体，她甚至不了解自己的这种可怜境遇。

这种过于简单化的模式当然是偏见，她自己便是一个有力的反证。所以，如何以一种澳洲人能够理解的方式回答这个已经载满了各种前提假设与结论的问题，让这位老先生认识到中国的实际状况呢？她认真思考了一下，然后慎重地答道："用对你最容易理解的方式来说，我们已经从林语堂笔下那个梦一样的儒家、道家和诗人的现实主义，逐渐变成了现代商业的现实主义。借用政治经济学的概念，我们是走在中国特色的现代化的道路上。"

Goldsmith 先生面露困惑："中国的当代历史，一直有共产主义或者社会主义的标签，我不知道怎样按照你这个'中国特色的现代化'的角度去理解这些标签。"

"你就这样想，从十九世纪末到现在，一百多年，是中国从传统的帝国时代向现代社会转变的一个过程，这发生在第一次和第二次世界大战的大背景下。这期间发生了很多事情：内战与被侵略；政府更迭，历经多次政治制度改革的尝试与失败，比如共和制、民主制、共产制；伴随着政治制度变革，还有多次文化变革和经济变革，比如接受西方民主与科学的观念，从文言文转为白话文，妇女地位的提升，全民教育水平的提升；虽然经历了挫折，还是第一次建立了一个全国性的工业基础，农村也一直在寻找一条效率与平等兼顾的经营模式。虽然依旧存在许多问题，所有这些事情的历史进展是切实可见的，大多数的变革也是有着积极的进步意义的，现在更是在加速各个方面的升级换代，这便是'现代化'。从哲学的角度，黑格尔说存在即合理，二战后中国发生的变革都有自己的历史与文化的必然性，治国方式的选择及经历的得失成败有其独特性，但依旧是可以归因的，因而是需要尊重的，这便是'中国特色'。"

"你怎么看这个选择的失败之处呢？"Goldsmith 先生问。

"我想你说的'失败之处'，主要是指新中国的头三十年间发生的一些事件，一个新的国家总算结束了多年的战争与社会动荡而统一了，正跌跌撞撞地寻求快速发展，那是国家的婴儿期，难免在求索的路径中遇到挫折，走了弯路，像是对经济发展速度不现实的计划和'文化大革命'，但是也就那一时期的后二十年，我们受苦了，现在已经在尝试纠正，而且发展迅速。毕竟二十年的时光，在历史的长河里不过是一瞬间，每一个国家的历史上也都有数个这样的二十年，以后可能还会有。"兰馨答。

她心中惦记着自己的问题，便转了话题，说道："你一定有很多的困惑，比如东、西方之间在政治制度、文化态度方面的对比，从我们各自的生存经验出发，你有澳大利亚的各种哲学主义，我有中国式的各种理念，这样一来，恐怕我们的讨论要陷入西西弗式的循环。"

兰馨说着，轻声地笑了起来，惹得 Goldsmith 先生也跟着笑了。

"于我而言，对个体存在的感受是最尖锐的荆棘，足以使我如坐针毡、食而无味。这些'主义'是存在感受的表象，不是核心。就存在的体验而言，我们更多是被自己的漫长的帝国时期的历史、文化与哲学传统影响着向前走，与源于欧洲的各种舶来品哲学没有本质上的关系。而'存在'这个核心本身，于我们，于澳洲，于世界任何地方的人们，意义是完全相同的，那就是我们为什么存在？我们来自哪里？我们将去哪里？"

"所以，我们西方人的视点，距离太远，看不清楚。视角框架太狭窄，过于概念教条化，以至于拿着方形测度圆形？"Goldsmith 先生问道。

"不仅仅是空间距离与视角的问题，更重要的是时间距离。未来有一天，当我们有足够的历史距离，再回头看这个时期，也许可以有更全面准确的理解。"兰馨摇摇头，似乎要努力摆脱这个未来的角度，"回到今天的中国这个话题，我能说的是，这一百多年充满了战争与变革，剧烈的社会动荡造成了流离失所与贫穷，所以，我们已经无法像林语堂笔下的先贤们那样，平安地关注自然与生活中天真轻松的情趣。我们首先要活下去，吃饱穿暖，还要活好，提高生活、教育和工作的质量。过去十几年，我们开始开放经济，回到国际市场。我们全力以赴地工作，没日没夜地干活，满腔热忱地向其他国家学习先进的东西，我们正在尽力加速现代化经济、文化与政治的各个方面。"

兰馨停顿了一下，然后狡黠地笑了，说："这就是为什么如果套用你钟爱的林语堂的定义方式，相对于儒家、道家、诗人的现实主义，我想现在可以说是'现代商业的现实主义'。"

"兰馨，第一次听人这样讲中国，历史的、哲学的视角，站点很高，很新鲜，也是很务实的，你似乎对中国持有很积极的看法。"

"我在努力地寻找'积极的看法'，如果能积极地看待中国的当代史，那我也许可以积极地看待我自己成长的过程，遭遇也许都是有意义的，我会觉得不那么苦，不那么另类，这样我可以心安些。这不只是涉及我在中国的生活，还涉及我整个生命的存在本身，我深陷于这种思考不能自拔。"兰馨想转开话题，于是说："我觉得你在这里的生活，才更像林语堂的世界，热情，悠闲，无所焦虑。"

Goldsmith 先生笑了起来："我们澳洲人热爱这样的生活，有美丽的自然风光，环境保护得也挺好；有美味的牛羊肉、海鲜和葡萄酒；我们虽然不用肚肠思考，却也还是很满足。生活医疗都有基本的保障，这一点我们似乎有点像北欧式的'社会主义'；噢，我们还热爱伟大的户外运动。"

"我可以问你一个问题吗？希望不要冒犯你。"兰馨问道，Goldsmith 先生爽快地点头。兰馨于是问道："在中国，像你这样读了大学、有学问、见过世面的人，是不会甘心一辈子做个邮递员的，怎样也要去办公室里做些文职工作，比如做个管理事务的领导，或者写作之类的文人。邮递员通常被认为是简单的体力劳动，是……低级的职业，是没有职业成功感的工作。"

Goldsmith 先生有些诧异，他垂目思考了一下，答道："你发现了吗？在这里，不少受过高等教育并且很聪明的人，都在做着邮递员、维修工之类的工作。"

"是的，而且大家做起这些事都很热情认真，他们单纯开心，毫不偷懒，也不抱怨工资太低或者社会地位不高。"

"抱怨是一定会有的，那是人的本性，但我们总体说来确实是快乐的一群人。"Goldsmith 先生又想了一下，继续解释道，"首先，与这里的就业市场有关系，我们的经济相对稳定，工作的种类也很固定，大家都习惯了从事一项稳定的工作，然后做一辈子。尤其是我那个年代，从五十年代到七十年代，邮递员的工作是国家公务员，是永久性的工作，还有稳定的退休金，可以说衣食无忧。而我喜欢阅读和户外运动，它们就像我的第二职业，邮递员的工作是不需要加班的，我有足够的时间享受这第二职业。"

"难道说，你从不觉得一天天重复简单的工作是浪费生命吗？你不想成就更大的事业，成为更重要的人吗？那样，也许你会活得更有意义。"

Goldsmith 先生露出了微笑："我开始明白你的问题是什么了，你是个积极向上、喜欢竞争的人。你这个年龄，也正是在寻求自己能成就什么、如何让人生有伟大意义的时候。但我感觉自己的生命是十分丰满幸福的，就如你说的——热情，悠闲，毫无恐惧。"Goldsmith 先生显得很自信。

"可我就无法享受悠闲，我总是满心焦虑恐惧。"兰馨诚实地说，"那种日复一日的平淡生活，会让我有种机器人般的茫然与没有目的的自觉，这种自觉是令人极度恐慌的，甚至可以让我失去继续走下去的能力。即便是有挑战、有趣的工作，也不能拯救我太久，因为我越是投入热情去做一件事，过后的失落与恐慌就越多。"

"你觉得原因是什么？"

"我需要看到前方，看到终极的目的，才会有方向感。可是我看不到终极的目的，我被困在茫然空虚中，站在原地不能动，只能不断地陷入恐慌。"

"你活在加缪的噩梦里——要么放弃，要么继续前行，需要接受我们所做的事没有终极的意义，是徒劳无尽的重复。"

"对，正是加缪的噩梦。但是我不甘心，我要继续前行，同时拒绝此生没有终极意义，我希望找到一个不同的答案。"

Goldsmith 先生打趣道："现在，你不就给自己找到目的，因而找到意义了吗？"见兰馨不解，他又说："我其实不是开玩笑，我给你讲个故事，你就明白我的用意了。"

Goldsmith 先生热爱越野运动，每年都会参加一些比赛项目，其中一项是夜晚徒步，比赛在日落时开始，日出时结束，看谁最快完成一个预定的路线，回到营地。这项运动的目的，是考验一个人在夜间无睡眠情况下的野外生存能力，堪称澳大利亚人折磨自己的极端运动之一。

七十年代初的一个冬天，五十多岁的 Goldsmith 先生在北领地南部参加一场夜晚徒步活动。七月的北领地，夜晚温和宜人，是最适合野外运动的季节。营地位于一片红土壤的平原上，出发时，夕阳正要落山，炫目的金光将天空、红土与空气都染成了金黄色。在这金色的世界里，Goldsmith 先生随着队友迈步向西出发。天很快就黑了，体力好的在前面一路小跑，队友们逐渐拉开了距离。Goldsmith 先生沿着红土路稳步前行，慢慢地看不到同伴们了。他用指南针导航，继续西行。走了五个多小时，脚下的平原消失了，他走进了一片矮丘之间的谷地。树木渐渐多起来，能听见溪水流淌，Goldsmith 先生知道这里是向北转向的地方了。他沿着水声寻过去，找到了一条小溪，就坐下来小憩片刻，之后沿溪水北上。这时，有明月从天边升起，脚下的路逐渐清晰起来。他继续前行，困意一阵阵地袭来，大脑逐渐模糊，进入到了这场比赛最考验人的时刻。

不知过了多久，Goldsmith 先生醒过来，发现自己躺在一处水潭边的大石头上，他意识到自己应该是半路睡着了。一看表，已是后半夜的三点，如果按照原定计划，这时他应该已经走到溪水的尽处，向东转向回营地，可是，身边的溪水怎么却越来越宽呢？他慌忙拿出指南针核对，才发现自己一直在向南方走，而且大约已经走了三个多小时，无论如何，他都不可能在日出前赶回营地了。他很沮丧，自己作为老运动员，却因为一个简单愚蠢的错误而失去了成绩，他感到更加疲劳了，于是坐下来，望着水潭发呆。

就在此刻，一轮弦月已经高挂空中，满天繁星依旧明亮醒目，这是 Goldsmith 先生熟悉的大漠夜晚。但是，这一次他感受到了一种不同以往的氛围，不是风光，而是注视，将他团团包围的注视。他望向月亮，这弦月近似满月，正温柔地散发着蓝色的光，为夜空蒙上了一层蓝色的晕，蓝色的月光与夜空映在脚下静静的水潭里，成了另一个蓝色的深宫。水潭附近稀疏地长着几棵高大的蓝桉树，

蓝色的天堂

婆娑的树冠在月光下闪烁荧荧的蓝光。两岸的草滩上，是一丛丛银色的针芒草，浮在蓝色草丛上，蓝色草丛似贴地弥漫的蓝雾，针芒草丛似一个个孤岛在蓝雾中飘浮。远处山丘的暗影清晰可见，也似一层较深的蓝色的雾浮在天边。在这个原始而又纯粹的时刻，他感受到，月光的注视里，是来自永恒的安宁，这份安宁悄无声息地覆盖在广袤无垠的土地上，向他讲述着关于幸福的真理——那晚，他所做的一切，就是为了来到这个蓝色的天堂，他到达终点了，他自己的终点。

"兰馨，那晚我明白了，我们活着的时候，'我们自身就是目的，个人便是人生的最后事实'。(《生活的艺术》林语堂)"Goldsmith先生总结道。

"你真的是林语堂迷，可是这种'我们自身就是目的'的结论，似乎连他自己也不那么确定，即便是他最伟大的著作，在面对死亡时，也不能让他获得永生的满足，七拐八拐地，他最后还是回到基督教的上帝那里去了。"

"你相信上帝吗？"

"我不知道上帝是否存在，只囫囵吞枣地读过《圣经》，基本什么都没读懂。创造、救赎、天堂、地狱、永恒的生命这些概念，我怀疑是用来控制人类的神话。"

"要看到'终极的意义'，你需要理解死后'永恒的生命'这个概念，否则，死亡结束了一切，一切便都没有了终极的目的。也许需要很多年，你才能对此获得足够的理解，使得你有把握将人生的目的与意义的思考推向'永恒'这个领域。但是在到达那一点以前，为了让你不活得太苦恼，我有个建议，你可以将'永恒'那一边的事情暂时搁置起来，而就简单地假设，等时候到了，你眼前自然会有一条道路出现，你会找到一个可靠的答案。"

兰馨感激地微笑点头："那么现在，我是否可以认为我的自身就是目的，我所有独特行动的集合，就是我的意义？"

"就像你问我为什么那么爱读书，却没有选择研究或写作方面的工作，因为我要的是热情、悠闲、毫无恐惧地读书，读书不是职业，却是我本质的一部分——一个通过读书游览历史与现今世界、并从中获得智慧的人，这就像那晚我在大漠看到的蓝色天堂。"

"一个从来没到过中国的人，却可以和我这样一个中国人大谈中国历史与哲学，这不是你的职业，但是你的本质，这样的你何其聪慧。"

"你真的懂我了！"Goldsmith 先生向兰馨竖起大拇指，开心地笑了。

四

春末，兰馨拿到了驾照，随即租了一辆三年车龄的白色 Holden，开始了做司机的日子。

犹太光明节那一日，杰西邀请兰馨去他父母家参加光明节首夜晚餐。杰西的父母住在墨尔本东部的丹顿农山区（Dandenong Ranges），是墨尔本自然风景最优美的郊区之一。这是兰馨第一次访问杰西的父母，也是第一次参加犹太人的传统节日，她既兴奋又紧张，特意早早赶回家，沐浴更衣，打扮了一番，之后开车上路。

沿着 M1 高速向东，她小心翼翼地行驶，一则因为车技笨拙，二则因为不熟悉道路。出了墨尔本城区，车流渐渐变少，她才放松了一些。这时，她意识到自己的两只手臂一直在紧紧地握着方向盘，脖子则挺直了看着前方，以至于现在都有些酸痛了。她向后靠在了椅背上，努力松弛下来，不觉间也放慢了行驶的速度。

开了一会儿，她开始寻找蕨树溪谷的方向。为了能看清楚路旁的指示牌，干脆放下了左右两边的车窗。就在她东张西望寻觅指示牌的时候，忽然，车后传来"砰"的一声，她慌忙通过后视镜观看，发现后车窗被砸出了一个圆圈状的碎痕。还没搞明白是怎么回事，就又听见"砰"的一声，后车窗被砸出了第二个洞。她不知道发生了什么，慌张地向左并线，计划先在路肩上停下来。就在这时，一辆车从右边疾速超车而过，故意别到了她的车前。她减速拉开了一点距离，这才看清前面是一辆白色的敞篷小汽车，车后座上站着两个年轻男人，朝着她大喊。伴着风声，她依稀听见他们在叫："滚回去，亚洲人！滚回去，亚洲人！"他们一边喊着，一边抄起了玻璃瓶，向着兰馨的车就用力砸来。她躲闪不及，前面的挡风板被砸出了一个坑洞。她想停在路肩上，却恰巧发现左手不远处就是一处高速出口，于是想都没想，就并线冲出了高速路。

摆脱了那群流氓后，兰馨发现自己驶在一条陌生的路上。她开了好一会儿，才看见路边有一间加油站，于是像见到救星一样开了进去，停在了加油站商店的门前。

抱着方向盘，兰馨惊魂未定，心脏怦怦地乱跳。她大口喘气，努力地想镇定下来。她从来没有经历过这样的人身威胁，惊恐中夹杂着羞辱，她愤怒得不知所措。冷静了一会儿，她意识到自己刚刚逃过了一场可能的性命之灾——一个新手司机，在一个不熟悉的国家，行驶在不熟悉的高速路上，突然遭遇了暴力袭击，稍有不慎，她就可能驾驶失控、撞车、撞树、撞桥甚至翻车，一切皆有可能。

兰馨下车走进商店，看见柜台后站着一位年轻小伙，她上前请求他帮助报警。小伙子看见兰馨惨白惊恐的脸，马上拿起电话帮她

197

报警，并且倒了一杯咖啡，邀请她坐下来等候。

大约半个小时后，来了一位魁梧的中年警察。他介绍自己名叫James Dalton，这一片的交通警察，然后询问兰馨是否受了伤，是否需要去医院，又绕着她的车走了几圈，拍了一些照片，最后，他坐下来记录事件的过程。

当兰馨诉说完经过后，Dalton警官收起了笔记本，关切地对兰馨说："女士，我很抱歉你受到这样的攻击，如果调查证明他们是有目的地袭击你，我们可以协助你起诉他们。这些人应该是一群流氓。"

兰馨依旧感到愤怒，问："为什么亚洲人要滚出澳洲？在中国，我们是否也可以让澳洲人滚出中国？"

Dalton警官安抚道："女士，哪里都有这种疯子。我猜想，这些流氓是一群失败的人，在自己的生活中找不到立足点，所以才会以暴力的方式对待外国人包括亚洲人，甚至，他们很有可能这样对待任何人，包括本地的澳洲人。这样的人在任何国家，都只能被归为流氓。"

Dalton明智理性的话，让兰馨感到安慰，她想起邻居Goldsmith先生、办公室里那些有智慧且友善的普通澳洲人，心情平复了一些。

"我回去会继续调查这件事，如果你提供的车牌号是对的，很有可能找到肇事车辆，到时候你可以决定是否起诉他们。"Dalton警官将自己的电话号码留给了兰馨，然后就离开了。

兰馨思量着，自己既不能开着被砸坏的车去参加杰西的光明节庆祝，给他一家人增添烦恼，也不敢开它回亨利海滩，她怕路上再出什么意外，于是请求店主帮忙联系附近的车辆维修厂，将车子拖走了。之后她又给杰西的父母家打了电话，为了不影响他们过节，便说在出发不久后，自己的车子在路上出了故障，无法赶来了，为此她很抱歉。最后，她叫了一辆出租车回到了家。

第二天，在办公室见到杰西，她才把前一晚遇袭的事情告诉了他。

杰西顿时气得咬牙切齿："等警方的调查结果出来，一定要起诉他们！"

兰馨却若有所思："关于起诉，我思考了一晚，我其实另有担忧。Dalton 警官说，会需要我亲自去指认这些犯人，还有可能要在法庭上进一步证明，而他们所做的事，受到的惩罚不会太大，大概也就是罚款和社区服务之类的。"

"这倒是很有可能。那么，你是不愿意再见到这些人吗？"

"我心里也恨他们。如果是在我自己的国家，我是一定会起诉的，而且也不太担心会被报复，因为我对社会环境和人的行为模式很熟悉，对于事后被报复的可能性及应对的方法，也能有一个适当的判断。但是对这个国家，我还没有熟悉到可以身心放松的程度，我一个人住在海边，大部分时间是孤单一人，我缺乏安全感。和这些流氓打几个月的交道，会给我带来怎样的后果呢？"

杰西沉默了。作为二战后从欧洲移民来的犹太人，在澳洲这样一个多民族的移民国家，他很明白兰馨的忧虑，这也是这里少数种族共同的忧虑。

"你可能觉得我是个胆小鬼？"兰馨问道。

"不是，你的想法很正常，这里很多的少数民族都是活得小心翼翼，尤其是非白人的新移民，都会尽量回避卷入与别人的冲突中，除非事情严重到迫不得已。否则都是宁愿吃些小亏，但求平安度过。"

"我不想花几个月时间和这些流氓见面、纠缠，然后他们只是交些钱，做些不痛不痒的社区劳动。可另一方面，我又觉得自己很窝囊，没有复仇的勇气，未来想起来，也许会为这个选择感到后悔。"

杰西安慰兰馨道："你只是从实际的利害关系去考虑这件事，而不是为了一时之勇，这很成熟。你若是气得发疯要去打架，我倒真不知道该如何帮你了。"

直到这时，杰西才意识到兰馨经历了怎样不安的一天。冒着突如其来的暴力威胁，她笨拙地控制车子逃了出来，然后花了一晚的时间咀嚼消化这件事，试图理解究竟发生了什么，并思索下一步应该怎么走。

"你是不是又梦见满是霜花的玻璃窗，你掉进了白色的森林里，逃不出去？"杰西小心地问道。

兰馨点点头："嗯，霜花上面还嵌着一个车牌号，怎么也擦不掉。"但兰馨又怕杰西担忧，于是马上开玩笑道："希望下一次做梦，窗边是你的光明节烛光。"

杰西笑了："我马上就送你一个光明节烛台，你一定要把它摆放在窗前。"

下午的时候，Dalton 警官就打来了电话，说是按照兰馨提供的车牌号，他已经找到了行凶的车辆和车主，而且完全符合兰馨对车辆特点的描述。兰馨感谢了他的努力，但也表示对是否起诉这些人，她需要时间考虑一下。

电话那边，Dalton 警官略微停顿了一下，然后说："我希望你不介意我问一个问题，你是怎么在慌忙中记住行凶者车牌号的呢？"

兰馨笑了："你听说过图像记忆吗？这个车牌的样子，被惊恐和愤怒的烙铁牢牢地烫在了我的视觉里，我只要闭上眼，那张车牌就清晰地出现在我眼前。"

"你是一位很特别的女士。"Dalton 警官说道，"等你考虑好了是否起诉这些冒犯你的人，请一定联系我。祝你安全！"

十二月是节日的季节。光明节后的第十天，就是圣诞节，再过一周又是新年。高阁例行的圣诞晚会放在了十二月二十九日，算是连同新年一起庆祝了。

公司的行政主管Lynn将今年圣诞晚会的主题定义为"童话天地"，职员们每人都会被分配一套神秘戏服，但要到晚会前才知道自己的角色。

晚会那日的黄昏，公司的主会议室被改造成了晚会礼堂，布置得像是爱丽丝梦游仙境中的场景——四周森林幽暗，藤萝垂挂，野兔、蜥蜴、猫、三月野兔、鼠、甲鱼等各种动物分散在背景中的各处。二十几张白色的餐桌围成一圈，中间的空地是留出来做舞场的。Lynn将自己打扮成一位巫女，头戴一顶高高的黑色尖帽，胸前的白衬衫上趴着一只黑色大蜘蛛，蜘蛛还生得毛腿毛脚，白衬衫下穿一条黑色长裙，罩在了黑色长靴的外面，她手里拿着一根黑色魔棒。Lynn个子不高，但身材精干，走起路来轻盈飒爽，热情地向每一位到达的人问好，俨然是这一晚的女主人。

兰馨走了进来，一头黑色瀑布似的直发配着一套日本和服，长衣是紫色的缎面，上面印着一团一团的粉色牡丹花，大花间夹杂着一些细碎的白色樱花，腰间系着一条明黄的腰带，像个十足的日本人。Lynn微笑着迎上来，挽住兰馨的手臂，悄悄地说："我特意给你留下了这一套亚洲戏装，果然你穿起来效果最好。"

兰馨笑着答道："感谢你这位巫女，居然还能变出一套亚洲风的戏装，不容易。否则我要是扮成英国女王的样子，还要戴上一头金色假发，脸上涂一层厚厚的白粉……"

不等兰馨说完，Lynn就哈哈大笑起来，她挥舞着手里的魔棒："即便是那样，你依旧看上去是位中国女王，瞒不过去的。"接着低声补充道："我不会让你受那个罪的。"

二人正说笑着，兰馨突然瞥到几个熟悉的身影。她定神一看，居然是北京办公室的霍夫曼和波西亚，他们正在与丹尼尔打招呼。丹尼尔穿着美洲印第安酋长的戏服，戴着一顶插满羽毛的皮帽子，波西亚身着一套粉色的韩服，霍夫曼则扮成了铁钩船长。兰馨向他们挥手打招呼，那边的三个人停止了谈话，一起走过来盯着兰馨看，表情十分惊奇。

丹尼尔先开了口："这也太不公平了，我穿着这一套满头鸟毛的酋长服，跟我的文化背景毫不沾边，而且快热死了，你却穿着这套再适合不过的亚洲戏服，不仅形象很美，文化上也很贴合。"

兰馨心中暗笑："这是日本风的戏服，在文化上和我并不合适。"她正欲张口解释其中的区别，旁边的霍夫曼突然夸张地叫起来："这不是杰西的女孩吗？很久没见了！"

霍夫曼的语气中，透着一种无意识的轻蔑与戏弄，那是在高阁北京他们对年轻女性惯有的态度——居高临下、毫不尊重的调侃。来到澳洲后，兰馨差不多忘了之前的感受，平日里，墨尔本的同事们只知道她曾经是杰西在中国的下属，是作为特殊人才被邀请来澳洲工作的。而她和杰西在工作之外的来往，这里没有人感兴趣，更没有人提及。澳洲社会里，工作与个人生活之间有着一道清晰的墙，不越过围墙去偷窥别人的私生活，是大家自然遵守的原则。即便是在办公室里，每个人更多的是做好自己的角色，坚守自己的地盘，对于别人的事务，最好不越雷池半步。

兰馨心里顿时感到非常别扭，但脸上还是克制着自己的表情，她客气地问候霍夫曼和波西亚："圣诞快乐！你们一定是来开年会，顺便休假的吧？"接着，兰馨指着波西亚的韩服问 Lynn："这韩服也是你的杰作？为什么你就变不出唐装呢？那样更贴合我们自己的文化。"

Lynn 答道："这是我能租到的最亚洲风的戏装了。而且，什么是唐装？是中山装吗？"

兰馨摇头："风马牛不相及。"

众人大笑起来。

Lynn 提示两位女士："咱们三人分在了同一桌，不如现在就坐过去吧，晚宴快开始了。"

坐下后，兰馨发现大家基本都是按照部门分桌而坐的，面料部、设计部、各个成衣部的同事们都有自己的组桌。她这一桌都是女士，与她相邻而坐的两位，左边是一位印度分公司的女领导，右边则是波西亚。而对面的五位，都是墨尔本后勤行政部门的女士们，包括 Lynn。

公司的董事长 Ainsworth 先生与总裁 Harrison 先生分别致辞，总结了一年的业绩，感谢大家对公司的贡献，然后开始晚餐。推杯换盏之间，大家互相自我介绍，几杯酒之后，大都放松了下来，气氛也变得欢快热烈。

"北京办事处里，大家都还好吗？"兰馨问波西亚。

"没有太多变化。"波西亚回答得很客气，语气中是熟悉的生疏冷淡。兰馨努力让自己忽视这一点，毕竟这是波西亚固有的脾气。

"琳达怎么样了？"兰馨没话找话说。

"琳达依旧像一头猛虎，沿着她的目标轨迹爬着梯子，你明白她的梯子是什么。这回，她选择的是新成立的首饰销售部的经理，所以，她已经成为那个部门的业务员了。"

兰馨点点头，心中暗暗为琳达高兴。

"听上去像是琳达的性格。公司现在雇用的女员工比以往多了一些吗？"

"中国的商业环境在迅速改善中，还包括人才的素质，以后，不会再从海外派行政人员来中国了，尤其秘书之类的。所以，我们在北京正积极地招聘这些人员，以女士为主。"说完，波西亚似乎意识到这并不是兰馨想知道的，于是又说道，"中国的女人很能干，女强人不少，肯定会有更多的女性业务人员加入进来的。"

"香港的女士也很厉害，我听说香港公司里一半的中层管理人员都是女性，比墨尔本的比例高很多。"兰馨说道。

"这是香港商业环境的一个特点，尤其在服装行业，过去二十多年，香港成了世界服装贸易的中心。而这个行业并不需要太高的学历，因此也为很多务实的中产出身的女人提供了发展的机会。"

兰馨很敬佩波西亚的洞察力，她总能冷静客观，不为个人的情绪所累。

"服装这一行，从设计到销售，从纱线、布匹、印染、制衣到纽扣，产业链很长，十分琐碎，每个细节都能决定是否亏损。自从来了高阁，我的大脑长期处于高度紧张之中，生怕弄错了那千百个细节。这样的工作强度，我真不知道能坚持多少年。"说完这番话，兰馨自己都愣住了，她没想到自己会说出这样的话，但现在说出来了，她才意识到这其实是个在心中萦绕已久的念头，索性顺势说了下去，"你却可以做上几十年，可见脑力与内心有多强大。"

波西亚回应道："你入行差不多三年了吧？三年是一个坎，你刚好对这一行有了足够的认识，而同时，新鲜感在消失，好奇心在降

204

低，你会觉得疲劳了。并且，以你的年龄，还没有学会对付压力与焦虑，比如什么是适当的妥协，什么时候应该妥协，尤其是不要追求完美而只要足够好的那种妥协。你会很容易把自己卡在完美与焦虑的死角里。"

"所以我还是没有找到'足够好'那个平衡点，很感激你的点拨。"兰馨由衷地说。

头盘上来了，粉红的烟熏三文鱼配黑色鱼子酱，托在水灵灵碧绿的罗马生菜叶上。波西亚似乎找到了逃避的理由，于是埋头吃起来，心里却疙疙瘩瘩的，很不舒服。

波西亚感到疲劳，因为兰馨总是几句话就能把人的心掏出来。兰馨虽然真诚地赞赏着她的经验与成就，但这些经验与成就，也正是她小心翼翼地藏于内心的人生的疲倦，分享这份疲倦，岂不是以自己的悲剧去稀释别人的苦痛？这两件事，她都不愿意轻易触及。

波西亚成长在香港的一个中产家庭，她是老大，下面有两个弟弟，一家五口挤在一套四十多平米的小公寓里，在寸土寸金的香港，大多数老百姓就是这样蜗居而生。她的父母没有足够的收入供三个孩子读大学，再加上她的读书能力实在一般，高中毕业后，在父母的劝说下，她不得不开始工作挣钱，帮助供养两位弟弟读书。好在八十年代是香港经济的黄金时代，得益于其在亚洲的贸易枢纽地位，波西亚在服装行业终于立下了足，并且逐渐被提升为高级经理，对于一位学历不高的女人，这是令人羡慕的成就。但是，她有过选择的权力吗？没能读大学是她一生的遗憾；二十多年来专心致志地工作和商务行程，让她至今仍孑然一身。按照中国文化的婚恋观，四十多岁的她已经太老了，寻找到一位如意伴侣的机会几乎是零。所以，她只有继续埋头工作，用女强人的盔甲将自己包裹起来。她的匮乏与她的成就互相造就，而其中的滋味，凭什么要坦白给兰馨这个一帆风顺、自我中心的高材生呢？

波西亚吃完了头盘，将话锋转向兰馨："刚才霍夫曼叫你'杰西的女孩'，我看你不太开心，为什么？"

"北京办事处的人习惯了用这种歧视的态度对待女性，他们可能觉得正常，但是我很不喜欢。我是我自己，我不是哪个男人的女孩。"

"可是，确实是杰西将你带来澳洲的，是他帮助你获得了这样珍贵的工作机会，你见到周围有谁有过这样的机遇？"

"我宁愿把这看作是互惠，我获得了发展的机会，但我也为他、为高阁提供了有价值的服务，我因而不欠谁的债，更不是谁的资产。"

"你确实是个胆大心细、有勇有谋的年轻人，得到机遇也是无可厚非。只是，大家都认为你们是恋人，这是一种特殊的情况。"

兰馨下意识地摇头，却并不知道自己要否定什么。

"你们不是恋人吗？"波西亚有些吃惊。

"我不知道。"兰馨诚实地答，但又觉得需要回击波西亚这样消极的攻击性，于是反问道，"什么是恋人？两个彼此有好感的人吗？没有承诺，没有束缚，人心隔肚皮，今天可以肌肤相亲，明天也可能因为自认为的失望或欺骗而彼此痛恨，形同陌路？恋人是一种足够稳定的人与人之间的关系，因而可以被清晰地定义吗？如果两个人只是过眼云烟，又何必要定义，何必要假装这种关系有什么要紧？"

波西亚感到震惊，恋爱、恋人，这不是她了解的世界，同时，她也感受到了兰馨的反抗，于是语气缓和下来："我想说的是，你要小心，你毕竟是依靠杰西来到了澳洲，万一他不能支持你，你要怎么办？"似乎觉得还不够警醒，她继续加码："既然你们还没有那么亲近，我也不妨诚实地说几句，杰西人很友好，但实在不是一个好商人。他最近有一单十分愚蠢且失败的交易，因为供货商是他自己发展的，他面子上过不去，便不肯向那个供货商索赔或压价，这让公司赔了钱。大老板为此怒不可遏，杰西却说要自己拿钱补偿公司的损失，你见过这么笨的人吗？一个打工的，自己掏腰包补偿公司？"波西亚说着，差不多要笑出来了。

这下轮到兰馨震惊了，她完全不知道这件事。最近两个多月，只要有空闲时间，她都用在了学习开车上。平时在办公室，她也与杰西保持着客气的同事的样子，没事不会凑到一起。但是再忙，两个人每周也会在一起吃顿饭，可杰西却从来没有提到过这件事。

主菜上来了，是黑椒牛排配芦笋、薯茸。

波西亚的话，犹如智慧中夹杂着一丝惩戒的恶意。兰馨想要挥去这一丝不快。她拿起刀叉切牛排，一刀下去，见肉里面是血红色的，显然是块煎得半熟的牛排。兰馨只吃全熟的肉，于是环顾四周找人帮忙，但侍者们忙着给上百人上菜，根本看不到她在招手。她决定凑合着吃，但从第一口开始，浓浓的血腥味便开始在口中积累，勉强吃了一点，就不得不放下来。

兰馨正坐得尴尬，只听见背后传来霍夫曼的声音："Cheers，二位女士，准确说是二位女强人。"

兰馨和波西亚回头，看见霍夫曼正举着一杯红酒。二人赶紧站起来，举杯回敬。

同桌的女士们一起看过来，眼神中有些好奇，于是霍夫曼举杯向大家打招呼："大家好！圣诞快乐、新年如意！请原谅我的话，你们不知道中国的女人有多厉害，全都能撑起半边天，就像毛泽东说的那样。"他低头注意到兰馨盘子里的牛排基本没动，问，"你还没

207

有适应澳洲的饮食吗？"

兰馨苦笑："这是茹毛饮血，我还是等着接下来的巧克力蛋糕吧。"

自从那晚，只要兰馨想起牛肉，那股血腥味就会弥漫在口中。味道本身是没有生命的，人们之所以记得一种味道好吃，是因为在生活中经过反复的体验而有了一个概念性的印象，比如，巧克力又甜又苦，香滑浓厚。但即使带着这样的印象，除非人们再吃一块，否则也不能凭空感受巧克力的味道。但是半熟牛排的那种血腥气，却实实在在地留在了兰馨的唇齿之间，留在了她的意识里。那次圣诞晚餐成了她最后一次品尝牛排，此后渐渐地，她放弃了所有红肉与禽类制作的肉食，成为了一名鱼素主义者。

兰馨和杰西一起度过了新年日。晚饭后，两人在家门口的沙滩上散步，盛夏的黄昏，海边微风习习，海上云起云落，在夕阳中燃烧着。潮水退向天边，海滩似微波泛起的镜面，被夕阳映成一片橘红，火海与火烧云在天边连成一线。

兰馨心里想着圣诞节与波西亚关于恋人的谈话。而她的那一番质问，与其说是要难为波西亚，还不如说暴露了自己的忐忑。刚来澳洲时，她为又可以时常见到杰西而开心，夜晚的温存，是这一份情义有形可触的部分，仿佛纠缠在彼此的怀抱里，就抓住了彼此的心，在那些片刻，她心里是踏实的。但是平常的日子里，她为什么心里还是空落落的呢？当波西亚询问她与杰西的关系，她下意识地摇头，究竟在否定什么？

"杰西，波西亚说公司里的人都在传我们是恋人。"

"波西亚就是喜欢这些家长里短，我们的生活不关别人的事。不过，这对你不应该是新闻吧？"杰西打趣说。

兰馨笑了，心里却踌躇，她低头走路，将脚掌使劲地踏在沙子上。

"你为什么从来不说'我爱你'？"她突然问。

他有些吃惊，困惑地看着她："这是什么问题？"

"别逃避，回答我。"她坚持。

"我们在一起时，我一直在表达爱你啊。比如，'你好浪漫''你甜美的笑让我停不下吻你''你的聪慧如此出人意料''你永远令人吃惊'。"

"我是说，'我爱你'这句具体的话。"

杰西沉默了，他当然知道兰馨在问什么，但他没有准备好。

"这句话有那么难开口吗？你是不是觉得没有什么特别的意义，所以不值得一说，还是太看重其中的意义，而不想轻易说？"兰馨追问。

杰西感到了危险，他知道，她在试探他的心意——不，不是心意，而是做出承诺的可能性。

"你的侵蚀又悄悄开始了，要掏干我肤浅的灵魂，我是否应该逃走呢？"杰西答道。

就是这一种距离感，隔在两人中间，她向前走一步，他便向后退一步。她于是不敢继续逼迫，怕他真的扭头逃跑。

兰馨只得说："或许在你心里，这句话不过是俗套的习惯，并没有实质的意义，那么你不讲也罢，我也不是一个将心思吊在这种陷阱上的小女子。"

他们沉默地继续走着。杰西没有看兰馨，但从她平静的语调里，他知道她一定神情落寞。他觉得自己有责任诚实，哪怕那些能表达出的诚实，听来不过一个不完整的答案。可是，"不完整的答案"

正是问题所在，在兰馨灵魂游戏的穷追不舍中，他能给的答案永远太少、太肤浅、残缺不全。杰西想到这里，心中压上了一块巨石，他想了想，下了决心。

"如果在你的心里，'我爱你'意味着一种深刻的爱情，不仅清晰明确，而且非此人不可，那么，我是无法对你说出这句话的。"

兰馨的心一下子掉进了冰洞，她努力保持镇定，缓缓问道："也许是因为还没到时候？是因为我们还没有一起经历足够多的人生？"

杰西叹口气："我真希望可以给你一个肯定的答案，但我确实不知道我们能走到哪里。如果你说的'爱'是指那种地老天荒的爱，我都无法对自己诚实地说出爱自己。"

兰馨明白了，对于自己的逼迫，杰西正在努力地诚实相对。但是他不肯为了哄她开心而说些遮掩的谎言，偏偏要拒绝得如此清晰，这又让她很伤心。

"你总有一天要向前走一步，承诺点什么，比如和一个人结婚，那你怎么肯定那一位是真爱呢？"

"我差一点就和大学时的女友结了婚，要不是我找不到工作，没有钱，我那时就结婚了。"

"你爱那个女友吗？"

"就像现在爱你一样。但是即使和她结婚，也不是因为什么一生的真爱，因为我从来都不确定真爱是什么，连我自己都不是自己的真爱。"

"那你当时怎么可以做出结婚的决定呢？"

"因为刚好到了结婚的年龄，刚好那个女人在我身边，而周围的亲属和朋友也认为我们结婚是正确的事，因此我也觉得理所当然。"

杰西冷酷的诚实，将兰馨罩在自己身上的白天鹅面纱撩去了。

在她的意识里，这层面纱从认识杰西起就披上了，是他爱慕挑逗的目光给她披上的——不对，他的目光是丝线，兰馨自己的幻想是针梭，将丝线织成了朦胧的白天鹅，她心甘情愿地钻了进去。

海边黄昏的梦景，是易碎的完美。不知道什么时候天已经黑了，二人驻足望向海，是看不到尽头的黑暗，裹着沉重的神秘、深邃、安宁、惶然，亘古未变。兰馨明白了，她只能慢慢地去接受这个事实——她看不到自己的前方，杰西也不能替她看到前方；自己与杰西之间，有一道不冷不热的空间相隔，那个空间可以只是一张薄薄的纸，也可以是没有边界的无限，她与杰西都没有能力左右结局。

"波西亚提到最近台湾的一个问题货单，你为什么不愿意向对方索赔？"

"那是一个小厂，价格本来已经很低了，我们过去由此获得了不少利润。这次如果索赔，他们恐怕承受不了，为了长期的关系，我们不能这么没心肠。"

"但你要自己承担这个损失？"

"我不想再谈这件事。"杰西截住了兰馨的话头，"为了这单索赔，大家互相指责，已经够了。"

兰馨不再问了。她不用看杰西，也知道他目光灰暗，那里没有她要的闪电。

"我的利润压力很大，和你在一起，就不想谈这些了。"杰西温和、略带疲倦地说。

兰馨握住杰西的手，皮肤温凉，而一样温凉的海水正在脚下潮来潮去。二人的手渐渐握紧了，似乎都想努力攥住这一刻的安宁。

五

在圣诞晚宴上与波西亚的那场对话，让兰馨无法不去思考。过去的一年里，她所有的注意力都在如何靠近杰西上。她信任杰西，或者说她愿意信任他，更或者说，她要求他值得自己信任。至于自己在这份关系中的责任，她没有想过太多。她是那个初入社会需要被提拔重用的人，杰西是伯乐；她是那个需要从小女孩成长为成熟女人的人，杰西是温柔的情人；她是那个需要见世面的被困者，杰西是领路人。她则以勇气、力量和崇拜，让杰西感到自己是一个有成就的导师，而她是个成绩优异的徒弟。兰馨以她几近完美的浪漫，设计出了一个爱的空灵世界，而杰西也心有灵犀，自愿配合，在那心灵的乌托邦中，他们一同获得了幻想中灼人的热情。兰馨要见的世面永无止境，眼目可见的外在世界，人内心里那个黑暗的深洞，她自己的深洞，杰西的深洞，她都孜孜不倦地追索，快乐地嬉戏——但这些，是她蛮横地坚持的、杰西被动参与的探险。游戏间，二人快要将彼此最深的黑暗角落参透，眼看就到尽头了——那里是各自灵魂的废墟，堆满了各自的贫乏，在那处废墟里，成长、爱情、人生的奥秘，都只是一只只残破的空盒子。

对于未来，兰馨开始感到恐惧。

她开始算账，算自己有多少的安全。以目前的工资水平，再过一年，她可以攒够去美国读MBA的学费了，而录取申请也正好需要一年的时间。去美国最好的商学院读MBA，这一直是她的梦想。以在中国的工资，她要工作六年才能攒够学费，而澳洲的工资水平高，将这一时间提前了。这个新的可能性，令她热血沸腾。

报考MBA的第一步，是通过商科入学统考GMAT。兰馨跑遍了墨尔本的书店，也没能找到一本资料。这令人吃惊，难道澳洲没有人去美国读商科吗？半年后，她坐在GMAT的考场里，环顾左右，只有不到十个人参加考试，这与中国那些动辄几百人、几千人的出国考试大考场相比，澳洲人确实对于去美国读书无甚兴趣。因为资料短缺，兰馨给在纽约读书的一位大学同学写信求助。经过国际邮件慢腾腾地来往，等她收到那本习题时，已经是逾越节前夕了。

逾越节，杰西邀请兰馨去他父母家共度，他说之前错过了光明节，这次要补上。逾越节除夕的庆祝，是在一个周六的晚上，兰馨开车前往丹顿农山区，下午五点左右顺利抵达。看见兰馨的车开上门前车道，杰西悬着的一颗心才放下来。

杰西父母的房子位于一片林地里，是一栋二层英式都铎风格的房子，高高的人字坡顶上铺着朱红色的瓦，白墙上嵌着几何图形的黑镶条。屋前是一块平坦的草地，窗前屋角种着几丛白色、红色的玫瑰。兰馨跟着杰西走进一楼的大厅，里面十分宽敞，屋顶高挑，悬着两盏黄铜吊灯。南北有四面巨大的飘窗，两两相对，十分通透。西侧的山墙上是一个高大的石砌壁炉，壁炉前放有一组乳白色的L形转角皮沙发，沙发对面搭配着两张深蓝色天鹅绒的单人沙发椅。大厅的东侧则是一条十二人的长餐桌，白色的台布上，已经摆好了整套的餐具，白底蓝花的瓷盘十分醒目，配着餐桌中间蓝白色的花束，有风信子、勿忘我、鸢尾和白色的康乃馨、百合，等等，色彩协调一致。

看见兰馨随着杰西走进来，杰西的父母本杰明（Benjamin）与米哈尔（Michal）迎上来问候。本杰明的样貌与杰西很像，兰馨早已听说他是墨尔本大学的医学教授，很受尊敬，现在见了面，感觉像见到了另一个版本的杰西——老一些的杰西，更多了一份亲切感。

米哈尔是一位精干苗条的主妇，脸上的笑容略微仓促，却不失笃定温暖。二人与兰馨握手，表示欢迎，他们的握手就像很久以前在北京与杰西的第一次握手一样，是轻轻的空气握。

米哈尔微笑着说："欢迎一位中国朋友来过逾越节，这在我们家还是第一次，请随意享受。"又转向杰西说："你要好好照顾这位同事，我还要去看看厨房里的情形。"边说边比划着搅动锅子的手势，然后快步走去厨房了。

本杰明递了一杯茶给兰馨："你可以称呼我'本'，一直听杰西说，公司里有一位非常聪明能干的中国女孩子，今天终于见面了。"

兰馨客气地回应："我很好奇逾越节是怎么回事，似乎是你们最重要的节日，今天唐突参加，希望不会给你们添麻烦。"

"不会的。"本杰明善意地为兰馨开脱，"我不知道你了解多少我们犹太人的历史，二战期间，很多欧洲的犹太人逃到中国，正因为中国人民接受了他们，他们才得以活下来。我们很感激你们国家那时的帮助。"本杰明伸手拍拍兰馨的肩膀，接着说："所以很欢迎你来与我们同过逾越节，这是我们民族庆祝逃离埃及奴役、返回永恒家乡的节日。"

兰馨感到很温暖，最开始的生疏和紧张也缓和了下来，她不由得向本杰明报以微笑，一扭头，看到杰西也在看着她，温柔地微笑着。

兰馨低声问道："我们之间还有这种历史纽带？"

杰西答："你以为只有辽西人苦大仇深吗？我们犹太人也一样。不过，你也不要居功自傲，据说救助犹太人的主要是上海人和哈尔滨的人，和你们辽西没啥关系。"看到本杰明困惑地看着他俩，杰西解释说："兰馨自认为不是正常的中国人，而是一个叫'东北人'的

214

少数民族，自古住在俄国、蒙古国、朝鲜和日本之间，不是总有个祖国，经常被欺负。"

本杰明努力地理解了一番，问道："就像以色列吗？三面都是敌人的国家？"

兰馨哭笑不得，急忙解释："不是没有祖国，我指的是文化身份，我们在文化身份上是边缘人，在政治地理上也是边缘人，所以觉得无家可归。

这个话题引发了本杰明的兴趣："我也许可以提供一些帮助，你说的文化身份，在我们民族叫信仰身份。"

兰馨纳闷儿地问："文化身份与信仰身份，怎么会是同一件事呢？

杰西大叫起来："天啊！兰馨就是有这个能耐，三两句话，就能把你的灵魂掏出来，我要逃跑了。"说完，他就真的往后院去了。

看着杰西夸张的背影，本杰明与兰馨却陷入了思考。

"你想想，当你考虑身份的问题时，你究竟想知道什么？"本杰明问。

"我想，首先是我为什么生成这个模样——北方亚洲人的样子，为什么生在辽西这个地方，周围是这么一群东北人；我与这一群东北人，还有其他地方的人，比如中国的江南人、岭南人，甚至其他国家的人，有什么相同或者不同；我是不是一个独特的个体；我是否有一个与自己相同的特殊的群体，也就是归属；这既是群体归属方面的，也是时间轴方面的，就是我们的从前与以后；还有，这个归属是怎么决定的，是谁决定的。"

"你为什么需要定义你的归属呢？你身处哪里，那里岂不就是归属？"

"因为我心里空落落的，是一个填不满的空洞，这令我恐惧。我

215

时常活在无处落脚的恐惧中，四周一片黑暗，我悬在虚空中，我不知道来时的路，也看不到以后的路。"

"哈哈哈，这就是那个形而上的问题：我从哪里来，要到哪里去，为什么现在这样存在，这一生的意义与目的是什么。"

"我的空洞感不是因为我活得不够努力，正相反，我活得很努力。小时候，我尽量做个懂事的好孩子，帮助父母排忧解难，可是他们还是天天为了生计吵架，似乎生计是生活中唯一重要的。从这个角度讲，我们做孩子的就像是累赘，没有带来什么好处，只是使他们的生计更加困难而已。到了十几岁时，我只想从家里逃走，小说中的那种家庭归属感，在现实中似乎是不存在的，有的只是责任与债务，我要用一辈子去偿还父母。"

本杰明安慰兰馨道："这其实很正常，很多人有这种感受。我们都对自己的父母很失望，他们自己通常过得很失败，却还不明白为什么失败，对孩子们却有很大的甚至是虚妄的期望，自己一生做不到的，却认为孩子们应该为他们做到。你一定听说过，我们犹太家庭无论父母是做什么的，都是希望孩子做医生或者律师。"

兰馨笑了："我们中国人也是一样的。我本来想读文学，但被爸爸逼着去读经济学，说这样容易找工作，还能多挣些钱。"然后，她继续沿着自己的思路说："到了大学，我努力读书，希望依靠知识来找到光亮，找到生命的终极答案——也就是找到归属。我这样做，就是希望可以踏实安心地活着，不被惴惴不安所折磨。"

"杰西说过你是一个高材生，果然很善于思考。你读了哪些书呢？"

"我大学时的图书馆——北京大学图书馆，是中国最大的图书馆之一。我不知道读什么才能帮到自己，就决定从 A 读起，沿着字母顺序，一路读下去。"

本杰明大笑起来："你真是一个奇特的人，那最后找到答案了吗？"

兰馨摇头："没有，我读了一个夏天，还没完成字母 A，就跳跃到了 B。在 B 类，稀里糊涂读了 Bible，没读懂，也不喜欢那个总是惩罚人类的上帝，就转而去读欧洲传统的和现代的哲学流派，也读过一些东方的哲学，比如道家、儒家及佛教之类的，也没读太懂。但是我搞明白了一件事——这些哲学家，都是在人类的逻辑里原地转圈，他们也没有答案。"

本杰明点点头："在书中找答案，也不是一件容易的事情，也许书中根本没有答案；即便有，读者也会因读不懂而看不到。"

"所以，知识也不是一条靠得住的路。那就只剩下爱情了，也许找到完美的另一半，就知道自己是谁了，就有归属感了。"她半嘲讽地说。

"你似乎也不相信这个答案？"

兰馨有些不想谈论这个话题，这让她想起与杰西的关系，心里很不舒服，就转了方向："我不太肯定。在你看来，问题出在了哪里？这么多聪明的人世代努力，却找不到一个让人安心的、普世皆准的说法？"

"我想，这些哲学家只能根据自己的所见、所读来思考，也就是自己生存的那些年及他们可以读到的先人的思想。他们不知道人生从哪里来，也不知道死后去哪里，同样不知道是什么决定了这一切的存在，他们只能孤立地思考他们眼前的这一生，接受死亡是终极结果，当然只能原地绕圈子。这就是为什么我说身份问题终归是信仰问题，只有信仰可以告诉你这个世界的本质是什么，以及它的来由、现世的意义和永恒是什么。没有这些，尤其是如果没有永恒，不能肯定自己有个未来，你怎么有归属感？"

兰馨若有所悟："你将生命的时间轴拉长了，涵盖了我们现在看不见的，但也许那些时间轴上看不见的部分，或者空间轴上看不见的部分，或者其他看不见的事物，正是答案所在。"

本杰明却突然转了话题："今天的晚餐很有趣，联系了看得见的和看不见的，也许会给你一些启发。"

兰馨知道，自己是时候停下令人疲倦的考问了，于是说："我去后院找杰西，用我的问题折磨他吧。"

本杰明笑了："别折磨得太狠了，你会吓跑他。"

兰馨走出后门，来到院子里，后院是一大片草坪，推剪得很整齐。后院外面紧连着一个山坡，长着极高的杏仁香桉树，白色光滑的树干，稀疏的树冠，有几十层楼高。林地的地面覆盖着茂密的温带蕨类，满眼郁郁葱葱。在房屋窗前的阳伞下，有几个人正闲坐着聊天，杰西就在其中，兰馨走到阳伞下，向大家问好。

杰西介绍道："这是兰馨，我们公司的中国业务专家。"然后又将众人一一介绍给她："这是我的祖父母，Ben-Ezra 先生和太太，你可以称呼他们的名字，约瑟夫（Joseph），塔利亚（Talia）。这几位是我们家的老朋友，勒文（Lewin）先生和太太，他们的儿子汤姆（Tom）现在应该正在厨房帮忙呢，还有我姐姐艾玛（Emma）也在厨房。这是白柯曼（Beckerman）先生和太太，他们的女儿叫汉娜（Hanna）。我们几乎每年都一起过逾越节。"

杰西的祖父母有八十多岁，两对中年夫妇都差不多五十几岁。汉娜是个三十岁左右的年轻女子，明眸皓齿，白皙的皮肤配着深褐色的长发，面容姣好，身材略矮微胖。兰馨一时记不住这么多的名字，就统一打了个招呼。

杰西继续说："汉娜，兰馨超级喜欢山林植被，她也难得来一次丹顿农，趁落日前，你带她转转吧。"

汉娜欣然起身，带着兰馨向山坡上走去。两人走进林子，兰馨才注意到有些矮树的叶子已经开始变色了，枫树开始染红，豆梨树红黄参半，梧桐起黄，绿蕨如伞，桉树的香气弥漫在空气里。

兰馨赞叹着："这真是神仙住的地方，离墨尔本这么近，却有这样的世外桃源。"

"你是第一次来丹顿农吗？"

"是啊，我总以为丹顿农很远。早就听杰西说这里是墨尔本最美的山区，是一个自然花园。"

二人走上一个缓坡，眼前变得开阔起来，兰馨看见一群野生凤头鹦鹉在不远处落下，白毛黄冠，黑喙黑爪，不禁欣喜地睁大了眼睛。

"这么美的大鹦鹉，居然遍地都是，我以前只能在动物园里看到几只。"

"它们习惯了向人要吃的。"看见兰馨欣喜得像个孩子，汉娜有些吃惊，"我一直好奇你会是个怎样坚毅的女孩子，能有力量稳住杰西动摇的心。没想到，原来你是这么单纯可爱。"

兰馨从鹦鹉那里收回目光："听起来，你之前就知道我的存在？"

"我和杰西是老朋友，过去这一年，他有时会提起你。"

兰馨眨眨眼，半开玩笑半认真地说："我觉得吃亏了，你们死党分享关于我的秘密，我却不知道你们的存在。"

汉娜笑了："杰西是我们这群人的大宝贝，我们都很爱护他。"

"我还是觉得吃亏了，所以你要帮助我一次。"兰馨狡黠地说，"告诉我一件关于杰西的秘密吧，最好是他最见不得人的秘密。"

汉娜被兰馨的问题逗乐了："我也不知道他有什么见不得人的秘密。但是作为老友，他有一个公开的、见得了人的秘密。"她想了一会儿，下了决心说："杰西有突然逃走的坏习惯。"看见兰馨一脸雾水，她又解释道，"杰西善良，又很理想主义，为了取悦别人，对不愿做的事也会一直忍耐着。但同时，他又经常是动摇的，自我矛盾的，有时一件事情发展到了最后，他会突然离开，也就是逃避。"

兰馨很吃惊，却并不明白汉娜话里的全部意思，只好说："这还真是个秘密，我不知道他有这个特点。"

汉娜答："这就是为什么我一直好奇，好奇你是怎样一个有力量的女人，可以让杰西摇摆的心稳住了这么久。"

兰馨真的感到自己吃亏了，但是这感觉到底从何而来呢？是因为杰西的秘密？还是因为这个秘密是出于汉娜这个女人的口中？或者说，因为杰西的背后可能藏着一个她不了解的世界？

兰馨有些妒忌，于是负气地说："也许我比他更摇摆不定，更自我矛盾，更不知所措。在我面前，他只好扮演相反的角色，这样我们之间反而稳定了？"

这次轮到汉娜吃惊了，她暗自感叹兰馨的心思果然玲珑剔透，虽然与清纯秀丽的外表并不违和，却字字雪亮如剑。

"回去吧，我们必须在日落前赶回餐桌，这是传统。"汉娜提议道。

回到杰西父母家的客厅时，大家已经就座。十二人的餐桌因为多了兰馨，临时在米哈尔和杰西之间加了一把椅子。见人们都坐好了，米哈尔站起来，用一只银勺轻轻地敲击酒杯，示意大家安静，然后，她点燃了眼前的一支蜡烛。蜡烛上有橄榄叶和十字架的装饰，被插在了一只水晶烛台上。然后，米哈尔把蜡烛传给兰馨和杰西，最后，由坐在餐桌中间的勒文先生放在了餐桌的正中间。

坐在餐桌另一端的本杰明开始吟诵起来："所以你要对以色列人说：'我是耶和华。我要用伸出来的膀臂重重地刑罚埃及人，救赎你们脱离他们的重担，不做他们的苦工。我要以你们为我的百姓，我也要做你们的神。你们要知道我是耶和华，你们的神，是救你们脱离埃及人之重担的。'"然后，他举起酒杯说道："这是成圣之杯，感谢神的救恩，感谢神设立逾越节。"

大家随着本杰明喝下第一杯酒，然后，在面前一只装有水的碗里洗手。

本杰明拿起一根芹菜，蘸了盐水，说道："这是我先祖在埃及为奴时所流的泪与汗。"然后吃了下去。

这时兰馨注意到，面前的盘子里摆着几样东西，包括一个没有肉的鸡腿骨、烤鸡蛋、芹菜、生菜、果酱、无酵饼，她也学着大家的样子，拿起芹菜蘸着盐水吃了。味道不怎么样，倒是很像泪水与汗水。

本杰明又伸出手，从餐桌中间的一个大盘子里拿出一张无酵饼，掰成了两半，把一半包在餐巾纸里，然后阔步走出了客厅。再回来时，手里却是空的。

兰馨正在疑惑本杰明究竟出去干了什么，他却建议每个人分享一个逾越节的故事，坐在他旁边的约瑟夫先讲了雅各（Jacob）到达埃及躲避饥荒的故事，然后勒文先生的儿子汤姆讲了以色列人在埃及被奴役的历史，接着白柯曼先生读了摩西的经历，勒文先生则读了上帝惩罚埃及人的十灾，杰西读了神引领以色列人出埃及所行的各种神迹，最后米哈尔读了诗篇中的诗句。

本杰明举起酒杯宣布："这是审判之杯。"大家随着他喝下第二杯酒，然后再次洗手。

趁洗手的时候，杰西悄悄告诉兰馨："本把那半块饼藏起来了，等一会儿，要由这儿年纪最小的人负责找回来，也就是你。"

兰馨更糊涂了，瞪眼看着杰西，刚要问个究竟，就被本杰明的谢辞打断了："感谢上帝让大地出产食物，赐下吃无酵饼的诫命。"然后大家开始吃第一块无酵饼。

兰馨学着杰西的样子，把一块饼从中间对折起来，里面夹上生菜再吃下。杰西说这是纪念祖先们在埃及所吃的苦，不忘他们精神和肉体受到的压迫，不忘埃及人杀死了不少以色列的孩子。

吃完饼后，米哈尔带着几位女士去了厨房，端出来几个烤盘和大碗，里面放着蔬菜、肉类，还有汤，原来这才是逾越节的正式餐食。兰馨正担心着一会儿去哪里找本杰明藏起来的饼，却看见汤姆溜出去了一会儿，然后带着那半块饼回来了，用手掰开，给每个人分了一小块。

兰馨转头去询问杰西，却看见他正朝着自己坏笑，知道上当了，举手要拍打他的手臂，却被他拦住了。杰西指着盘子里剩下的烤鸡蛋和鸡腿骨，一本正经地说："这些代表圣殿献祭用的祭牲，用来纪念失去的耶路撒冷耶和华的圣殿。果酱则代表在埃及被奴役时用泥土造砖瓦的经历。"然后又狡猾地补充道："汤姆准是以为他比你年纪小。"

无奈，兰馨转向食物，把烤鸡蛋蘸了盐水吃下，而那个鸡骨头，她只是看了一眼，然后喝了豌豆汤，吃了烤土豆茄子，就没有再碰其他的食物。

兰馨的挑拣，被杰西的爷爷约瑟夫注意到了，他问她："你似乎不吃肉，这是为什么？"

兰馨很抱歉地回答："我忍受不了肉里的血腥味，真是对不起。"

约瑟夫却并不介意："你可能不知道，我和奶奶塔利亚也不吃肉的，我们是素食者。"

这下轮到兰馨好奇了："你们为什么素食呢？也是不喜欢肉的味道？"

"是因为犹太《律法》教导的：'神说，看呐，我把所有地上能结籽的香草和能结籽的果树都赐给你们，作为食物。'素食是我们犹太人最理想的生活方式，对人的健康有益，也避免了涂炭生灵。"

"我似乎与犹太人有很多共同之处呢。"兰馨天真地说。

杰西忍不住加入了谈话，对爷爷说道："兰馨已经有了不少的强迫症，还是不要把犹太人愚蠢的强迫症叠加到她中国东北人古怪的强迫症上吧，不然她的日子更艰难了。"

爷爷指着杰西盘子里的肉："她比你更像个犹太人。"

对于爷爷的含沙射影，汤姆、艾玛和汉娜几个年轻人表示抗议。艾玛抱怨道："犹太教反对吃肉，肯定是因为历史上常闹饥荒，没有肉吃，为了欺骗老百姓，才制定出这些教规。"

勒文先生感慨着："你们这一代真是令人失望，大肉大酒，又很少祷告祈求宽恕，以后怎么干干净净地回天家？"

汉娜的母亲白柯曼太太马上接过话去："我为孩子们一直祷告呢，妈妈们的祷告，肯定可以拯救孩子们。"

勒文太太连忙点头附和白柯曼太太，奶奶塔利亚也竖起大拇指表示赞同。杰西和汤姆耸耸肩，脸上分明写着："谁需要你们拯救了？"

就这样，一桌子人你一句我一句地争论起来。过了一会儿，几对夫妻的话题又转去回忆以前的逾越节，特别是一些可笑的小故事。他们还描述每个家庭继承下来的特殊传统，同时不忘感叹孩子们如何不认真遵从。大家俨然是一个温暖的家庭，分享过这一生的许多时光，知道彼此的秘密，也分担彼此的忧虑。

见兰馨眼含羡慕，米哈尔亲切地说："我们犹太人习惯了大家庭一起过日子，吵吵闹闹的，很开心。"

兰馨由衷地说："今天真的很开心，来澳洲后第一次感觉这么温暖，是来自人的温暖。"

"听说中国人也是非常注重家庭的，很多都是三世同堂地生活在一起，互相扶持。"

"价值观念上的确是这样，我们要代代互相照顾。但是，也因为缺乏个人空间而产生了很多矛盾。只是，无论有着怎样的矛盾，我们心里对家人始终有种负罪感，这负罪感如此之大，让我们宁愿受罪也不会离弃家人。"

米哈尔笑了："真是又爱又恨的关系，其实犹太家庭也是一样的。"

兰馨感到很好奇："你们这么清晰地知道自己的民族是怎么来的，归属是什么，而且确定你们属于彼此，这是为什么呢？"

"因为信仰，我们是被耶和华拣选的民族，是特殊的一群人，我们属于神的天国，我们必然进入天堂。"米哈尔肯定地说。

兰馨转向杰西："你并不信上帝啊，那么你死后会去哪里呢？"

杰西得意地说："我们是被拣选的，无论我信不信，我祖先的传统就像是救命的浮木，总可以载着我去祖先的目的地。"

兰馨又问："那我会去哪里？我这个中国人也可以随时搭上你的浮木去天堂吗？"

米哈尔摇头说："杰西是在开玩笑，他总有一天也要诚实地面对信仰的问题，否则他也不能顺利地回天家。"她转而问兰馨："你的信仰是什么？"

"我没有一个明确的信仰和归属感，只是模模糊糊地知道有天堂、有地狱，现世是虚无，要做个好人才能进天堂，但是天堂是什么，我并不知道，似乎就是好吃好喝的舒服日子，起码神话故事是这样讲的；至于属灵的内涵嘛，是万事归于空，不再有烦忧。但至于什么是万事皆空，却很难理解与想象，似乎劝人放弃多过劝人成就，这让信仰变得越发扑朔迷离。"

"但是，中国依旧保持了长达几千年的民族归属感，一定有什么起到了'信仰'的角色，否则怎么可能呢？"

兰馨沉吟片刻，答道："那个替代者，或者就是祖先与民族吧，我们相信民族是天定的，是要维护的，而祖先们在一个永恒的世界里照看着我们。除此以外，就没有更系统的教导了。"她指着天空说。

杰西插嘴说："人都喜欢钱，中国人就有一个专门的财神爷，用来敬拜。中国人喜欢吃，拜灶王爷，所以他们的饮食文化也非常发达。我看他们过年主要是拜财神爷和灶王爷。所以，我猜这两位神是中国的民族黏合剂。"

米哈尔和兰馨都被逗笑了。兰馨责备地瞪了杰西一眼，说："那是因为你只学到了我们文化的皮毛。"

等大家吃得差不多了，本杰明举着酒杯站起来，又开始说祝词："弥赛亚，求你使得你仆人大卫的后裔迅速兴盛，并借着你拯救的大能将他高举，对此我们整日等待你的救恩……"

本杰明还没说完，兰馨突然鼻子发痒，忍不住打了两个喷嚏，大家哄堂大笑。

本杰明连忙说："上帝保佑你！上帝保佑你！"见兰馨一脸疑惑，又解释道："按照犹太传统，有人在逾越节上打喷嚏是好兆头，要谢谢你。"大家又哄笑，并举杯向兰馨致谢。然后，本杰明做结论状：

"请喝这第三杯的救赎之杯，感谢神的买赎，让我们早日回到自由之家，没有恐惧地庆祝逾越节。"

喝完酒，米哈尔注意到兰馨在不停地抓挠脖子，她凑上去查看了一下，说道："亲爱的，你似乎是对什么过敏了。"

"这里有郁金香花吗？我似乎闻到了郁金香的味道。"

米哈尔指着餐桌上的花束说："那里有几朵白色的郁金香。"

兰馨一拍脑门："它们就是原因了，我对郁金香严重过敏，但是我忘记了这件事。"

白柯曼太太马上站起来，将郁金香挑出来送到厨房去了。

这时，爷爷约瑟夫站起来，说道："让我们赞美神，拣选了我们民族做祂的子民。"然后打开圣经，读了其中一段赞美诗，读完后，他举起酒杯宣布："来，请喝这第四杯的赞美之杯。"

喝完最后这一杯，兰馨开始感到困倦胸闷，起身去了洗手间。在洗手间里，她先用冷水拍拍额头和脸，依旧不能让自己清醒。她看向镜子里的自己，脖子上已经起了一片片的红疹，赶紧用水洗脖子和鼻子，心里暗想，看来自己这一次又逃不过郁金香的"魔爪"了。

她昏昏沉沉地走回客厅，听见餐桌那边的人们正拍着手用希伯来文唱逾越节歌曲，她听不懂，见到一个长沙发就顺势坐下来，心里想着先休息一下，也许过敏反应就会减轻，然后，她在歌声中睡着了。

兰馨醒来时，已经是第二天中午，她依旧睡在那个长沙发上，枕着枕头，盖着被子。杰西坐在对面看着她，见她醒来，说她已经睡了十几个小时。

兰馨赶紧挣扎着坐起来，十分懊恼地说："我太糊涂了，郁金香可以导致我日夜昏睡，所以我已经很多年没碰过郁金香。慢慢地我就忘了这件事。"

等清醒了一会儿后，兰馨对杰西说："我这个样子也不敢开车，你送我回家吧，我必须回去打针吃药。"

两人告别本杰明和米哈尔后，开车上了路。

开了一阵子，兰馨抱歉地说："我给你们一家人添麻烦了，你父母和祖父母真是温暖的人。"

杰西宽慰道："没有关系的，你昏睡过去的时候，逾越节庆祝也差不多结束了，时间点刚刚好，只是错过了互道'明年耶路撒冷见'而已。"

"那是不是意味着，我明年的运气会不太好，不能与你在耶路撒冷再见，也就是在归属之地相见？"

"不要迷信，中国的新年也是年年祝人发财，有几个人真发过财？"

兰馨叹了口气："我似乎到哪里都格格不入，这么美的丹顿农山，这么热情的晚宴，我却睡过去十几个小时。"

杰西笑了："你总能成为人群中最特殊的存在，以各种想不到的奇特方式。"

兰馨感受到了他打趣中的揶揄，不过觉得自己也是活该，她确实太不让人省心了。

快到家时，兰馨突然想起一件事，于是问杰西："汉娜似乎早就知道我的存在？"

杰西将车开进车道，泊好车，转身对她说："汉娜就是我差点结了婚的女友，我们两家是世交，所以现在依旧是好朋友。"

兰馨有些惊讶："我不知道她是这样存在于你的生活里。"

"那你现在知道了。"

"那么，你父母也知道我不仅是你的一位中国同事吗？"

"他们现在知道了。"

兰馨觉得头脑更加昏沉了，她无法打起精神去思考什么，而且感觉浑身都瘙痒起来。

"我要进去打一针救急，你先回去吧，谢谢你，明天见。"兰馨和杰西道别。

六

兰馨来墨尔本一周年的那一天，特意约了杰西庆祝一下。说是庆祝，两个人也只是午休时买了杯咖啡，然后去公司附近的皇家公园散散步。四月中的墨尔本秋意正浓，公园里的树木染上了不同层次的红、黄、绿，色彩缤纷。晴朗的天空下，亚来河与沿岸的大小湖泊清水映浮云，是闹市中的香格里拉。沿着湖边的草地慢慢地走，两人深感一种平静的喜悦，几次相视而笑。然而，甜蜜中，杰西依然捕捉到了兰馨眼中的心事。

"这一年，你成熟了很多，不再是一位慌慌张张的小姑娘了。"

兰馨停下脚步，注视着杰西的眼睛说："的确，我在工作、生活上的经验都多了一些，但更多的，是心里安静了一点儿。这要谢谢你，你帮我打开了一扇窗，一扇心灵的窗，让我被囚禁的窒息感少了一些。"

"这是澳洲大自然的功劳，我只是把你'搬'到了这里。最近，你在窗那边发现了什么新鲜的风景吗？"杰西暗指兰馨的梦。

"窗那边也是大山荒漠，让我想起辽西，却是温柔干净版的辽西。那些大漠、大山也有灵的风声低吟，但是这里的灵是干净轻盈

228

的，我可以伸手触摸，不像辽西的灵是悲苦沉重的，令我想逃入虚无。也许有一天，我可以在窗那边看见那个拯救你祖先的造物主和天堂，这样，我这个没有来由也没有未来的人生，也许就能找到一个长久的希望了。"

"你的心思怎么就无法离开这个问题呢，即便是这样美好的一个日子，也总是带着一丝悲伤、一点绝望。"

兰馨看着杰西的眼睛，语气郑重："我有重要的事要和你商量。我知道我的生活应该算是自由的、丰满的、舒适的，甚至是非常幸运的，但我的心依旧如此空虚，对未来如此恐惧，我甚至都想不出有这样感受的理由，这让我感到更加沮丧。无论我如何认真地活，依旧感觉孤零零的不知所措，我缺少的究竟是什么？是缺少我的另一半吗？还是什么我根本没有意识到的东西？这种心慌令人瘫痪。"

她说得真诚，深深地触动了杰西，平日里他对这个问题的烦躁感，此刻被同情感取代了。

"窗那边，有个叫杰西的男人吗？"他问。

兰馨笑了："窗那边有个叫杰西的男人的爱情。"但她又觉得这么说不太准确，于是补充道："其实，你就是我的窗，过去几年，我是透过你看世界的。你的爱情是那窗外的光，给了我可以信任的引领，也给了我看见外面的机会。"

"但是我的爱情依旧不足以填满你的心，所以你缺的不是另一半。"

"也许，爱情看上去是获得幸福最直接的道路，是最容易被人们看到的生命升华的形式，只需要两个人就行了。但是现在，走到了爱情之路的中央，我们才发现你和我都是不完整的，填不满彼此的心，我们似乎已经看到了彼此心灵角落里的那一堆贫乏。但是我们可以合成一体，一起出去遇见世界，遇见人，寻找我们缺的东西。"

杰西醒悟过来："怎么寻找？你是不是在计划什么？"

"我们一起去美国读 MBA 吧，学习在商业管理上更上一层楼。这几年的工作让我明白了一点，我不是太喜欢这样运营性质的工作，我喜欢可以有更多思考空间的行业，比如半学术性半实践性的管理咨询顾问行业。"

杰西愣了一下，说道："但是，我喜欢现在这种运营性质的工作，而且我不喜欢考试、写论文。"

"可是，你在高阁过得也不算太开心，现在似乎越来越不开心了。如果去美国认真读个 MBA，重新思考一下你的可能性，你的选择会更多。"兰馨继续动员着杰西。

"然后呢？然后我们会发现更多的残缺、更多的失望，我们不得不再出发去寻找？"

"也许我们可以找到最终的满足呢？"兰馨不肯放弃，"你想想，我们这一生成为一个存在的开始，与我们自己没有什么关系，但如果怎样结束也与我们自己无关，这是否太残忍了？我们是可以将结束权掌握在自己手中的，因此我们有责任积极前行，难道不是这样吗？"

"难道你忘了加缪说的，我们需要接受我们所做的事没有终极的意义，是徒劳无尽的重复？"

"我不能这样形而上地思考，我需要看见这世界所有的选择，要摸到每个边界，之后再做选择，所以我要先经历人生，然后再说结论。"

"我已经东窜西逃地遇见过世界了，最后逃回了墨尔本。"

"你必须和我一起走，我们要变成彼此的一部分。"兰馨坚持着。

杰西哑口无言。这时，他们已经走到了观赏湖的深处，茂密的棕榈树与桉树林在湖中形成一湾又一湾的屏障，遮住了远方的视线。

眼前的湖面水汽蒸腾，蓝雾笼罩，水面铺满浮萍。二人在湖畔的长椅上坐下，抿着手中已经冷掉的咖啡。

杰西心里想着加缪的话，他知道兰馨不能接受这样的假设，她年轻的生命，无法想象去走一条不断重复没有终极意义的路。她坚持寻找另外的可能性，却不知道怎么找，在求索的挣扎哭喊中榨干了他的心力。在选择男人上，她没有太多的经历，并不是在对比中选择了他，但是她却爱得如此强烈而不愿失去他。她幻想携着他前行，二人合为一体，再去遇见世界，遇见人。不知不觉间，她将自己的目标当成了两个人共同的目标。更糟的是，当成了两个人唯一的目标，这等同于她只想将他变成她的一部分，她却不可能愿意成为他的一部分。同时，她却坚持要感觉到他是她的引领与目的。她是否知道这是一件无法两全的事，是他们之间悲伤与互毁的源泉？

杰西不知道自己能否忍受失去兰馨。她专注的探索的眼眸是他的逃避，已经是他生命的一部分。她炽热的充满幻想的爱，将他塑成了完美的情人，他知道她幻想中的杰西是什么样子，他享受做那个男人，享受她的崇拜与渴望。对于未来，他疲倦的心里有寒冷的预感，但是他还不能完全肯定，他还没有做好准备失去她。

半晌之后，杰西说道："去美国读 MBA，也不是一个坏主意，你是真心享受学习知识，学校的环境对你很合适。"

兰馨听到杰西松口，连忙兴致勃勃地描述道："我要报考最好的商学院，比如沃顿商学院或哈佛商学院，这一直是我的梦想。而且，我可以向你保证，读完 MBA，我就完成对自己的正式教育了，以后我不会再建议回学校读书去。"

"十八个月，也不算太久。"

"是啊，十八个月，我们就可以一起拿到研究生学位了。谁会愿意放弃在沃顿、哈佛这种地方读书的机会呢？就商业生涯而言，这是教育的最高阶梯了，我们总要试一试的。"

杰西轻轻笑了，摇着头说："很多人会愿意放弃这种机会的，除了喜欢考状元的中国人，尤其是你这个到处找归属的辽西野人。沃顿也好，哈佛也好，甚至研究生学位，对大多数人没有那么大的意义，不然你去问问你的哲学家邻居Goldsmith先生？"

兰馨并不理会杰西的话，自顾自地继续说："我们先准备GMAT考试，要在八月前考完，然后写申请论文，年底完成申请，希望赶上明年秋季入学。"

又过了许久，杰西缓缓说道："我们试一试吧。"

兰馨雀跃地笑了。

二人都已经离开学校很多年了，为了提高成绩，兰馨建议他们去上GMAT的补习课程。找了一圈儿，发现墨尔本根本没有机构提供这类课程，他们只好自己在家做练习题。但练习题只有一本，一共不过六套题。杰西认为够用了，兰馨认为远远不够，怎么也要做上几十套甚至上百套题，才能保证考出高分，毕竟要报考的是沃顿、哈佛啊，只有得到最高一级分数——也就是七百分以上，才有可能被录取。兰馨拜托本杰明帮忙去墨尔本大学的图书馆查找资料，居然也只找到一本练习题，而且因为藏本有限，不允许外借，只能在馆中阅读。兰馨向杰西吐槽澳洲的教育这么老土，消息闭塞，资源有限，缺乏国际视野；杰西则揶揄兰馨是个考试机器，中国的教育就是培养考试机器。

整个冬天，兰馨将大部分的周末都用在了墨尔本大学图书馆，每天做一套题，再检查错误，查找资料。所有的题做完一遍后，就再做一遍。杰西只来了两次就放弃了，他不需要像兰馨一样恶补英文词汇与阅读，也不习惯她这种重复式的做题训练，他从来没有这样准备过考试。

八月初考了试，十月份收到了寄来的成绩单。兰馨得了六百四十分，输在阅读，赢在数学。这样的成绩只能说是差强人意，没能带来优势，但也不会是劣势。她心中依旧充满了希望与信心，坚定地继续推进着申请。

申请最关键的一个环节，是生平论文，常见的问题有职业目标、学术与工作经验背景以及个人的特别能力。其中的一个问题，在兰馨的心里引发了翻江倒海的回忆，这个问题是："什么因素塑造了你的成长历程、现状与未来的目标？"这时，她才清晰地意识到，这悬浮于迷雾中的一生，回头看，她已经走了很远很远。她的心，似乎依旧留在辽西肃杀的寒冬里，她的脚步，却已走过了北京大学、政府的进出口贸易公司、跨国公司高阁，迈过了太平洋、印度洋、南大洋和澳大利亚这片几乎完美的热土。她终于明白，自己是时候告别过去了，告别心里那个辽西，让心追赶上自己的脚步，一起向前走。

杰西得了六百二十分，在澳洲的考生里算是不错的成绩，他很满意。兰馨倒是有些吃惊，这是英文考试啊，他竟然考不过她这个英文并非母语的外国人。不过，她虽然心里吃惊，表面上却不敢表现出来，只是依旧催促杰西继续申请的流程。她坚信他在国际商业上的成就，尤其是在中国这样发展中市场的独特经验，足以弥补标准化考试成绩的弱势，而且澳洲毕竟报考的人少，竞争不激烈，美国的大学为了国家、文化背景的多元化，是肯定会录取一定数量的澳洲学生的。她经常提醒杰西："沃顿的申请搞好了吗？""哈佛的搞好了吗？""哥伦比亚大学的搞好了没有？"甚至自告奋勇要帮他去邮局寄申请资料。杰西拒绝了她，并且劝她在这件事上不要充当他的保姆。

其实，杰西何尝不知道自己的优势与劣势呢？他的纠结在于自己报考的动机。看着眼前这些论文题目，"你希望从 MBA 课程中，获得怎样的职业发展支持？""你为什么认为我们学校适合你的职业目标？""你最喜欢的课程是哪一类？"等等，他心中黯然，这些都不是他想思考的问题，因此他没有诚实的答案。他不排斥去美国，甚至会因为兰馨的鼓动，有些兴奋和期待，毕竟美国是一个充满机会的地方。但是，他并不想去读书。

他知道，兰馨一旦走上这条 MBA 精英之路，就会化身为一只射出去的箭，再也不会回头。她是一个不懂回头的人，她必须向前跑，以前是为了逃离家乡，以后，将是为了寻求那个不可知的生命目的。她如此急切地要找到生命的目的，她必须不断地超越已知的世界。她控制不了自己，她心里的空洞是巨大的黑暗的力量，推动着她只能向前跑。但她不知道的是，她将被结果一再地遗弃，她已经被自己的寻求绑架了。这是她的命运，她独特的命运吗？还是人类共同的命运，因而也是他杰西的命运，只是道路与步伐不同？他想象着最后的局面，兰馨要么因为失望而放弃，变成半死不活的人，行尸走肉一样麻木地活下去，要么累倒在寻找归属的路上。只是，他该如何紧跟这样的脚步呢？

冬天的这几个月，他感觉兰馨变成了一个越来越大的压力，且越来越让人窒息。她永远活在孜孜不倦的清扫中，希望把眼前的一切瞬间变成她理想中的完美。活在她的意志里，按照它反射出的样子活着，等于活在自己的意志失落之处。这他身之感，令人恐惧、疲倦。只有在兰馨的意志缺席之处，他才能做自己。

圣诞节前，两个人的所有申请都寄出了。从准备考试到写论文，忙活了足有半年，兰馨此刻身心俱疲，杰西则大大地舒了一口气。

又是圣诞节。杰西的家族不庆祝圣诞，他于是与兰馨及几位年轻的同事出去喝酒欢聚。兰馨觉得很久没有这么轻松过，玩到夜半意犹未尽，拉着杰西回家继续再喝。那天高温闷热，海边的风也不凉爽，她打开空调，依旧感觉很燥，只好先为自己和杰西倒了一瓶冰冻苏打水解渴。两人都喝多了，身体疲软，就瘫坐在沙发前的地板上，头靠在沙发上休息。

空调加上冰水的作用，慢慢地，兰馨感到身体冷却下来，头脑也随之清醒了一些。她侧头看右边的杰西，他的头仰在沙发上，眼睛微闭，在他疲倦且没有表情的脸上，那浓密的弯弯的睫毛，像是荒滩上整整齐齐的两畦萱草。她忍不住用指尖轻轻触摸那浓密的睫毛。突然，杰西的左眼睁开来，眼珠斜着看她，右眼依旧闭着，越发显得左眼如僵尸般阴森可怖。她"哎呀"一声，马上躲开了一点距离，一边抱怨着被吓了一跳，一边笑嘻嘻地捶打杰西的臂膀。

杰西又闭上了眼。兰馨凑近了，静静地看着他的面孔。过去的两个月忙着工作与报考研究生，他们亲密的时间越来越少，现在终于放松下来，他又变成了她注意力的中心。她聚精会神地享受着这张线条俊美的脸，那秋阳般橙色的气味又隐隐地浮在二人之间。她的眼神越来越灼热，她并不自觉，但是杰西被烫到了，隔着眼帘被灼热的注视烫到了。他缓缓地睁开双眼，看见兰馨专注的双眸正伏在眼前，眼神里是美好的期待。他起身，抱起她，走向卧室。

第二天一早，两人共进早餐，兰馨的眼睛一直黏在杰西身上。他换衣服，她就盯着他一件件地脱下，再穿上；他倒咖啡，她就随着转向咖啡机。等他坐下了，她就一边捧着自己的咖啡杯，一边从桌子的对面盯着他的眼睛看。终于，杰西放下了手里的烤面包，正面回看兰馨，用眼神发问："你又要什么？"

"我们住在一起吧！"她兴奋地说，"反正我们也要一起去留学，我们何不现在就住在一起呢？"

杰西立即失去了胃口，他心中惶然，脸上露出了惊恐。

兰馨识相，迅速收回目光，陷入了沉默。

吃过早饭，杰西向她道别，说还有其他事情需要处理，就离开了。

杰西这一离开，便是几日毫无音信。按照原定的计划，从圣诞节到元旦，他们都会休假，兰馨以为他们会一起度过。但是杰西再没有回来。她猜想，可能是自己要求同居的建议将杰西吓跑了，也许他需要一些时间考虑，于是强忍着自己的急脾气，没有打电话给他。好不容易熬到了新年夜，杰西依旧没有来电话，连问新年好都没有，她开始有了被遗弃的感觉。

新年夜，兰馨一人孤独地躺在床上，夜不能寐。她想责备自己——为什么要鲁莽地建议同居？但是转念一想，这有什么可责备的呢？她与杰西跌跌撞撞地走到今天，已经有四五年之久，两个人在一起规划未来，而那个未来里，他们怎么可能不住在一起呢？特别是过去的这半年，他们不仅是在规划未来，还一起努力实现着那个未来，但是现在，她为什么反而有被遗弃的恐惧呢？

兰馨不由得打了个冷颤，她交叉双臂抱住自己，仿佛这样可以更温暖安全些。环抱的双臂，让她想起了圣诞夜杰西的拥抱，那欲望的柴依旧在，但是火光却有些暗淡。最初滚烫的肌肤，在耳鬓厮磨间慢慢地冷却下来。当做爱至中间时，他的身体似乎已经发凉，但他不愿意令她失望，依旧努力地完成了整个仪式。这个仪式，杰西从来都是恪守的，似乎他有着以此取悦兰馨的责任，同时这也是他保卫男人自尊的方式。他将她从头到脚吻一遍，但他温凉的唇却令她困惑。最后，她也变冷了，他们之间感到一种从未有过的虚空。他们相拥而睡，似乎想努力挤走那虚空。那一夜，她以为他们只是累了，不过是半年专注努力后的疲倦，只要能紧紧相拥，明天，他们就会回到从前的如胶似漆。

由此说来，第二天一早兰馨建议同居，不过是潜意识里绝望的逼促。

这一夜，兰馨辗转反侧，心中不断煎熬。她绝望地想要杰西回到自己的身边，却不知道问题出在哪，因而也想不出将他牵引回来的方法。这份煎熬，令她感觉自己被丢回了辽西的冬天。

第二天上午，兰馨打电话给杰西。因为一夜未眠，她疲弱的唇有些颤抖，听见杰西的声音的那一刻，她差点流下泪来。

"我们可以诚实地谈谈吗？见面谈。"她问。

电话那边，杰西轻轻地叹了一口气，然后说："不如就现在谈吧，见了你，我怕自己会说不出。"

她的心陡然缩紧，然后掉入无底冰窟，握着电话的手僵硬了，并且忍不住地颤抖。

杰西的声音从听筒中传来："我不想去美国读研究生，我的生活在这里，你可能需要自己去美国了。"

兰馨不敢相信地说："这怎么可能？你从来没有流露过这个想法，况且，你已经做了那么多的申请工作。"

"兰馨，我尽力了！我确实幻想过一起去读书，但是最终我想清楚了，这不是我的梦想，这违背了我的意愿。我根本没有提交申请，我不想影响你的报考，所以瞒着你，本想等到三月份你拿到录取通知时再告诉你，现在看来等不到三月了。"

"那我们的未来……我是失去你了吗？"兰馨开始哭泣。

"兰馨，听我说，这是一件无法两全的事……"

"我不能接受，我是多么地爱你，我无法想象……"

"兰馨，冷静地想一想，你爱的究竟是什么，你希望我可以让你爱下去，我必须随着你期望的那样不断地成长变化，而且要变得恰好符合你的需要，可以让你继续爱下去，永远爱下去。你真正爱的，是你自己对人生不知疲倦的追索，而我正在变成你的影子。"

她号啕大哭起来："这太突然了，太震惊了，我的心好痛。"

杰西听见兰馨边哭边急促地喘气，开始感到不安，赶紧安慰道："你在家里等着我，我们见面说。"

在等待杰西的时间里，有一瞬间，兰馨开始感到一线希望。她想，只要他们再见到彼此，望着彼此清澈的眼睛，杰西就会明白他们是属于彼此的，他们可以找到一个两全其美的办法继续在一起。可下一瞬间，她又感到彻底的绝望，杰西似乎是深思熟虑过了，反而是自己一直没有注意到蛛丝马迹。那么，她可以改变自己吗？可以放弃去美国读书吗？对于这个可能性的设想，使她冷静了下来。

当杰西到达时，兰馨正蜷在沙发里发呆，眼睛哭得红肿，反应也有些迟钝。杰西看上去一脸疲倦，仿佛一下子老了十岁。他坐下，轻轻地拥抱她，那拥抱里是犹疑与惶然。

过了一阵子，兰馨问他："最初，你为什么要将我带来澳洲？"她的语气因疲惫而苍白平静。

杰西的语气同样无力："那时，我觉得让你见见中国之外的世界，对你会很有帮助。另外，我应该是高估了自己，我以为我们或许会彼此契合，找到一条路一同走下去，但是最终，你有另外的道路要走。"

见兰馨没有说话，他反问道："你为什么要来澳洲呢？"

　　兰馨答道："我以为你知道前面的路，你可以继续引领我，我以为你是我的道路和方向。"

　　杰西苦笑着："我们都被自己的妄想误导了。我们各揣着一份渴望，将那个渴望当成了目的，然后又被那个目的误导了。"他心中翻涌起痛苦，深喘了几口气，才有力气继续说道："其实，就连我们的渴望都是个未知，我们并不知道自己究竟渴望什么，因而，我们推测的目的也只是妄想。"他捧起她的脸，看见她在流泪，温柔地为她轻轻拭去泪珠："在你身上，我明白了这一点。"

　　兰馨恳切地说："我以为可以在你身上找到我自己，未来的那个我自己。"

　　杰西叹气，对这个问题有些烦躁："我不能给你那个自我，起码不能是全部的你。你在找你的全部，而我只能给你人生的一部分，但这对你是不够的，我承担不了你的妄想。"

　　兰馨辩解道："那个渴望虽然是未知的，却也是预先安放在我们心里的冲动，我时时刻刻活在那个渴望之下，怎么可能没有任何妄想？我无能为力。"

　　突然之间，兰馨想起小时候在姥姥家玩蚂蚁洞的情形，孩子们用木棍反复拦阻蚂蚁们既定的觅食路线，这些小东西们并不知道有人在操纵它们的路线，依旧努力地绕道前行，却一直无法到达不远处的食物。

　　"没有了你，我会变成一只迷失的蚂蚁，看不见操纵我的力量，盲目地奋力向前。"她迷茫地说。

　　但杰西知道，兰馨需要的并不是他，他三十岁的生命智慧快被她榨干了。她需要的是一位神，可是连他自己都不信真有什么神。

杰西耐下心来，对兰馨说道："你对目的、意义、归属的寻找，其实是对神灵的寻找，或者是在寻觅什么控制宇宙的最高能量。我一直在努力地扮演这个角色，我甚至曾经喜欢过这个角色，以为这就该是我的角色。但是慢慢地，我演不动了，我的热情满足不了你的欲望，我的玩笑无法将你心中的黑暗驱逐，我的内在没有足够让你追逐的游戏，我的人生填不满你人生的万丈深渊。"

杰西的话如此诚恳，让兰馨感到了撕心裂肺的痛。

"我不要你填满我，我只要你和我一起走，一起找到那份圆满。"她又痛哭起来。

"但是，尽头在哪里？辽西是你的虚无悲剧，高阁北京是你的不自信与禁锢，澳洲是你的解放，然后你看到眼前一条没有尽头的路，你什么时候才能停下寻找？我累了。"

"我没有寻找那条路，是那条路自己显现出来的，按照它自己的时间表，呈现在我们的面前，不是我寻找来的，那路就在那里，即便我们看不见，也会胁迫着我们走下去，我们也只能走下去。就像对你的爱情的期盼，也是被迫放在我心里的，我无法不去期盼，所以请不要离开我。我也不知道如何走下去，不知道哪里才是归属，结局也许永远是失望。"

杰西痛苦地说："如果人生真是被预定的、被动的，我情愿被动地等着每一天，但是你却不能。你从来不懂什么是被动，不懂什么是等待，你会一直不停地跑。但是，请饶了我吧！"

不知什么时候，天已经黑了，两个人坐在黑暗中僵持着，都感到虚弱不堪。杰西知道兰馨是个不懂放弃的牛脾气，不能马上接受这样的变化，需要慢慢来。他站起来走进厨房，很快带回了两个简单的三明治。

"先吃点东西吧。"杰西将食物递给兰馨。

两个人都无精打采地吃着，黑暗中，他们总算有了些歇息。

兰馨累透了，心里却一直挣扎呼喊着，寻找着挽回杰西的可能性。

"也许我可以不去美国，我们一同留下来。"她突然说道，嘴里的食物令她有些哽咽。

"你怎么知道自己将来不会后悔呢？等到三月份录取结果出来时，你才能做出选择。"

兰馨知道杰西是对的，食物让她恢复了些体力，她起身跪在沙发上，看着杰西。黑暗中，夜光反射在他棱角分明的侧脸上，他的眼角、脸颊和嘴角却都疲惫地下垂着，眼里有一丝淡淡的忧伤，更多的是空白与死寂。

"留下陪我一夜吧，我的心刀割似的，害怕熬不过去这一晚。"兰馨恳求他。

不知过了多久，他们终于在床上躺下，兰馨紧抱着杰西的手臂，迷迷糊糊中还在喃喃地说着："你说，我们对目的、意义和归属的渴望，是一种自由选择，还是被强迫赋予的设计？如果是一种自由的选择，为什么选择如此令人疲倦？如果没有选择，我们注定要被看不见的力量推着盲目前行，我们是不是应该为这份无能为力而痛苦？这些是不是都太残酷了？我们貌似自由在握，却又如此迷失……"还没说完，她就昏睡过去了。

那晚，兰馨做了一个新梦。梦中，她身处黑夜寒冷的海边，一个人坐在石台上，冰冷的海水拍打着脚下的石阶，远处则是黑暗的海水与天际。她想张口问："这一切究竟是为什么？"话未出口，就有个声音对她说："杰西放弃了。你被遗弃了，被男人脆弱不堪、残缺不全的爱情遗弃了。"她低头看向自己，发现自己赤身裸体，在寒风中颤抖着，环顾左右，周围一片黑暗死寂，她是孤单一人，被困于此。

尾　声

三月中旬，兰馨收到了沃顿商学院打来的电话，祝贺她被录取。放下电话的那一刻，她便明确地知道自己要去美国了，这世上什么也挡不住她的脚步。

杰西的放弃，在她心中撕扯出累累伤口，而今那些伤已经结出了一层薄薄的痂。疼痛虽然还在，但是这薄薄的痂却使她可以忍受了。只是，她不得不时时警惕地、小心翼翼地捧住自己的心，不让回忆的惊涛骇浪拍击上来。

七年后，二〇〇一年的九月十一日，恐怖分子对美国境内的建筑目标实施了一系列以劫持飞机进行的自杀式袭击。位于纽约下城的国际贸易中心的两座百层高楼被炸毁，近三千人丧失生命，成为美国历史上在本土发生的最惨烈的恐怖袭击，世界为之震惊。

就在"九一一"事件的一周后，兰馨驱车行驶在新泽西Turnpike高速路上，右手边的哈德逊河的对岸，便是已被夷为平地的国际贸易中心废墟。突然，手机响了起来，她快速扫了一眼屏幕，发现国家号是罕见的"61"。她在路肩上急停下来，摁下了接听键。

"这是杰西，希望这个电话不是罪过。"对方语气急切而热诚。

"当然不是，你怎么会找到我？"兰馨温和地答着，心却狂跳起来。

"我知道你住在纽约，'九一一'恐袭后，我担心死你了。找了几个人才找到你的电话，总算找到你了，你一切都还好吗？"

"我没事，不要担心。你也一切还好吗？只是我正在高速路上，不能说太久，但是我可以稍后打给你。"

杰西显然松了一口气："只要知道你没事我就很开心了，我一切都好，你要多保重！"随即，他就挂了电话。

回到家里后，兰馨收到了杰西的短信："知道你安全，我就放心了，请记得这世上有人牵挂你，你要努力好好地活着。不必再打回来了。另外，抱歉七年前我带来的地狱。"

一股慰藉的暖流，在兰馨心中涌起，几年来，她心里隐秘处的一方悬空此刻开始缓缓降落。杰西心里究竟还是装着她的，也许，依旧是爱着她的，虽然这是借着一次生死灾难才得以明确。在他们无能为力的生命预设中，她只能一路向前，寻找理解生命的可能性和找到归属的可能性。杰西没能成为她远处的天堂，却在适当的时候止住了脚步，避免了成为她漫漫长路上的地狱。他心中也许有一样的缺憾，甚至伤痛吧？她意识到，在她浪迹世界的最初，杰西陪着她共度了一段困惑与寻求的时光，他们就已经宿命地成为了彼此的一部分，在各自的意识里，如影随形，从未停止过互相陪伴。一个新的理解倏忽飘落下来——未来的岁月里，他们将在彼此的想象中继续成长变化，并如此恰到好处，让彼此可以一直思念下去。

她与杰西，已经尽其所能，给予了彼此最好的爱情。

兰馨捧出双手，仿佛接住了空中那份羽毛般飘落的理解。

出路之迷思

因为受造之物服在虚空之下，不是自己愿意，乃是因那叫他如此的。

——《罗马书》

结束

图书在版编目（CIP）数据

被困者 / 阑伏著. -- 北京：作家出版社，2022.9
ISBN 978-7-5212-1917-3

Ⅰ.①被… Ⅱ.①阑… Ⅲ.①长篇小说 – 中国 – 当代
Ⅳ.①I247.5

中国版本图书馆 CIP 数据核字（2022）第 084581 号

被困者

作　　者：阑　伏
责任编辑：王　烨
特约编辑：陈　静
装帧设计：意匠文化·丁奔亮
封面绘画、插图：陶冬冬
出版发行：作家出版社有限公司
社　　址：北京农展馆南里 10 号　　　　邮　　编：100125
电话传真：86 – 10 – 65067186（发行中心及邮购部）
　　　　　 86 – 10 – 65004079（总编室）
E – mail: zuojia@zuojia. net. cn
http: // www.ZUOJIACHUBANSHE.COM
印　　刷：北京盛通印刷股份有限公司
成品尺寸：152 × 230
字　　数：175 千
印　　张：16
版　　次：2022 年 9 月第 1 版
印　　次：2022 年 9 月第 1 次印刷
ISBN 978 – 7 – 5212 – 1917 – 3
定　　价：65.00 元